MARKUS BENNEMANN

Adlerblut

MORD UNTERM WATZMANN Am südöstlichsten Zipfel Bayerns, tief im Berchtesgadener Land, liegt der einzige deutsche Nationalpark, der zu den Alpen gehört. Mehr als eine Million Menschen strömen pro Jahr hierher. Sie kommen, um auf den Watzmann zu klettern, mit dem Boot über den schönen Königssee zu schippern oder einfach eine Wanderung in einem der umliegenden Täler zu machen. Doch nicht alle kehren von ihrem Ausflug zurück.

Die junge Studentin Anna möchte im Nationalpark eigentlich nur ein Praktikum absolvieren. Doch dann kommt es zu einem beinahe tödlichen Unfall, und sie muss sich entscheiden, wer gefährlicher ist: der aufbrausende Parkranger Veit Brenner, sein opportunistischer Chef oder ein riesenhaftes Adlerweibchen, von dem manche behaupten, es greife Menschen an.

Gleichzeitig unternimmt eine Familie eine Mountainbiketour durch den Park, die viel größere Risiken birgt, als sie denkt.

Denn Erholung ist nicht das Einzige, was man dort finden kann, und in den Tälern lauert der Tod …

Markus Bennemann, geboren 1971, hat Geschichte und Englische Literatur studiert. Er war Redakteur bei einer Tageszeitung, hat Krimis fürs Fernsehen geschrieben und arbeitet heute als Autor, Übersetzer sowie freier Journalist in Wiesbaden. Seine Bücher wurden in mehrere Sprachen übersetzt. Einer der bisher schönsten Momente seiner Autorenlaufbahn war, als er in den finnischen Abendnachrichten den Todestanz des Kurzschwanzwiesels vorführen durfte.

MARKUS BENNEMANN

Adlerblut

Kriminalroman

GMEINER *Original*

Personen und Handlung sind frei erfunden.
Ähnlichkeiten mit lebenden oder toten Personen
sind rein zufällig und nicht beabsichtigt.

Besuchen Sie uns im Internet:
www.gmeiner-verlag.de

Im Ehnried 5, 88605 Meßkirch
Telefon 07575/2095-0
info@gmeiner-verlag.de

1. Auflage 2014

Lektorat: Claudia Senghaas, Kirchardt
Herstellung: Mirjam Hecht
Umschlaggestaltung: U.O.R.G. Lutz Eberle, Stuttgart
unter Verwendung eines Fotos von: © Anweber / photocase.com
Druck: GGP Media GmbH, Pößneck
Printed in Germany
ISBN 978-3-8392-1511-1

Ein Berghirt hing in Todsgefahr
am steilen Firnenrand,
ihn stieß hinunter dort der Aar,
wo keiner mehr ihn fand.

Gottfried Keller, *Aroleid*

WANDERFREUNDE FREILASSING 1923 E.V.

Das Bein, Himmel, tut das weh – so ein Mist …

Manfred Schöttl humpelte hastig durch die Tannen. Der Regen, der sie am Morgen fast zum Umkehren gezwungen hätte, lag noch auf den Zweigen, und sie klatschten ihm nass und stachlig ins Gesicht. *Gar nicht erst lange suchen*, dachte er verzweifelt und stürzte sich unter den ersten größeren Baum, den er sah.

Oh Gott, das Bein! Wie kann so was nur so wehtun?

Unter den Zweigen war es trocken, und es roch nach Erde und Harz. Manfred, der nichts dagegen hatte, wenn die Leute ihn Manni nannten, fasste sich an den Rücken. Jetzt konnte er es ja zugeben: Das Einkehren hatte ihm eigentlich immer mehr Spaß gemacht als das ewige Rumgekraxel. Trotzdem kam er weit genug mit der Hand, um eine feuchte Stelle an seiner Funktionsjacke zu spüren. Er zog die Hand wieder zurück, betrachtete kurz das Blut an seinen Fingern und übergab sich auf das braune Bett aus Nadeln unter ihm.

Scheiße, es hat mich erwischt – so eine elende Scheiße!

Ihm stiegen Tränen in die Augen, seine Kehle fühlte sich an wie zugeschnürt, und als er sich wieder an die Szene erinnerte, die sich eben abgespielt hatte, platschte auch der Rest des Frühstücks auf den Boden. Flüchtig fuhr er sich mit dem Ärmel über den Mund und betastete dann vorsichtig sein Knie, das bereits auf die Größe einer Bowlingkugel angeschwollen war. Gleichzeitig robbte er auf dem Ellbogen wieder ein Stück weiter nach vorn.

Nein, nichts zu sehen. Und still ist es auch …

Um mehr erkennen zu können, schob er seine mit einem glänzenden Edelweiß bestickte Baseballkappe noch etwas weiter unter den Zweigen hervor. Da flog unmittelbar vor ihm ein Vogel auf – schnell und flatternd wie eine aufgeschreckte Schnepfe –, und er packte sich entsetzt ans Herz, das nicht weniger plötzlich im engen Käfig seines Brustkorbs aufzuflattern schien.

»Himmel Herrgott!«, fluchte er leise und betrachtete vorwurfsvoll den zwei Meter entfernt wippenden Zweig. »Verdammtes Mistvieh, verdammtes. Hast mir einen Riesenschrecken eingejagt.«

Wieder wagte er sich etwas weiter vor und lauschte angespannt in die sommerliche Stille hinein. Grillen zirpten, der Wind fuhr sanft durch die Zweige, und irgendwo ein Stück hinter ihm zwitscherte leise ein anderer Vogel, aber ansonsten war nichts zu hören. Manfred reckte den Kopf ganz heraus und ließ einmal im großen Bogen den Schirm seiner Mütze schweifen.

Nein, nichts, dachte er wieder erleichtert – da hörte er auf einmal doch etwas.

Ein Knirschen, so leise erst, dass er glaubte sich zu täuschen, dann aber immer lauter. Manfred lag wie erstarrt unter den Zweigen, bis der Mann, zu dem die Schritte gehörten, unmittelbar vor ihm stand.

»Oh Gott, bin ich froh, Sie zu sehen«, sprudelte es aus Manfred hervor. »Sie werden nicht glauben, was uns passiert ist. Mein Bein ist verletzt, allein hätte ich es bestimmt nicht mehr weit geschafft, und meine Frau … aber … aber, was soll denn das?«

Manfred hatte noch nie in die Mündung eines Gewehrlaufs geblickt, mit Waffen hatte er nichts am Hut. Doch als er jetzt die glänzende runde Öffnung vor sich sah, kam sie ihm zugleich überraschend klein und fürchterlich groß und dunkel vor. Er schaute den Mann in der grünen Jacke verwirrt an und begann, entrüstet den Kopf zu schütteln.

»Aber sind Sie denn verrückt? Sie können doch nicht ... Das ist doch ... Sie wollen doch wohl nicht ...«

Dann ertönte ein Schuss, auch von den anderen Tannen flogen noch ein paar Vögel auf, und für Manfred Schöttl war die Wanderung vorüber.

ERSTER TAG: EIN SCHLECHTER START

1

Ohne Fernglas war nur eine winzige Silhouette zu erkennen. Sie kreiste hoch oben am Himmel, die Flügel starr wie bei einem Flugzeug.

»Wie hoch fliegen sie, haben Sie gesagt?«

»Na, so 2.000 bis 2.500 Meter ungefähr. Halt so, dass sie alles gut überblicken können.«

»Und von der Entfernung entdecken sie hier unten ihre Beute?«

»Sehen noch 'ne Maus, die durchs Gras läuft. Könnten aus 100 Metern Entfernung Zeitung lesen.«

Anna setzte wieder den Feldstecher an und erwischte den Adler genau in dem Moment, als er die Flügel anlegte und wie ein Pfeil vom Himmel niedersauste. Sofort nahm sie das Fernglas herunter und sah, wie das dunkle Geschoss in der Sonne kurz braun aufblitzte und dann mitten in eine grüne Bergflanke einzuschlagen schien.

Im nächsten Moment stieg der Steinadler wieder auf. Jetzt schlug er kräftig mit den Flügeln, war offensichtlich mit Beute beladen. Noch einmal hob Anna den Feldstecher an die Augen. Zuerst sah sie nur die schmalen Tannen der Baumgrenze. Doch dann flog das prächtige Tier direkt auf sie zu – plötzlich groß wie ein Ungeheuer aus dem Märchenbuch –, und sie drehte hastig am Fokus.

»Er hat was!«, sagte sie aufgeregt. »Einen Hasen, glaube ich. Er trägt ihn in den Krallen.«

»Na, wird wohl eher ein Murmeltier sein«, erwiderte Brenner nüchtern. »Die haben da oben ihre Löcher.«

Erneut verlor Anna den Adler aus dem Blickfeld der vergrößernden Linsen. Doch jetzt war er auch mit bloßem Auge bereits gut zu erkennen, ebenso das schlaffe Fellbündel in seinen Fängen. Er hielt auf eine Felswand zu, die senkrecht über dem dichten Mischwald aufragte, der den größten Teil des Tals mit seinem sommerlichen Grün bedeckte. Dann schien der Vogel mitten in der grauen, von dunklen Rissen und Rinnen zerklüfteten Steilwand zu verschwinden.

Anna, die gar nicht genug vom Anblick der stolzen Kreatur bekommen konnte, wollte abermals das Fernglas ansetzen. Doch Brenner winkte sie zu dem Spektiv, das er auf ihrem leicht erhöhten Aussichtspunkt auf der linken Seite der Talsohle aufgestellt hatte.

»Hier«, sagte er. »Ich hab's für Sie auf den Horst gerichtet.«

Anna beugte sich zu dem wie ein großes Teleobjektiv wirkenden Fernrohr hinunter und legte ein Auge auf die dafür vorgesehene Gummimuschel, die noch warm vom Auge ihres Vorgängers war. Gegen ihren Willen jauchzte sie laut auf wie ein Schulmädchen.

»Oh Gott, sind die süß! Die sind einfach zu niedlich!«

»Demnach sind es immer noch zwei?«, fragte Brenner. »Ich hab's eben nicht eindeutig erkennen können.«

»Ja, zwei große weiße Küken, die aussehen, als kämen sie direkt aus der Muppet Show«, erwiderte Anna, während die zwei ulkigen Federknäuel erregt an den Rand des Nests gehüpft kamen. »Sie freuen sich anscheinend, ihren Vater wiederzusehen.«

»Was studieren Sie noch mal?« Der Ton des Parkaufsehers war so unfreundlich, dass Anna automatisch von dem Fernrohr aufblickte. »Vorhin bei der Begrüßung habe ich es nicht richtig mitbekommen.«

»Umweltmanagement«, antwortete Anna mit einem breiten Lächeln.

Bei dem Lächeln kamen ihre makellosen Zähne zur Geltung und bildeten einen schönen Kontrast zu ihrer braunen Haut und ihren dunklen Augen. Es war ihre Universalantwort auf unfreundliche Fragen, besonders von Männern, und normalerweise funktionierte sie auch ziemlich gut. Nur bei Brenner zog sie anscheinend nicht.

»*Umweltmanagement*«, wiederholte er, als würde allein schon das Wort ihm einen schlechten Geschmack im Mund verursachen. »Heißt das jetzt, Sie wollen Umweltschützerin oder Managerin werden?«

»Ein bisschen von beidem«, erwiderte Anna, richtete sich auf und drückte die Brust durch. »Ich will dafür sorgen, dass Wirtschaftlichkeit und Naturschutz keine Gegensätze mehr sind. Dass sie sich gegenseitig nicht im Wege stehen, sondern Hand in Hand gehen.«

»Ah, so wie Künzl.«

»Ja, wie Nationalparkdirektor Künzl. Wegen ihm und seinem Berchtesgadener Weg mache ich das Praktikum hier unten.«

Brenner zog einen Mundwinkel leicht nach oben. Es war das erste Mal an diesem Morgen, dass Anna so etwas wie ein Lächeln bei ihm sah. Sie bezweifelte jedoch, dass es wirklich als solches gemeint war.

»Aber ja, natürlich, der berühmte Berchtesgadener Weg«, sagte der Parkranger mit unverhohlener Ironie in der Stimme. »Und dass Sie ausgerechnet heute Ihr

Praktikum anfangen, am Tag der Preisverleihung, ist purer Zufall?«

»Ja, das ist Zufall. Es hat sich einfach so ergeben.«

Das war gelogen: Bei ihrem Bewerbungsgespräch hatte der Nationalparkdirektor ihr ausdrücklich empfohlen, schon heute anzufangen, damit er sie bei der Verleihung gleich ein paar wichtigen Leuten vorstellen konnte. Das war genau die Art von Aufmerksamkeit, die Anna von Männern mittleren Alters in solchen Positionen gewohnt war, auch bei ihren Profs an der Uni lief es nicht anders. Als Gegenleistung musste sie sich nur ab und zu etwas zu vertraulich an Ellbogen oder Hüfte anfassen lassen und brav lächeln, wenn die alten Knaben sie stolz bei ihren Kollegen rumzeigten. Aber das würde sie Brenner bestimmt nicht auf die Nase binden.

Der lächelte allerdings so spöttisch, als wisse er es sowieso. Er beugte sich zu dem Spektiv hinunter, sah kurz durch und gab es dann wieder für sie frei.

»Hier«, sagte er. »Jetzt werden die süßen Kleinen gefüttert.«

Auf dem großen Horst aus Zweigen, den die Adler sich in ihrer Felsnische gebaut hatten, lag das Murmeltier mittlerweile mit offenem Bauch zwischen den Vögeln. Mit dem Schnabel zerrte die Adlermutter blutige Fleischfetzen aus den Eingeweiden und reichte sie an die Küken weiter, die auch sofort gierig danach schnappten. Anna fand den Anblick nicht gerade appetitlich – aber auch das behielt sie lieber für sich.

»Das eine drängelt sich ständig in den Vordergrund«, sagte sie stattdessen. »Es hält das kleinere mit den Flügeln von der Mutter fern. Da – jetzt hat es sogar nach ihm gehackt.«

»Kainismus«, sagte Brenner.

Anna richtete sich wieder auf: »Wie bitte?«

»Kainismus. Nach Kain, aus der Bibel.«

»Entschuldigung, ich kenne mich mit der Bibel nicht so aus. Ist das der, der seinen Bruder …«

»Genau: der seinen Bruder erschlägt, weil er neidisch auf ihn ist. Das wird auch hier passieren. Das größere, erstgeborene Küken wird das kleinere irgendwann aus dem Nest schieben oder tothacken. Oder es hält sein Geschwisterchen einfach so lange vom Fressen ab, bis es verhungert.«

Ja, wirklich niedlich, die zwei Kleinen, dachte Anna ernüchtert. Dann runzelte sie die Stirn: »Aber … aber gibt es das nicht nur bei anderen Adlern? Ich meine, irgendwo gelesen zu haben, das sei nur bei Seeadlern so.«

»Bei Schreiadlern und Kaffernadlern ist es immer so«, erklärte Brenner. »Aber auch bei Steinadlern kommt es manchmal vor.«

Wieder war da dieses spöttische Funkeln in den Augen des Parkwächters, und Anna hatte das unangenehme Gefühl, er mache sich über sie lustig. Künzl hatte sie vor ihm gewarnt: ›20 Jahre jünger als ich, aber Ansichten wie aus den 80ern. Würde am liebsten eine große Käseglocke über den ganzen Park stülpen und niemanden mehr reinlassen. Und dass er sich hier von einem Oberfranken rumkommandieren lassen muss, passt ihm natürlich auch nicht.‹ Der Parkleiter schien keineswegs glücklich darüber zu sein, dass Anna die erste Station ihres Praktikums ausgerechnet bei dem 28-jährigen Ranger absolvierte, der im Nationalpark und im daran angeschlossenen Biosphärenreservat für die Steinadler zuständig war. Aber es hatte sich nicht anders einrichten lassen.

»Und die Eltern tun überhaupt nichts dagegen?«, fragte sie. »Sie überlassen ihr Kind einfach so seinem Schicksal?«

Kurz schien in Brenners Blick so etwas wie ein Gefühl aufzukommen. Er zog die Brauen zusammen, und seine Augen überzogen sich mit dem Anflug eines weichen Schimmers. Doch dann wurde seine Miene wieder hart, kühl und abweisend.

»Nein, sie tun nichts dagegen«, sagte er. »Der Stärkere gewinnt, so ist das nun mal in der Natur. Auch hier im schönen Nationalpark.«

Erneut hatte Anna den Eindruck, Brenners Worte hätten einen doppelten Boden, den sie nicht begriff. *Der Mistkerl nimmt mich doch irgendwie auf den Arm*, dachte sie und blickte ihr Gegenüber verwirrt an.

Was doppelt schade war, weil der Mistkerl leider verdammt gut aussah. *Brenner* – ja, irgendwie was von einem Gebirge hatte sein Gesicht, kantig und wettergegerbt. Und der Ausdruck seiner eisblauen Augen passte auch dazu: kalt und einsam, als würde er hier schon seit 3.000 Jahren allein durch die Berge ziehen.

»Anna«, sagte Brenner – so unvermittelt, dass Anna kurz erschrocken dachte, er könne Gedanken lesen. »Anna Khadiri, richtig?«

»Ja, genau«, sagte sie und runzelte verdutzt die Brauen.

»Gibt es den Vornamen auch in …« Er machte eine vage Handbewegung.

»Marokko. Meine Eltern kommen aus Marokko. Nein, den gibt es dort nicht.«

»Aha, und warum …?«

»Sie haben mich einfach so genannt«, erwiderte Anna. »Sie fanden den Namen schön. Wieso, stört Sie irgendwas daran?«

Normalerweise reagierte Anna auf solche Fragen gelassener. Doch von diesem blonden Naturburschen, der ohnehin schon komisch zu ihr war, so unverblümt auf ihren Namen angesprochen zu werden, reizte ihr sonst so gut unter Kontrolle gehaltenes Temperament. Ihr ärgerlicher Ton sorgte dafür, dass auch in seinen Augen sofort ein wütendes Funkeln aufflammte – heftig und rasch, wie sie es bisher selten bei einem Deutschen gesehen hatte. Doch dann wurden die kleinen blauen Scheiben sofort wieder zu Eis.

»Nein«, sagte er. »Es hat mich nur interessiert, das ist alles.«

Er zuckte mit den Schultern und legte die Hand auf das Spektiv.

»Ich weiß jetzt, was ich wissen wollte«, sagte er. »Das jüngere Küken lebt, noch zumindest. Sie wollen sich das blutige Schauspiel bestimmt auch nicht weiter ansehen …«

»Doch, will ich wohl«, erwiderte Anna sofort, immer noch nicht wieder ganz Herrin ihrer selbst. »Wenn dieser … dieser Brudermord so untypisch für Steinadler ist, dann sollte ich mir dieses Verhalten schon etwas genauer anschauen. Oder glauben Sie, dass ich zum Spaß hier bin?«

Anna beugte sich wieder über die Augenmuschel und hätte sich am liebsten selbst in den Arsch getreten. *Immer nett zu jedem sein, alle um den Finger wickeln, egal, wie sie zu dir sind*, betete sie sich innerlich ihr altes Erfolgsrezept vor. *Und dann machst du dir gleich am ersten Tag deinen Betreuer für die nächsten zwei Wochen zum Feind! Wütend und frustriert, ja so sind wir eben, wir Araber. Hochempfindlich, wenn einer ein falsches Wort sagt, und immer gleich bereit, dafür auf ihn loszugehen.*

Mitansehen zu müssen, wie das größere Küken das kleinere mit Schnabelhieben von der Nahrung wegtrieb, während die Mutter seelenruhig zusah, hellte Annas Stimmung auch nicht gerade auf – machte den schlechten Start sozusagen perfekt. Nicht ihre *Eltern* hatten sie Anna genannt, sondern allein ihre *Mutter*: So wollte sie Anna, die nicht nur das jüngste Kind der Familie war, sondern auch die einzige Tochter, dem Einfluss ihres Vaters und ihrer größeren Brüder entziehen. Nah genug an arabischen Vornamen wie Alia oder Amina, dass die Verwandtschaft sich nicht lustig machte, aber eben doch deutsch. So deutsch wie die tapfere kleine Balletttänzerin im Fernsehen vor 20 Jahren, durch die ihre Mutter auf den Namen gekommen war.

Und die Magie hatte tatsächlich gewirkt: Anna hatte weder Kopftuch tragen noch sich vollkommen anders anziehen müssen als ihre deutschen Mitschülerinnen, einfach nur, *weil sie hieß wie sie*. Es war wie in der Geschichte von dem als Hauptmann verkleideten Häftling, die sie irgendwann im Deutschunterricht durchgenommen hatten, und der Trick funktionierte so gut, dass selbst dabei niemand auf die Idee gekommen war, ihn mit Anna zu vergleichen. Schließlich hatten sie und ihre Mutter ihren Vater nicht nur überzeugen können, dass sie mit ihren guten Noten studieren sollte, sondern ihn sogar dazu bekommen, etwas so Exotischem wie Umweltmanagement seinen Segen zu geben. ›Umweltschutz‹, hatte ihr jüngster Bruder im verächtlichen Ton des Türkenslangs gesagt, den bei ihr zu Hause jeder Junge auf der Straße lernen musste: ›Das ist doch nur was für so bescheuerte Deutsche, die drei verschiedene Mülleimer in der Küche haben.‹

Deswegen war es umso wichtiger, dass Anna mit ihrem Umweltschutz irgendwann gutes Geld verdiente, am besten schon gleich nach dem Bachelor. Sich dafür ein bisschen von geilen alten Böcken betatschen zu lassen, damit hatte sie kein Problem. Und wenn dieser komische Brenner sie nicht mochte, na und: Er war hier nur Parkaufseher – und Direktor Künzl konnte ihn sowieso nicht leiden.

Trotzdem machte Anna das überlegene Getue des Rangers wütend. Und als sie jetzt auch noch vor sich sah, wie hässlich und gemein sich die angeblich so edlen Geschöpfe verhielten, die hier im Nationalpark geschützt werden sollten, hatte sie das schreckliche Gefühl, ihr Bruder könnte recht gehabt haben: *Vielleicht ist Umweltschutz wirklich nur was für Deutsche. Und egal, wie ich heiße, ich bin nun mal keine …*

Plötzlich jedoch flog erneut der männliche Adler durchs Bild, der ihr vorhin auf seinem Weg durchs Tal so majestätisch vorgekommen war. *Schau ich mir doch lieber den wieder an*, dachte sie und drehte trotzig den von Brenner auf den Horst eingestellten Zoom größer.

»Was macht der da?«, fragte sie nach einem Moment. »Wieso fliegt der so komisch?«

Sie blickte zu Brenner auf. Der Parkwächter hatte offensichtlich nicht seine gefiederten Schützlinge im

Auge behalten, sondern – was sie trotz allem insgeheim freute – ihre über das Fernrohr gebeugte Gestalt.

»Girlandenflug«, sagte er, als er sah, wie der Adler in wellenförmigen Linien vor der Steilwand hin und her flog. »Das bedeutet, dass etwas nicht in Ordnung ist. Geben Sie mir mal Ihr Fernglas.«

Er ging ein paar Meter nach vorn und stieg auf einen mit Gras bewachsenen Gesteinsbrocken, der bei irgendeinem längst vergangenen Felssturz bis auf ihren kleinen Hügel gerollt war.

»Verdammt!«, sagte er durch die Zähne.

Er gab ihr das Fernglas wieder und packte hastig das Spektiv zusammen. Dann stapfte er zu dem Geländewagen zurück, der etwas weiter unten am Ende einer schmalen Schotterstraße geparkt war.

»Was ist denn?«, fragte Anna, während sie ihm verwirrt hinterherlief. »Weswegen ist der Adler so aufgeregt?«

Brenner antwortete nicht, sondern machte nur stumm die Tür zum Rücksitz auf, wo – wie Anna mit leichtem Schreck erkannte – unter seiner grünen Rangerjacke ein glänzendes braunes Jagdgewehr versteckt lag. Mit routinierter Geste schlang sich der Parkaufseher die Waffe um den Rücken und ging dann mit zügigen Schritten Richtung Wald davon.

»Ist da etwa ein wildes Tier oder so?«, fragte Anna und blieb zögernd am Auto stehen. Am liebsten wäre sie sofort in den schützenden Innenraum gestiegen, wollte sich aber vor dem überlegen tuenden Parkwächter wieder keine Blöße geben.

»Nein, etwas viel Gefährlicheres«, antwortete dieser

und stapfte hastig weiter, ohne sich noch einmal nach ihr umzusehen. »Etwas viel, viel Gefährlicheres.«

2

»Aber … aber das sind ja Menschen«, sagte Anna verblüfft, nachdem sie etwa eine Viertelstunde hinter Brenner durch den stillen Wald gelaufen war.

Sie hatte sich keinen Reim auf seine Antwort machen können, aber da sie keine Lust hatte, wie ein Feigling dazustehen, war sie ihm schließlich hinterhergegangen. Jetzt runzelte sie jedoch irritiert die Stirn.

»Warum um Himmels willen haben Sie denn dann das Gewehr mitgenommen?«

»Warum?«, fragte Brenner zurück, erneut ohne sich umzudrehen oder sein Tempo auch nur ein bisschen zu verringern. »Um diesen Arschlöchern Angst einzujagen, natürlich.«

Die drei Freeclimber, die ungefähr in Annas Alter waren, hatten gerade ihre Ausrüstung angelegt und wollten mit dem Aufstieg beginnen. An der Felswand über ihnen glänzten kleine Stahlringe in der Sonne, und der größte der drei hielt ein in Schlaufen gelegtes Seil in der Hand. Als er sie kommen sah, legte er es wieder ab und wartete mit in die Seiten gestemmten Händen, bis sie ihn und seine zwei Gefährten erreicht hatten. Er hatte kurzgeschnittene braune Haare und wirkte eigentlich zu groß und bullig für den Sport. Freundlich lächelte er ihnen entgegen und sagte einem der anderen, er solle eine Chipstüte wegpacken, die vor einem der als Sitzgelegenheit ausgelegten Baumstämme den Boden verunzierte.

»Hallo, einen wunderschönen guten Morgen«, sagte er mit leicht bayrischem Akzent. Als er Anna aus der Nähe sah, drückte er seine Brust raus und ließ sein selbstsicheres Lächeln noch etwas freundlicher strahlen. »Haben wir irgendwas falsch gemacht?«

»Ja, alles«, sagte Brenner schroff. »Ihr packt jetzt sofort euren Kram zusammen und verschwindet von hier.«

Der Große runzelte die Brauen und sah kurz erstaunt zu seinen Gefährten hinüber. »Aber wir sind noch gar nicht geklettert«, sagte er. »Wir wollten gerade erst anfangen.«

»Ihr dürft hier nicht klettern. Klettern ist an dieser Stelle verboten.«

»Aber da sind doch Bohrhaken«, erwiderte ihr Gegenüber und zeigte auf die Steilwand. »Und in unserem Kletterführer steht …«

»Was in eurem Führer steht, interessiert mich einen Scheißdreck. Wenn ihr hier im Nationalpark klettern wollt, seid ihr verpflichtet, euch vorher zu informieren, wo ihr es dürft. Und hier dürft ihr es nicht.«

Der große Kerl sah Hilfe suchend Anna an, doch sie konnte nur verlegen mit den Schultern zucken. Ihr war Brenners unfreundlicher Ton peinlich, aber was sollte sie tun? *Kooperation statt Konfrontation* lautete Künzls Motto für den Umgang mit Touristen, Jägern, Bauern und allen anderen, deren Interessen im Nationalpark mit denen der Natur abgestimmt werden mussten. Doch Brenner schien von diesem Motto wenig zu halten.

»Aber weshalb ist es hier denn verboten?«, fragte der Kletterer. »Die Haken sind doch schon ewig in der Wand. Und wir haben sie auch nicht reingemacht.«

»Weil da oben Adler brüten«, erwiderte Brenner und zeigte auf den dunklen Fleck, der gut 200 Meter über ihnen in der hellen Karstwand zu erkennen war. »Die stört ihr, wenn ihr hier klettert.«

»Was, Adler?«, fragte der Große und blickte mit gerunzelten Brauen den Fels hinauf. »Aber die sind doch ewig weit weg. Denen kommen wir doch gar nicht in die Quere. Wir wollen hier nur 30, 40 Meter die Wand hoch.«

»Sie sind sehr empfindlich. Und wenn sie gestört werden, geben sie ihren Horst auf und ihre Küken sterben.«

»Ihre Küken sterben?«, sagte der Große ungläubig. »Weil wir hier ein bisschen an der Wand rumkraxeln?«

Er drehte sich zu seinen Kumpanen um, und sein Blick sagte: *Das kann ja wohl alles nicht wahr sein! Was ist das nur für ein Unsinn?* Auch auf Anna wirkte der Horst für eine Störung eigentlich zu weit weg, obwohl sie das aufgeregte Verhalten des Adlermännchens ja gesehen hatte. Sie kam sich ein bisschen wie früher auf dem Schulhof oder beim Spielen auf der Straße vor. Wegen ihres Namens hatte sie sich dort auch immer verpflichtet gefühlt, auf der Seite der unlockeren Regelfanatiker zu stehen – der Spießer, der Deutschen.

»Aber sie fühlen sich doch gar nicht gestört«, meldete sich jetzt zum ersten Mal einer der anderen zwei Freeclimber zu Wort. Er zeigte auf einen großen, nicht weit entfernt stehenden Bergahorn, wo sich das Adlermännchen auf einem kahlen Ast niedergelassen hatte, der oben vom knorrigen Stamm abstand. In der Stimme des rotwangigen Burschen schwang die gleiche Begeisterung über den Anblick des stolzen Tiers mit, wie Anna sie vorhin gespürt hatte. »Sehen Sie nur«, sagte er. »Er sitzt ganz ruhig auf dem Baum dort und schaut uns zu.«

Ja, weil er weiß, dass Brenner sich jetzt um die Sache kümmert, ging es Anna unwillkürlich durch den Kopf.

»Genau, schauen Sie doch«, wiederholte auch der Anführer der Gruppe. »Der Adler sitzt ganz friedlich da. Und wenn wir leise sind, werden bestimmt auch die Küken …«

»Willst du mir etwa meinen Job erklären, du kleiner Wichser?«

Brenner machte einen so plötzlichen Schritt auf den Hünen zu, dass dieser überrascht einen Schritt zurückwich. Auch wurde er bestimmt nicht oft ›kleiner Wichser‹ genannt, und eigentlich war das auch absurd: Brenner war nur etwas größer als mittelgroß, und der bullige Kerl überragte ihn beinah um einen vollen Kopf.

»Nein, ich meine doch nur …«, sagte er verwirrt. »Ich meine doch nur, dass wenn wir leise sind …«

Brenner hob das Seil vom Boden auf, das der Kletterer eben abgelegt hatte, und zog ein großes Jagdmesser aus der Scheide an seinem Gürtel. Dann durchtrennte er die dicken roten Schlaufen mit einem einzigen, glatten Schnitt.

»Ich hab genug vom Diskutieren«, sagte er. »Ihr Wichser verpisst euch jetzt und haltet euch das nächste Mal an die Regeln, wenn ihr in meinen Park kommt.«

Jeder starrte auf die riesige, oben gezackte Klinge in Brenners Hand. Anna fühlte sich wie in einem dieser amerikanischen Filme, wo irgendwelche harmlosen Städter auf verrückte Hinterwälder oder einen größenwahnsinnigen Sheriff treffen und um ihr Leben fürchten müssen. Nur stand sie in diesem Fall auf der Seite der Hinterwäldler.

Der Kerl ist doch komplett geistesgestört, dachte sie. *Warum hat Künzl mir nicht gesagt, dass ich mit einem Psychopathen zusammenarbeiten muss?* Automatisch ging ihr Blick zu dem Adler hinauf, der das bizarre Schauspiel ruhig von seinem Ast aus beobachtete, als sei es das Normalste der Welt.

»Der Typ hat einfach unser Seil durchgeschnitten«, sagte der mit den roten Wangen mit hoher Stimme. In seinem Ton schwang halb ungläubige Empörung mit, halb Angst; vermutlich auch ein wenig das Bemühen, die Situation dadurch zu entschärfen, dass er ihre Absurdität aussprach.

»Ja, du Depp«, sagte dann jedoch der Hüne in anderem Ton zu Brenner. »Bist du denn total narrisch?«

»Nenn mich nicht Depp, sonst mach ich dich fertig.« Brenner hatte die Stimme so weit gesenkt, dass er in der sonnigen Mittagsstille nur eben so zu hören war. Obwohl Anna das nicht für möglich gehalten hätte, klang er dadurch noch aggressiver. Auch seine Augen leuchteten wieder auf wie blaue Diamanten.

Von wegen Gebirge, dachte Anna, *dieser Brenner ›brennt‹ tatsächlich, genau wie sein Name sagt. Innerlich, lichterloh – aber frostig kalt wie irgendein seltsamer Eismensch …*

»Scheiße, leg dich nicht mit ihm an, Sammy«, sagte der Rotwangige. »Der Kerl hat ein Messer.«

Er und der Dritte im Bunde, ein pockennarbiger Typ mit schwarzem Scheitel, standen ein ganzes Stück hinter dem Anführer, vor den auf dem Boden liegenden Holzstämmen. Kaum war die Warnung ausgesprochen, machte Brenner eine beiläufige Bewegung mit der Hand und das Messer schlug in einen der Stämme ein – höchstens ein Meter vom Bein des Rotwangigen entfernt.

»Fuck! Shit!«, rief dieser entsetzt. »Der ist ja total irre!«

Alle drei Kletterer wichen automatisch ein Stück zurück. Der mit dem schwarzen Scheitel stolperte beinah über den Baumstamm hinter ihm.

»Jetzt habe ich keins mehr«, sagte Brenner ruhig, und Anna erkannte auf seinen Lippen das gleiche spöttische Lächeln, das sie vorhin so verwirrt hatte.

Was passiert hier nur?, dachte sie. *Was geht hier nur vor? Ich muss doch irgendwas tun.*

»Brenner, hören Sie«, sagte sie. »Die haben doch nur einen Fehler gemacht. Deswegen können Sie doch nicht …«

»Halten Sie sich da raus.« Mit der gleichen routinierten Art wie vorhin griff er sich an die Brust und schnallte den Gurt des Gewehrs auf, sodass es hinter ihm zu Boden fiel. Gleichzeitig machte er einen weiteren Schritt auf den Hünen zu. »Ich tu hier nur meinen Job.«

Er ist tatsächlich verrückt, dachte Anna. *Er will wirklich auf die drei losgehen.* Irgendetwas brachte sie dazu, erneut einen raschen Blick zu dem Adler hinaufzuwerfen – und diesmal hatte sie das unheimliche Gefühl, einen

Ausdruck der Genugtuung in den von strengen geraden Brauen überschatteten Augen des Vogels zu erkennen.

»Brenner, das ist doch Irrsinn. Die wollten hier doch nur ein bisschen klettern.«

»Mag sein. Aber wenn ich sage, sie sollen verschwinden, dann haben sie das zu tun. Sonst muss ich eben dafür sorgen.«

»Brenner, hallo, hören Sie mich? Brenner, wenn Sie mich hören, gehen Sie dran: Es geht um einen Adler.«

Die Stimme wurde von heftigem Knacken und Rauschen verzerrt und kam aus dem Funkgerät an Brenners Gürtel. Dass sie wie aus dem Nichts hier zwischen ihnen ertönte, schien die Situation komplett der Realität zu entheben. Es war Nationalparkleiter Künzl, und er klang ziemlich aufgeregt.

Brenner sah erst nicht so aus, als wolle er auf den Funkspruch antworten. Doch als das Wort ›Adler‹ fiel, nahm er sich das kleine schwarze Gerät vom Gürtel.

»Ja, hier Brenner«, sagte er, blickte dabei jedoch die zu Salzsäulen erstarrten Kletterer weiter finster an. »Was sagen Sie – ein Flugzeug? Verdammt … Nein, ich möchte dabeisein. Ich mache mich gleich auf den Weg. Warten Sie dort auf mich.«

3

»Na kommt, ihr lahmen Enten, die letzten Meter schafft ihr auch noch! Jetzt lasst euch nicht so hängen! Da muss man sich ja schämen, vor den ganzen Leuten!«

Simon stand mit seinem Vater am Geländer der Terrasse und rief laut zu Kathrin und Sophie herab. Gernot hatte schon ein Hefeweizen in der Hand und lächelte verschmitzt. Neben dem staubigen Schotterweg lagen große braune Kühe im Gras und schauten ihrer mühsamen Strampelei gelangweilt zu. Über der hübschen Almhütte, wo sie endlich Mittagspause machen würden, spannte sich makelloser blauer Himmel.

»Dieser kleine Mistkerl«, knurrte Sophie, die sich ein paar Meter vor Kathrin die letzte Biegung hochquälte. »Immer muss er uns blamieren. Wenn ich oben bin, bring ich ihn um.«

Sophie war Anfang des Jahres 13 geworden und so aus langer pubertärer Tradition verpflichtet, ihren zwei Jahre jüngeren Bruder aus tiefstem Herzen zu verabscheuen. Kathrin und Gernot hatten sie praktisch an den Haaren in diesen Urlaub mitschleifen müssen, und letzten Endes hatte sie sich nur breitschlagen lassen, weil sie danach mit den Eltern ihrer besten Freundin, denen Kathrin nicht wirklich traute, drei Wochen an die Algarve fahren durfte. Strand, Jungen, Freiheit: Die Vorstellung hing wahrscheinlich vor ihrem geistigen Auge wie die Karotte vorm Muli. Mit Sport hatte sie eigentlich genauso wenig am Hut wie mit jeder anderen halbwegs vernünftigen

Freizeitbeschäftigung, die Kathrin und Gernot ihr vorschlugen. Trotzdem schaffte sie es an jeder Etappe, ein Stück vor ihrer Mutter ins Ziel zu kommen.

»Gleich sind wir da und können uns ausruhen«, sagte Kathrin. »Und übermorgen hast du's dann endlich hinter dir.«

»Jetzt komm mir bloß nicht wieder mit deinem gönnerischen Ton und tu so, als würdest du meinetwegen ganz hinten fahren«, erwiderte Sophie. Die Hitze, die Anstrengung und vor fremden Leuten von ihrem kleinen Bruder ausgelacht zu werden machte sie reizbar und ehrlich. »Ich ziehe *dich* mit hoch und nicht umgekehrt. Nur, damit das klar ist.«

Tja, ein bisschen war es wohl tatsächlich so. Nicht so, wie Gernot Simon hinter sich herzog – als wolle er den Jungen im nächsten Jahr zur Olympiade anmelden. Aber Sophies stolligen Hinterreifen vor sich zu sehen und sich zu zwingen, nicht auch noch an sie den Anschluss zu verlieren, half Kathrin tatsächlich durch manch kritische Phase.

Eigentlich hatte sie sich immer für ganz fit gehalten. Als Jugendliche hatte sie Tennis gespielt, sogar in der Mannschaft, und konnte sich noch erinnern, wie es war, eine Gegnerin nach und nach mit ihren Schlägen in die Knie zu zwingen. Doch während des Studiums und erst recht, als die Kinder gekommen waren, hatte das aufgehört. Vor nicht langer Zeit hatte sie sich in einem Fitnessstudio angemeldet und vormittags ab und zu mal einen Kurs besucht. Doch selbst beim Yoga hatte sie immer schon nach kurzer Zeit eine Erschöpfung gespürt, die bis in die letzte Faser ihres Körpers zu reichen schien –

ja, sogar irgendwie noch tiefer. Oft hatte sie mitten in der Stunde einfach ihre Matte eingerollt und den Raum verlassen; es war ihr so peinlich gewesen, dass sie irgendwann nicht mehr hingegangen war.

Auch jetzt musste Kathrin einen Gang runterschalten; das allerletzte Stück war besonders steil, und Sophie zog mit wütenden Tritten vor ihr davon. Wie eine Welle lief das lähmende Gefühl durch Kathrins Köper, und wieder musste sie an die grauenvolle Geschichte denken, die eine Freundin ihr kürzlich erzählt hatte. Eine Bekannte, gerade einmal 37 wie sie, die sich auch ständig müde und erschöpft gefühlt hatte: Krebs, hatte der Arzt ihr gesagt, als sie endlich zu ihm gegangen war – schon so weit fortgeschritten, dass der Körper außer für den Kampf gegen den schrecklichen Feind keine Energie mehr übrig hatte.

Aber was soll dann aus den Kindern werden?, dachte Kathrin, während sie verzweifelt nach der Kraft suchte, ihr breitlenkriges Rad auch die letzten Meter den elenden Berg hochzuzwingen. *Nein, das ist undenkbar.*

»Komm, Mama«, sagte Simon von oben, jetzt in viel zärtlicherem Ton, »Papa hat dir schon ein Radler bestellt« – und dann war es endlich geschafft. Kathrin lehnte ihr Rad gegen Sophies, die sich für ihren Auftritt auf der Terrasse noch schnell die verschwitzen braunen Strähnen aus der Stirn wischte, und stieg hinter ihrer Tochter die alten Holzstufen hinauf.

»Bravo!«, sagte Gernot, als sie sich ihm gegenüber auf die Bank setzte, und schob ihr das in der Sonne leuchtende Gemisch aus Bier und Limonade hinüber. »Das hast du dir wirklich verdient, meine tapfere Bergziege. Auf dein Wohl!«

Kathrin stieß mit ihrem Mann an und trank dankbar aus dem mit kleinen Kondenströpfchen bedeckten Glas. Dann runzelte sie jedoch die Stirn.

»Ob das eine so gute Idee ist? Wir haben schließlich noch die Abfahrt vor uns.«

»Ach was, die wird heute noch harmloser als sonst. Außerdem macht dich das vielleicht ein bisschen mutiger, was bestimmt gar nicht so schlecht ist.«

Wieder lächelte Gernot sein verschmitztes Lächeln. Doch bevor Kathrin ihm antworten konnte, schaltete sich Sophie ein.

»Und was ist mit mir?«, fragte sie mit der seltsamen chronischen Vorwurfshaltung, die sie gegenüber Gernot noch stärker an den Tag legte als gegenüber Kathrin. »Mir hast du nichts bestellt? Ich muss jetzt hier verdursten?«

»Bei dir wusste ich nicht recht, meine Prinzessin«, sagte Gernot und schob ihr die Karte über den Tisch. »Schau mal da rein: Die haben so viele verschiedene Bionaden, dass du dich wahrscheinlich selbst nicht entscheiden kannst.«

»Die haben Sie aber gut im Griff, wenn Sie sie hier mit den Rädern die Berge hochkriegen. Meine Hochachtung!«

Der schnauzbärtige Bayer am Tisch hinter ihnen sah aus wie direkt aus der Paulaner-Werbung und prostete ihnen fröhlich zu. Seine Frau hielt ebenfalls anerkennend das Glas hoch.

»Glauben Sie bloß nicht, dass die das freiwillig machen«, antwortete Gernot. »Unserer Hübschen hier haben wir versprochen, dass sie danach noch mal richtig in den Urlaub darf. Und diesen kleinen Racker mussten wir mit mehr Trikots bestechen, als selbst die Fahrer bei der Tour de France dabeihaben.«

Gernot verwuschelte Simons blonden Schopf, und der Junge lächelte die Fremden freundlich an. Wie alle Jungen in seinem Alter war er fest überzeugt, dass man nur die gleiche Ausrüstung und Kleidung wie die erwachsenen Sportstars aus dem Fernsehen brauchte, um genauso gut zu sein wie sie – und na ja: So glänzend wie er sich hier schlug, war da vielleicht wirklich etwas dran. Kathrin und Sophie hingegen hatten sich nicht dazu überwinden können, sich in die eng anliegende, bunt bedruckte zweite Haut zu zwängen, die die Profis trugen, und auch Gernot hatte locker sitzende Shorts und ein schlichtes schwarzes Funktionshemd an.

Bei ihm wirkte jedoch gerade diese unprofimäßige Aufmachung wie ein Zeichen echten Könnertums, und während ihr Mann ungezwungen mit den Einheimischen scherzte, wunderte sich Kathrin wie öfter in letzter Zeit, wie sehr er sich über die Jahre verändert hatte. Ungelenk und unsicher war er gewesen, als sie ihn an der Uni kennengelernt hatte, war das erste Mal in so streng traditioneller weißer Tracht auf dem Tennisplatz erschienen, als sie ihn ihren Club eingeladen hatte, dass es ihr vor ihren Freunden peinlich gewesen war. Jetzt jedoch fuhr er fast jeden Tag ins Büro, als ob Casual Friday wäre, in lässigen, oft sogar ein wenig abgetragenen Sachen, und in einem unauffälligen Volvo-Kombi statt in den protzigen Porsche-Cayennes und Mercedes-Flügeltürern, die weniger wichtige Mitinhaber der Firma sich leisteten. Irgendwas mit Finanzen, EDV und Risikobewertung, für Kathrin klang es einfach immer nur unglaublich langweilig. Doch er verdiente damit doppelt so viel wie ihre anderen Verehrer von damals, die wissend über das grüne Krokodil auf seinem Hemd gelächelt hatten, auf ihren von Daddy zugeschusterten Dummiposten.

Auch die Haare trug er heute etwas länger, und mit dem Dreitagebart, den er sich hier stehen ließ, und der zusätzlichen Masse, die er durch den vielen Sport zugelegt hatte, sah er aus wie ein richtiges Mannsbild. Es war, als habe sich der gutaussehende, gutgelaunte Kerl, den Kathrin früher als Einzige in ihm erkannte, erst hervorgewagt, als er wusste, dass er es beruflich geschafft hatte – doch jetzt war er für jeden, den er mit seinem ungezwungenen Gewinnerlächeln anstrahlte, unverkennbar. Sophie erzählte dem bayrischen Ehepaar von dem später geplanten Urlaub, wie Simon höflich und freundlich gegenüber den Fremden, und als Kathrin an ihr vorbei in die Runde blickte, sah sie, dass auch andere Gäste zuhörten. Mit traumwandlerischer Sicherheit hatte Gernot mal wieder den besten Tisch für sie ergattert, auf der sonnigen Ecke der Terrasse, von wo man einen herrlichen Blick übers ganze Tal hatte, doch das schien ihnen niemand zu neiden, ganz im Gegenteil. Wie oft bei solchen Gelegenheiten nahm Kathrin stolz das Wohlwollen zur Kenntnis, das ihnen von den übrigen Gästen zuströmte, besonders von den älteren: eine Art natürliche Freude an ihr und ihrer wohlgeratenen Familie, die ihr wie immer sofort selbst einen wohligen Schauer des Glücks durch die Brust trieb.

»Sieh mal, Sophie, da drüben liegt noch Schnee«, sagte Simon plötzlich und zeigte hinter die Hütte. »Mitten im Sommer.«

Dieses Wunder war so groß, dass Sophie ihren ständigen Groll gegen ihren Bruder vergaß und den vom Winter übriggebliebenen Firn, wie der alte Bayer es nannte, mit ihm erkunden ging. Gernot bestellte das Essen, kam dann zu ihr herüber und legte den Arm um sie.

»Du hattest recht«, sagte sie, während sie gemeinsam auf den großen, grün-grauen Kessel vor ihnen blickten. »Dieser Urlaub war wirklich eine gute Idee. Ich hätte es mir nie verziehen, wenn ich dich und Simon allein hätte fahren lassen.«

Der prachtvolle Blick, das Radler und die netten Leute um sie herum ließen die Welt plötzlich wieder in einem viel freundlicheren Licht erscheinen – vielleicht auch ein bisschen die Erleichterung, die Kathrin vorhin auf ihre Tochter projiziert hatte: dass übermorgen die ewige Strampelei endlich ein Ende hätte. Von links tauchte ein Paraglider auf, und als Kathrin ihn mit seinem regenbogenfarbenen Schirm über dem Kessel kreisen sah, fühlte auch sie sich mit einem Mal frei und unbeschwert wie ein Vogel.

Schwäche, Krankheit, Tod und all die anderen quälenden Gedanken, die sie sich in letzter Zeit machte: Alles schien weit unter ihr zu liegen.

4

»So ein Mist. Ich hatte gedacht, Sie sagen mir, das sei unmöglich. Dann wäre die Sache klar gewesen.«

»Nein, unmöglich ist es nicht. Das könnte schon ein Adler gemacht haben.«

Brenner fasste in das etwas mehr als faustgroße Loch, das vorn in der ovalen Plexiglashaube prangte. Mit Daumen und Zeigefinger brach er ein weiteres Stück aus dem gesprungenen Glas heraus, wendete es kurz hin und her und warf es dann beiseite.

»So ein Gamsschädel ist noch dicker«, sagte er. »Den durchschlagen sie auch mit ihren Klauen. Und das erste Segelflugzeug, das einer angreift, wär's auch nicht.«

Er ging um den in der Sonne leuchtenden weißen Flieger herum und betrachtete ihn von allen Seiten. Das Segelflugzeug war quer über eine frisch gemähte Wiese geschlittert und hatte dann mit dem Flügel einen der großen Holzstöße erwischt, die hier im hügeligen Vorland überall neben Häusern und Wiesen aufgeschichtet waren. Wie eine übergroße Möwe mit gebrochener Schwinge lag es am Ende der langen Landespur, die sich durch die fein säuberlich aufgehäuften Heureihen zog.

»Greifen auch Gleitschirmflieger und Drachenflieger an, wenn sie ihnen in die Quere kommen«, erklärte Brenner, »manchmal sogar Hubschrauber. Der Himmel über den Bergen gehört ihnen. Alle anderen sind nur Gäste da.«

Nationalparkleiter Künzl, der mit Anna ein Stück weiter hinten stand, sah sie kurz an und zog bedeutungsvoll die Brauen hoch. In seinem blauen Hemd und seiner grünen Trachtenjacke strahlte der gepflegte kleine Mann hier draußen nicht ganz dieselbe Souveränität aus wie in seinem Büro. Als sie über die Wiese gelaufen waren, war er ständig auf den glatten Sohlen seiner teuren Lederschuhe ausgerutscht.

»Na gut, Brenner«, sagte er. »Dann müssen wir halt blechen. Vielen Dank, dass Sie gekommen sind.«

»Blechen müssen wir noch lange nicht«, erwiderte der Parkaufseher, während er mit finsterer Miene am Seitenruder des schief aufragenden Hecks herumspielte. »Und schon gar nicht dem. Der hat dem Park schon genug Geld abgeknöpft.«

Er wies mit dem Kinn auf die andere Seite der großen Wiese, wo zwei Männer im Schatten eines Traktors lehnten. Künzl stöhnte entnervt.

»Ja, das mag alles sein«, sagte er. »Aber wenn Sie ebenfalls glauben, ein Adler habe das Flugzeug attackiert, dann …«

»Das glaub ich überhaupt nicht«, fiel Brenner dem Direktor ins Wort und sah ihn böse an. »Ich hab nur gesagt, ein Adler *kann* so was machen – nicht, dass es auch wirklich einer war. Dem Angeber ist einfach der Aufwind ausgegangen, er musste notlanden, und auf der Wiese ist ihm ein Stein in die Scheibe gesprungen, die stecken hier überall in den Böden. Oder einer der Holzscheite ist ihm ins Cockpit gedonnert, und daher kommt der Schaden.«

»Das habe ich ja zuerst auch gedacht«, antwortete Künzl. »Deshalb habe ich Sie extra kommen lassen. Aber Sie sagen doch, dass die Sache sich durchaus so zugetragen haben könnte, wie Hirlinger behauptet. Dann kann ich ihm nicht offen ins Gesicht sagen, dass es nicht so war.«

Brenner stemmte die Arme in die Seiten und sah den kleinen Parkdirektor voller Verachtung an.

»Und wieso nicht?«

Künzl stöhnte erneut und verdrehte die Augen.

»Ach, kommen Sie, Brenner«, sagte er. »Jetzt stellen Sie sich nicht dümmer, als Sie sind. Sie wissen doch, wie die Sache hier läuft.«

»Ja, das weiß ich«, sagte der Parkaufseher grimmig. »So wie die Sachen hier immer laufen. Aber diesmal nicht. Diesmal kommt dieser Betrüger nicht so einfach wieder damit durch.«

Bevor Künzl reagieren konnte, marschierte Brenner wütend an ihm vorbei. Der Parkdirektor eilte ihm aufgeregt hinterher, kam aber mit seinen glatten Schuhen immer wieder ins Straucheln.

»Halt, Brenner. Jetzt machen sie nur nicht wieder irgendwelche Dummheiten. Ach verdammt, warum habe ich diesen Verrückten überhaupt hergeholt?«

Anna war noch nicht dazu gekommen, Künzl von Brenners Verhalten gegenüber den Freeclimbern zu erzählen. Den gewaltbereiten Parkranger bei seinem Vorgesetzten anzuschwärzen hätte ihr keine Freude bereitet; andere anzuschwärzen mochte sie allgemein nicht, aber in diesem Fall wäre es wohl ihre Pflicht gewesen.

Doch wie es schien, musste der Parkdirektor nicht darüber aufgeklärt werden, dass sein Mitarbeiter eine tickende Zeitbombe war. Schließlich bekam er gerade wieder ein neues Beispiel dafür geliefert.

Mein Gott, ist das hier immer so?, dachte Anna, während sie den beiden über die wie von einem Zenmeister in Linien gerechte Wiese nachstapfte. *Das können ja lustige sechs Wochen werden …*

Als sie an dem Traktor ankam, hatte sich Brenner schon vor dem Besitzer des Segelflugzeugs aufgebaut. Mit seinem runden Schädel und den schmalen schlauen Augen hatte der Mann etwas von einem besonders gewitzten Gebrauchtwagenhändler, der seinen prallen Bauch wie ein Zeichen seiner Geschäftstüchtigkeit vor sich hertrug, und die dick gefütterte grüne Bomberjacke, die er anhatte, ließ ihn noch aufgeplusterter wirken. Er hatte sich von dem Bauern, der neben ihm am Traktor lehnte, eine Flasche Bier bringen lassen; von den vielen geplatzten Äderchen auf Wangen und Nase her zu urteilen war es nichts Ungewöhnliches für ihn, so früh am Tag zu trinken.

Schon eben bei ihrer Ankunft war Anna aufgefallen, wie feindselig Hirlinger und Brenner sich ansahen. Künzl, der es wohl ebenfalls bemerkt hatte, war mit Brenner sofort zum Flugzeug weitergegangen. Doch jetzt konnte er nichts dagegen tun, dass die beiden Männer sich praktisch gegenseitig mit ihren Blicken töteten.

»Und welcher Adler soll das bitteschön gewesen sein?«, fragte Brenner gerade, der sich von Hirlinger offenbar bereits hatte bestätigen lassen, dass dieser für die Notlandung tatsächlich einen seiner Schützlinge verantwortlich machte. Hirlinger blickte kurz zu dem etwas verwahrlost wirkenden alten Männlein hinüber, das neben ihm am hohen Trittbrett des Traktors lehnte, und schüttelte den Kopf.

»Na, welcher Adler soll's denn wohl gewesen sein?«, fragte er Brenner. »Welcher von deinen Scheißvögeln ist denn dermaßen hochaggressiv, dass er längst abgeschossen gehört? Die Weiße war's natürlich – das weißt du doch ganz genau!«

»Ja, und du weißt, dass du mit deinem Flieger in ihrem Revier nichts zu suchen hast. Nicht mal drüberfliegen darfst du. Wenn sie dir also tatsächlich ein Loch in deinen Flieger gemacht hat, dann bist du selbst schuld und kriegst keinen Pfennig von uns. Ich glaub aber sowieso nicht dran. Ich glaub, du bist einfach zu blöd, mit dem Ding umzugehen, und hast's deshalb in den Holzhaufen da gesetzt.«

»Herr Künzl«, wendete sich Hirlinger an den Direktor. »Muss ich mich hier von Ihrem Angestellten beleidigen lassen?«

»Nein, natürlich nicht, Herr Hirlinger. Herr Brenner wird sich jetzt mäßigen. Aber wenn Sie wirklich in das Revier des Tiers eingedrungen sind, hat er natürlich recht. Dann ...«

»Ich war aber nicht in ihrem Revier«, sagte Hirlinger und sah Brenner wieder feindselig ins Gesicht. »Ich war am Großen Hundstod, überm Steinernen Meer, also ein ganzes Stück weiter östlich – aber das Mistvieh hat mich trotzdem angegriffen. Durch den ganzen Nationalpark und dann bis hier vor hat sie mich verfolgt, deswegen ist mir auch irgendwann die Höhe ausgegangen. Fliegen kann ich den Vogel schon, da musst du dir keine Sorgen machen, Brenner. So gut, wie ich finanziell dasteh, tu ich ja kaum noch was anderes.«

Hirlinger lächelte den Parkaufseher böse an, und wie

vorhin blitzten Brenners Augen wütend auf. Rasch schaltete sich Künzl wieder ein.

»Sind Sie ganz sicher, dass es die Adlerin aus dem Hirschbachtal war?«, fragte er Hirlinger.

»Ja, klar«, antwortete dieser abfällig. »Das Vieh war fast so groß wie das Flugzeug, und an den Flügeln hab ich's auch gesehen. Es war die Weiße. Sie ist eine Gefahr für die Allgemeinheit und gehört endlich aus dem Verkehr gezogen. Jetzt fängt sie schon an, außerhalb ihres Reviers für Probleme zu sorgen.«

»Tja, wenn es wirklich war, wie Sie sagen, dann sollte man die Sache vielleicht wirklich neu abwägen«, sagte Künzl und wendete sich an Brenner. »Ich hatte gehofft, wir hätten das hinter uns, so lange, wie sie sich still verhalten hat. Aber wenn das Tier jetzt tatsächlich wieder Probleme macht …«

»Das können wir leicht prüfen«, sagte Brenner und holte sein Handy hervor. Hirlinger runzelte verwirrt die Brauen, und nun lächelte der Parkranger böse.

»Sie ist ja besendert, du Rindvieh«, sagte er. »Du hast doch selbst dafür gesorgt. Ich lass mir einfach von Gruhn die Daten von heute durchgeben, und dann sehen wir ja, wie viel von deinem Lügenmärchen übrigbleibt … Rita, hallo, hier ist Veit. Gib mir doch bitte schnell mal die Nummer von Förster Gruhn, ich habe sie nicht eingespeichert … Ja, ich weiß, aber gib sie mir trotzdem, es ist wichtig. Auch die von seinem Handy.«

Während Brenner die Nummern eintippte, verließ Hirlinger seinen Platz am Traktor und baute sich mit vorwurfsvoller Miene vor Künzl auf. »Also, ich habe keine Lust mehr, mich hier weiter beleidigen und einen

Lügner schimpfen zu lassen«, sagte er. »Ich dachte, wir wären uns einig. Ich habe absichtlich direkt bei Ihnen angerufen, damit keine große Sache draus wird. Kooperation statt Konfrontation, das sagen Sie doch immer, und da dachte ich: Komm, vielleicht lässt sich die Angelegenheit auf dem kleinen Dienstweg regeln.«

»Ja, jetzt geht dir die Muffe, du Dreckhammel«, sagte Brenner, während er das Handy ans Ohr hob. »Jetzt kommt endlich raus, was du für einer bist.«

»Aber wenn Sie jetzt auch an meinem Wort zweifeln«, redete Hirlinger ungerührt weiter, »dann wende ich mich einfach mit dem Ganzen an die Polizei, alles nimmt seinen normalen Gang, und wir schauen halt, was draus wird ...«

Anna konnte förmlich hören, wie in Künzls Hirn die Rädchen ratterten. Er blickte kurz zu Brenner hinüber, der jedoch kein Glück zu haben schien.

»Verdammt, Gruhn«, fluchte er, nahm das Handy wieder herunter und versuchte es mit der anderen Nummer. »Komm schon, sei einmal zu erreichen.«

Doch er war es offenbar nicht. Und als Brenner nach kurzem Warten mit düsterer Miene einen weiteren Versuch startete, nickte Künzl Hirlinger zu.

»Nein, wir sind uns einig«, sagte er. »Lassen Sie Ihr Flugzeug reparieren und schicken Sie mir die Rechnung. Es war schon richtig, wie Sie vorgegangen sind. Die Nationalparkverwaltung kommt für den Schaden auf.«

Hirlinger streckte Künzl seine Pranke hin, und der Parkleiter schüttelte sie resigniert.

»Und den Abtransport und den Schaden an Stangls Wiese müssen Sie natürlich auch übernehmen«, sagte der massige Mann in der grünen Bomberjacke. »Da ist ja jetzt ein schöner Schmiss drin. Von dem Heu wird beim Abholen noch mehr unbrauchbar gemacht, und den Holzstoß darf er ebenfalls wieder neu aufbauen.«

»Ja, meinetwegen auch das«, erwiderte Künzl seufzend. »Solange die Forderungen im Rahmen bleiben.«

»Das können Sie doch nicht machen«, sagte Brenner, der inzwischen seine vergeblichen Anrufversuche aufgegeben hatte. »Der lügt – das garantier ich Ihnen.«

»Lassen Sie uns gleich reden, Brenner«, sagte Künzl. »Jetzt bleiben Sie doch einfach mal ruhig.«

»Aber der haut Sie übers Ohr, das sag ich Ihnen. So wie er Sie mit den Kälbern damals auch übers Ohr gehauen hat. Warum sollte denn die Adlerin ihr Revier verlassen und auf seinen Scheißflieger losgehen? Das hat er sich nur ausgedacht, da gehe ich jede Wette ein.«

Hirlinger ließ sich von dem Bauern offenbar irgendwo hinbringen und stieg zu dem kleinen Männlein in die Kabine des Traktors. Der Motor des klapprigen Museumsstücks lief schon, doch Hirlinger beugte sich noch einmal zu ihnen herunter.

»Sie sollten diesen unverschämten Kerl endlich feuern, Künzl«, sagte er. »Der stößt doch alle vor den Kopf, mit seiner unmöglichen Art, und gefährlich ist er außerdem – mindestens genauso gefährlich wie dieses geflügelte Monster. Das macht die Kooperation nicht leichter, mein lieber Herr Direktor.«

Hirlinger tippte dem Bauern auf die Schulter, und der Traktor fuhr los. Brenner rief dem überraschend schnell Richtung Straße holpernden Fahrzeug wütend hinterher.

»Diesmal hast du dich verrechnet, Hirlinger, damit kommst du nicht durch! Diesmal nicht, hörst du! Dafür werde ich sorgen!«

»Für meine Kühe kannst du sorgen, wenn deine Naturschützer endlich die Geduld mit dir verlieren!«, rief Hirlinger zurück, der halb in der seitlich offenen Kabine stand. »Ich habe da einen schönen Biohof bei Anzenbach. Da würdest du dich bestimmt gut machen.«

Brenner hob so schnell von irgendwo einen Stein auf und schleuderte ihn dem Traktor hinterher, dass Anna es kaum mitbekam. Der Traktor war bestimmt schon über 30 Meter entfernt, trotzdem zerbrach klirrend die Heckscheibe der Kabine. Der Bauer erschrak so sehr, dass er einen wilden Schlenker fuhr. Hirlinger jedoch lachte.

»Die setz ich mit auf die Rechnung, Herr Direktor!«, rief er. »Ich sag's doch: Der Kerl macht Ihnen nichts als Scherereien.«

5

»Verdammt, Brenner, sind Sie denn von Sinnen?«

Während weiter vorn der beschädigte Traktor auf die schmale Asphaltstraße einbog, die zur Wiese führte, schüttelte Parkdirektor Künzl empört den Kopf. Einmal mehr sah er Anna vielsagend an und fuhr dann fort, seinen immer noch vor Wut schnaubenden Mitarbeiter zurechtzuweisen.

»Stellen Sie sich mal vor, Sie hätten jemanden getroffen«, sagte er. »Dann hätte einer von den beiden jetzt ein Loch im Kopf. Den Schaden zieh ich Ihnen vom Lohn ab. Sonst lernen Sie nie, Ihr Temperament im Zaum zu halten.«

»Das können Sie gern machen«, antwortete Brenner. »Aber diesem Lump von Hirlinger dürfen Sie keinen Pfennig geben. Der will Sie übern Tisch ziehen, das weiß ich ganz genau. Wir müssen doch nur mit Gruhn reden.«

»Hätten Sie ihn eben auf Anhieb erreicht und er ihre Vermutung bestätigt, meinetwegen. Aber so geht Hirlinger zur Polizei, morgen steht's in der Zeitung, und bald ist es so wie bei den Wölfen in der Lausitz, wo sich schon die ersten Bürgergruppen gebildet haben. Damit ist den Tieren nicht geholfen.«

»Ach, den Tieren. Ihnen wäre es doch nur recht, wenn die Weiße aus dem Verkehr gezogen wird. Deswegen haben Sie Gruhn ja überhaupt mit ihrer Überwachung beauftragt.«

»Reden Sie nicht so einen Unsinn, Mann«, erwiderte Künzl und warf einen peinlich berührten Blick zu Anna herüber. »Ich habe ihn damit beauftragt, weil er nun mal in dem Tal wohnt und wir so einen einfachen Funksender verwenden können. Ich kann doch nicht für einen einzigen Adler ein ganzes GPS-System anschaffen lassen. Aber was die Weiße angeht: So sehr ich Ihre Begeisterung für dieses prächtige Tier teile, für alle anderen Adler im Park wäre es tatsächlich besser, wenn es sie nicht gäbe. Dann würden die Leute sich keine Schauermärchen mehr erzählen und bei jedem verschwundenen Hofhund gleich sagen, der Aar war's. Ein schwarzes Schaf kann den Ruf der ganzen Herde ruinieren, Brenner, merken Sie sich das.«

»Ein lausiges GPS-System wollen Sie nicht bezahlen, aber dem Hirlinger kaufen Sie jetzt ein neues Flugzeug«, sagte Brenner und hielt vorwurfsvoll sein Handy hoch. »Dabei muss ich nur Gruhn erreichen, und wir erfahren die Wahrheit.«

»Die Sache ist für mich abgehakt, davon will ich nichts mehr hören«, erwiderte Künzl. »Ich lass doch nicht schöne Imagebroschüren drucken, damit die Leute einen dämlichen Zeitungsartikel lesen und gleich wieder in ihre alten Denkmuster verfallen. Außerdem habe ich Hirlinger schon mein Wort gegeben, und das muss verlässlich sein, sonst komme ich mit den Leuten hier nicht mehr zurecht.«

»Verlässlich – und das gegenüber diesem Gauner«, sagte Brenner voll Abscheu. »Der größte Schweinehund, den es weit und breit gibt.«

»Ich habe nicht daran gedacht, was Sie für eine Vorgeschichte miteinander haben, sonst hätte ich Sie gar nicht erst dazugeholt, Brenner. Aber glauben Sie mir, für den Park und die Tiere ist es so das Beste. Warum sich mit allen anlegen, wenn die Sache sich mit ein bisschen Geld aus der Welt schaffen lässt? Aber Geld gibt es nur, wenn alle glücklich und zufrieden sind. Wer will schon von Adlern lesen, die Flugzeuge vom Himmel holen oder sich auf Gleitschirmflieger stürzen? Nein, wild darf die Natur sein, aber nicht bedrohlich. Und wenn der Vogel am Ende unschuldig ist: Dann hat uns dieser gewiefte Kerl eben ein bisschen Geld aus der Tasche gezogen, solche Gauner gibt es immer. Im Großen und Ganzen betrachtet ...«

Anna hatte das Gefühl, dass Künzl mehr für ihre Ohren sprach, denn Brenner hörte ihm ganz offensichtlich gar nicht mehr zu. Zwar hatte er seinen wütenden Blick immer noch auf den kleinen Parkdirektor gerichtet, aber mit den Gedanken schien er woanders zu sein. So wild, wie seine Wangenmuskeln arbeiteten, stellte er fieberhaft irgendwelche Überlegungen an.

»Also gut«, unterbrach er schließlich Künzl, und blitzten sonst seine Augen vor Wut auf, schienen sie es jetzt vor Entschlossenheit zu tun. »Ich mache Ihnen ein Angebot. Sie lassen mich zu Gruhn rausfahren – jetzt gleich, damit Hirlinger erst gar nicht wieder was mit ihm mauscheln kann. Ich schau nach, ob die Adlerin heute das Tal verlassen hat, und wenn Sie tatsächlich Hirlingers Flugzeug angegriffen hat, hol ich sie persönlich vom Himmel. Bei der nächsten Sitzung bring ich selbst den Antrag ein, und Sie wissen, dass er dann durchkommt. Und zur Strecke bringen tu ich sie auch: Mich führt sie nicht so leicht an der Nase rum wie den alten Förster.«

Der Direktor sah seinen Mitarbeiter verblüfft an. Er blickte kurz zu Anna herüber und schien sich zu fragen, ob er sich vor ihr so ein Angebot überhaupt anhören durfte. Doch offenbar kam er zu dem Schluss, dass er durfte.

»Sie wollen einen Adler töten, Brenner?«, fragte er misstrauisch. »Sie bieten mir ernsthaft an, den Adler zu töten? *Diesen Adler?*«

»Ich bin mir hundertprozentig sicher, dass Hirlinger lügt«, erwiderte der Parkranger. »Das habe ich im Gefühl.«

»Und wenn Ihr Gefühl Sie trügt, dann stehen Sie trotzdem zu dem, was Sie eben gesagt haben? Wenn sich also herausstellt, dass das Tier tatsächlich so gefährlich ist, wie Hirlinger behauptet.«

»Ja, das wissen Sie. Dann ist die Weiße ein untragbares Risiko und muss aus der Wildbahn genommen werden.«

Künzl nickte, dachte aber noch einen Moment nach. Dann ging er zum zweiten Mal an diesem Nachmittag auf die ihm vorgeschlagene Abmachung ein.

»Also schön«, sagte er. »Fahren Sie zu Gruhn raus, und wenn Sie recht haben, geht Hirlinger leer aus. Vielleicht zeigen wir ihn dann sogar wegen versuchten Betrugs an – das wäre unter Umständen auch eine Möglichkeit, ihm das Maul zu stopfen. Aber im anderen Fall holen Sie die Adlerin vom Himmel, und bei Hirlinger in aller Form entschuldigen werden Sie sich dann auch.«

Diese letzte Klausel des Deals schien Brenner beinah zu veranlassen, wieder davon zurückzutreten. Doch nach kurzem Zögern nickte er knapp und setzte sich anschließend sofort Richtung Auto in Bewegung.

»Frau Khadiri bringen dann am besten Sie zurück nach Ramsau«, sagte er. »Zu Gruhn rauszufahren ist für sie langweilig. Und heute Abend zur großen Feier käme sie dann wahrscheinlich auch zu spät.«

Anna atmete auf. Zwar kränkte es sie insgeheim ein wenig, einfach so von Brenner stehen gelassen zu werden. Und so sehr ihr auch von dem ganzen Hin und Her der Kopf schwirrte: Was wirklich mit dem Flugzeug passiert war, hätte sie durchaus interessiert.

Doch letztlich überwog nach all dem Stress, den sie in den letzten Stunden mit Brenner erlebt hatte, die Erleichterung, den aggressiven Parkaufseher für heute erst einmal los zu sein. Wer wusste, was sich zwischen ihm und dem Förster noch für eine Szene abspielen würde! Und Zeit, sich vor der wichtigen Veranstaltung später noch ein wenig zu sammeln, hätte sie so auch.

Doch Parkdirektor Künzl hatte andere Pläne mit ihr.

»Nein, Brenner, Frau Khadiri kommt mit Ihnen«, sagte er zu ihrer großen Überraschung und schickte den Parkaufseher dann voraus zum Auto. »Ich möchte nur noch mal kurz mit ihr sprechen.«

6

»Und: Will er, dass Sie mich überwachen?«, fragte Brenner, als Anna zu ihm ins Auto stieg.

»Nein, natürlich nicht«, antwortete Anna. »Wie sollte ich Sie überwachen? Ich mache hier nur ein Praktikum und bin den ersten Tag da. Warum sollte er mich da um so was bitten?«

»Na ja«, antwortete Brenner, während er den Wagen anließ und losfuhr. »Er scheint Sie ja für ziemlich vertrauenswürdig zu halten, wenn er in Ihrem Beisein auf so ein krummes Geschäft eingeht.«

»Na, Sie sind gut. Sie haben das Geschäft doch vorgeschlagen.«

»Ich weiß aber auch, dass Hirlinger lügt«, antwortete

Brenner und lächelte schlau. »Da liegt der feine Unterschied.«

»Bestechende Logik«, erwiderte Anna. *Die Logik eines Psychopathen*, dachte sie. »Nein, Herr Künzl meinte nur, es sei eine gute Gelegenheit, mir von Ihnen die telemetrische Überwachung erklären zu lassen. Sonst fahren Sie wohl nicht so oft dort raus.«

»Ach ja, unser hochmodernes Tierortungssystem. Das ist natürlich auch ein Grund.«

Immer noch grinste Brenner wissend, während er mit einer Hand am Lenkrad die von langen, holzgedeckten Häusern gesäumte Alpenstraße entlangraste. Anna konnte nicht widerstehen, ihm ein bisschen die Luft rauszulassen.

»Und der Direktor hat mir auch gesagt, warum Sie so komisch sind.«

»Wie bitte?«

»Warum Sie so komisch sind. So aufbrausend und leicht zu reizen.«

Brenner sah zu ihr herüber, wirkte aber eher belustigt als verunsichert. »Ach, Sie meinen das heute Morgen mit den Kletterfuzzis? Das hat Ihnen wohl Angst gemacht?«

»Nein, hat es nicht. Da, wo ich herkomme, erlebe ich so was ständig. Nur hier im Nationalpark hatte ich nicht damit gerechnet. Schon gar nicht, wenn es heißt, auf die Belange der Parknutzer werde besonders gut geachtet.«

»Aber das war doch nur Spaß«, sagte Brenner. »Der aufgeblasene Studentenkopf ging mir doch nur auf die Nerven, mit seinen Gummischühchen und dem Muskelhemd. Das haben Sie Künzl natürlich brühwarm aufgetischt.«

»Nein, habe ich nicht. Ich wollte erst. Aber dann hatte ich das Gefühl, dass er auch so schon weiß, wie Sie mit den Besuchern des Parks umgehen.«

›Hat er jemanden verletzt?‹, hatte der Direktor gefragt, als sie ihm von der verstörenden Szene erzählt hatte. ›Er ist ein guter Naturschützer, nur steht er wie viele Naturschützer ein bisschen zu sehr auf der Seite der Natur.‹ Obwohl um sie herum jetzt wieder die ersten, wie von Pauspapier verdeckten Berge über den grünen Wiesen auftauchten, nahm der blonde Parkaufseher kein Tempo heraus. Er war einer dieser nervenden Männer, die nicht nur zu schnell fuhren, sondern dabei auch kein bisschen auf die Straße zu achten schienen. Auf einer durch ein Waldstück führenden Geraden, auf der es an einer Seite steil bergab ging, musterte er sie einen Moment lang aufmerksam.

»Vielleicht wollte ich mich nur vor Ihnen aufspielen«, sagte er. »So hübsch wie Sie sind, passiert Ihnen das doch bestimmt dauernd.«

Hoppla, was ist denn das jetzt?, dachte Anna. Brenners Stimme war tief und ernst, sein Blick fuhr ihr bis ins Mark. Heiß oder kalt? Heiß *und* kalt? Sie wusste es nicht. Es war jedenfalls ein seltsames Gefühl, und sie brauchte einen Moment, um zu reagieren.

»Nein, überhaupt nicht, so ein Quatsch«, stammelte sie. »Außerdem meinte ich auch nicht Ihr Verhalten gegenüber den Kletterern, sondern gegenüber diesem Hirlinger. Künzl hat mir erzählt, er hätte den Hof Ihrer Eltern gekauft.«

Sofort verwandelten sich Brenners Augen wieder in pures Eis, und außer schlecht unterdrückter Wut blieb keine Regung in seinem Gesicht übrig.

»Er hat ihn ihnen abgeschwindelt, meinen Sie«, sagte er und richtete den Blick zurück auf die Straße. Unter seinen dunkelblonden Bartstoppeln konnte Anna erneut seine Wangenmuskeln arbeiten sehen. »Hat Künzl sonst noch was erzählt?«

»Nur das mit den Kälbern noch. Dass Sie glauben, Hirlinger hätte schon damals versucht, den Park übers Ohr zu hauen.«

»Das glaub ich nicht, das weiß ich«, sagte Brenner mit der blinden Gewissheit des Eiferers. Noch einmal sah er kurz zu ihr herüber, dachte kurz nach und schien dann eine Entscheidung zu treffen.

»Dieser Hirlinger ist vor etwas mehr als zehn Jahren hier ins Berchtesgadener Land gekommen«, erzählte er. »Er kam aus München runter und hatte da wohl ein bisschen Geld gemacht. Wie, weiß ich nicht, aber mit sauberen Geschäften war's bestimmt nicht. Hier unten hat er dann angefangen, mit irgendeinem Schwein von der Bank Leute von ihren Höfen zu schmeißen, die nach einer schlechten Saison ihren Kredit nicht sofort bedienen konnten. Auch auf den Almen hat er ein paar der alten Weiderechte aufgekauft, weil er dachte, das liest sich gut auf seinem Biofleisch. Nur hat er die ganz falsche Sorte Rinder dort hochgeschickt, und sogar Kälber und Jährlinge, und die sind dann reihenweise von den Felsen gepurzelt.«

»Diese Adlerin, um die es jetzt geht, hatte also gar nichts damit zu tun?«

Brenner zuckte mit den Achseln.

»Das Tier ist wirklich außergewöhnlich groß«, sagte er. »Dass die Weibchen bei den Adlern immer größer sind als die Männchen, habe ich Ihnen ja schon gesagt. Normalerweise erreichen sie eine Flügelspannweite von 2,30 Meter, in Ausnahmefällen 2,50 Meter. Dieses Adlerweibchen misst von einer Flügelspitze zur anderen aber fast drei Meter – es ist so groß wie ein Andenkondor. Diesmal haben wir fürs Vogelgucken keine Zeit, aber vielleicht schaffen wir es bei anderer Gelegenheit noch mal ins Hirschbachtal raus, dann kann ich sie Ihnen zeigen. Wenn Sie die Adler, die wir heute beobachtet haben, schon beeindruckend fanden, dann warten Sie, bis Sie diesen sehen. Es ist wirklich ein ungemein prachtvolles Geschöpf.«

Brenner geriet ins Schwärmen, und wie er mit den leuchtenden Augen eines kleinen Jungen zu ihr herübersah, machte ihn Anna fast wieder sympathisch. Als sich seine Geschichte aber erneut seinem Erzfeind zuwendete, verschwand der Enthusiasmus aus seiner Miene.

»Beeindruckend ist der Vogel natürlich auch für Tiere«, erklärte er. »Und die überzüchteten Rindsviecher, die Hirlinger da auf die Alm geschickt hat, geraten bei so einem Anblick natürlich erst recht in Panik. Wahrscheinlich ist die Adlerin einfach mal aus Neugier über die Herde geflogen, und da hat eins der Tiere vor Schreck nicht mehr geschaut, wo es hinläuft. Dann hat sie oder der Terzel ein bisschen am Kadaver gepickt, und schon hat der Berghirt gesagt, der Aar war's.«

»Der Terzel ist der männliche Adler, richtig?«, fragte Anna. »Und Aar ist einfach eine altertümliche Bezeichnung für Adler, oder?«

»Genau«, antwortete Brenner. »So wie Meister Petz für Bär oder Isegrim für Wolf. Meister Petz war's, Isegrim war's, der Aar war's – so was haben die Leute hier früher ständig gesagt, wenn ihren Tieren was passiert ist. Deswegen wurde all diesen natürlichen Räubern auch so unerbittlich nachgestellt. Und in diesem Fall war's meiner Meinung nach genauso.«

»Aber greifen Steinadler nicht auch relativ große Tiere an? Gämsen und Steinböcke und so? Ich dem Buch, das ich …«

»Sie greifen sie vielleicht an, aber in der Regel nur, um an die Kitze zu kommen«, unterbrach sie Brenner. »So ein Adler geht sogar auf einen Wolf los, wenn er dazu abgerichtet ist. In der Mongolei machen sie mit Steinadlern Jagd auf Füchse und Wölfe, genau wie ein Falkner hier auf Kaninchen. Und selbst wilde Exemplare greifen manchmal sehr viel größere und gefährlichere Tiere an – sie können sehr mutig sein. Im Internet gibt es ein schönes Video von einem Steinadler, der einen ausgewachsenen Bären attackiert, ein Praktikant hat es mir mal gezeigt. Aber da verteidigt der Vogel sein Revier, er will den Bären nicht erlegen. Als Beute wäre so ein Tier viel zu groß für einen Adler, da ginge er nicht ran. Und das Gleiche gilt für junge Rinder, selbst bei einem so mächtigen Exemplar wie der Weißen.«

»Warum nennt sie jeder so?«, fragte Anna.

»Weil sie schon sehr alt ist, über 30 Jahre, aber auf einer Flügelunterseite ein fast komplett weißes Gefieder hat. Normalerweise wächst sich das mit dem Alter aus, aber bei ihr ist es geblieben.«

»Und Sie haben Künzl damals gesagt, dass Sie es nicht für möglich halten, dass der Vogel die Kühe angegriffen hat?«

»Ja, und damals hat er mir auch noch geglaubt«, sagte Brenner verbittert. »Damals hatte er noch nicht so viel Angst vor diesem verdammten Kerl.«

Anna runzelte verwirrt die Stirn. »Aber ich dachte, Hirlinger sei für die Rinder entschädigt worden. Sie hatten doch gesagt ...«

»Wurde er auch, aber erst später«, erklärte Brenner. »Erst mal musste er sich von mir eine Absage erteilen lassen: Selbst wenn deine Kühe von der Alm hüpfen, sobald die Adlerin vorbeifliegt, habe ich ihm gesagt, dann liegt das daran, dass sie im Gegensatz zu ihr nicht dahingehören. Dass sie eine für die Almwirtschaft ungeeignete Züchtung sind. Er hat dann behauptet, die Adlerin hätte auch den Berghirt angegriffen, als er sie von der Herde verjagen wollte. Aber da habe ich ihn nur ausgelacht.«

»Das Tier soll einen Menschen angegriffen haben?«, fragte Anna erstaunt. Als Brenner von der Alpenstraße abbog, waren in der Ferne kurz die unterschiedlich hohen Gipfel des Watzmannmassivs zu sehen: der Sage nach ein alter König mit seiner Familie, der zu Stein verwandelt wurde, weil er einen Hirten und dessen Frau von seinen Hunden zerfleischen ließ. Außer vielleicht mit Kampfhunden kam man in Berlin nicht mit gefährlichen Tieren in Kontakt. Und die kriegten von ihren Besitzern in der Regel sofort eins auf den Deckel, wenn sie es wagten, Anna anzubellen.

»Totaler Schwachsinn«, beruhigte Brenner sie. »In jedem zweiten Heimatfilm stürzt zwar ein Jäger bei einem Adlerangriff zu Tode. Aber in Wirklichkeit war's schon immer andersrum: Die Jäger wollten den Adlern ans Leder und nicht umgekehrt, und als moralische

Rechtfertigung für die eitle Jagd nach Trophäen mussten dann solche Ammenmärchen herhalten. Genau so hatte sich's auch dieser gerissene Dreckskerl von Hirlinger gedacht: Wenn ein Tier gefährlich ist, dann darf's der Förster schießen, egal was wir Naturschützer sagen. Sie müssen sich nur an ›Problembär‹ Bruno erinnern, der vor ein paar Jahren drei Landkreise weiter abgeknallt wurde. Ich könnte mir sogar vorstellen, dass die Adlerin nicht mal in die Nähe der Rinder gekommen ist und Hirlinger sich den einzigartigen Vogel einfach nur ausgestopft in den Keller hängen wollte. Der gute Förster Gruhn ist natürlich drauf eingegangen: Er kommt aus einer alten königlichen Leibjägerfamilie, und sein Großvater hat fast so viele Steinadler erlegt, wie heute in ganz Deutschland leben. Nur leider ist die Sache gründlich schiefgelaufen.«

»Was ist passiert?«, fragte Anna.

»Sie haben die Weiße geködert, damit Gruhn sie schießen kann«, erzählte Brenner. »Aber er hat wohl nur einen Flügel getroffen, und dann ist der Vogel wild geworden und auf seinen Hund los.«

»Auf seinen Hund? Was war es denn für einer?«

»Ein Deutscher Drahthaar, das sind die mit dem rostbraunen Fell und der struppigen Schnauze. Er war schon alt, aber der Förster hat ihn natürlich heiß und innig geliebt. Die Adlerin hat ihn gepackt, ist ein Stück mit ihm bergab geglitten und hat ihn dann einfach in den Abgrund fallen lassen. Sie dachte wohl, der Hund hätte auf sie geschossen.«

»Mein Gott. Und was ist dann passiert?«

»Na ja, Hirlinger hat das natürlich als Beweis für seine Geschichte dargestellt, und Künzl ist eingeknickt. Er hat ihm seine teuren Rinder bezahlt und wäre den ›Problemadler‹ am liebsten sofort losgeworden, aber das hätte ohne meine Zustimmung nicht gut ausgesehen. Schlau, wie er ist, hat er jedoch einen Weg gefunden, wie er das Tier trotzdem loswerden kann.«

»Und der wäre?«

»Er hat mich damit beauftragt, den Vogel mit einem präparierten Köder zu betäuben und ihm einen Sender ins Gefieder zu klemmen. Aber die telemetrische Überwachung hat er dann Gruhn überlassen. Der hat im Revier der Adlerin seine Hütte, was die Überwachung natürlich einfacher macht. Aber eigentlich musste man von ihm annehmen, dass er sich bei der ersten Gelegenheit für seinen Hund rächt.«

»Wann war das alles?«

»Vor etwa drei Jahren«, erwiderte Brenner.

»Und seitdem?«

»Seitdem ist nichts mehr passiert. Hirlinger hat keine Spezialzüchtungen mehr auf den Berg geschickt, aber die Adlerin hat sich auch sowieso von der Alm ferngehalten. Da hat sie anscheinend zu viele schlechte Erfahrungen gemacht.«

»Der Förster hat sie nicht abgeschossen?«

»Nein. Wahrscheinlich ist sie nach all der Köderei so misstrauisch, dass er nicht nah genug an sie rankommt – obwohl er jetzt ständig weiß, wo sie gerade ist. Ich war das letzte Mal vor zwei Monaten im Hirschbachtal, und da war sie noch wohlauf. Sie und der Terzel haben letztes Jahr ein Junges bekommen, und das lernen die Altvögel immer noch an. Es sind besonders erfahrene und fürsorgliche Eltern.«

»Und der Förster und dieser Hirlinger …«

Brenner sah sie einen Moment an, zuckte dann jedoch erneut mit den Schultern. »Sie meinen, ob die vielleicht auch in diesem Fall wieder gemeinsame Sache machen. Nun ja, deswegen will ich ja so schnell dort raus: Damit Hirlinger den Förster nicht vor mir spricht und der alte Herr vielleicht versucht, da irgendwas zu türken. Ob er das könnte, weiß ich nicht. Schon ihm zu erklären, wie man das System am Computer bedient, war eine Heidenarbeit.«

Er dachte einen Moment nach.

»Und eigentlich halte ich ihn auch für zu stolz und zu korrekt, um bei einer von Hirlingers Schweinereien mitzumachen. Bei der Adlerin konnte er nicht widerstehen, als alter Leibjägersspross: So ein prächtiges Tier hat mit Sicherheit selbst sein Großvater nie vor die Flinte gekriegt. Außerdem ist er als Jäger und Förster natürlich von der anderen Seite, und dieser ganze neumodische Naturschutzkram ist ihm hochsuspekt. Aber dass er sich noch mal von diesem skrupellosen Kerl einspannen lässt und bei einer seiner krummen Touren mitmacht, das glaube ich eigentlich nicht.«

Sie waren an einem hübschen kleinen See vorbeigefahren, an dessen Ufer sich Gasthöfe und Bootsverleihe aneinanderreihten, und mussten jetzt an einer automatischen Schranke warten, die offenbar den Zugang zu dem Tal regulierte, das sich vor ihnen öffnete. Brenner nutzte die Zeit, um Anna erneut anzusehen, und nachdem er so viel erzählt hatte, wirkte er nun beinah wieder wie ein normaler Mensch auf sie.

Trotzdem hatte sein Blick etwas übertrieben Intensives – als würde auch darin die wütende Energie brennen, welche das gesamte Wesen des drahtigen Parkaufsehers zu durchdringen schien. Um diesem Blick auszuweichen, tat Anna so, als wolle sie sich noch einmal nach dem hübschen See hinter ihnen umdrehen, und kam dabei nicht umhin, erneut das glänzende braune Gewehr zu bemerken, das auf dem Rücksitz lag. Nachdem der rätselhafte Ranger damit heute Morgen jenen harmlosen Jungs von der Kletterwand einen Riesenschreck eingejagt hatte, hatte er die Waffe trotz der Eile sorgfältig zurück unter seine Jacke geschoben.

»Nun, wir werden sehen«, sagte er leise, während er wieder anfuhr. »Doch wenn alles mit rechten Dingen zugeht, kann eigentlich nur eins bei der Geschichte herauskommen.«

7

Mehr als 60 Prozent der gefundenen Knochen stammen von Rindern, die das wichtigste tierische Nahrungsmittel der Siedlung darstellten. Auffällig an dem Material ist der hohe Anteil an Kälberknochen, die von sehr jungen Tieren stammen. Das kann als Zeichen gewertet werden, dass die spätmittelalterliche Bevölkerung des Inntals intensiv Milchwirtschaft betrieb: Die Kälber wurden unmittelbar nach der Geburt getötet, damit die Milch ihrer Mütter den Menschen als Nahrung dienen konnte.

Grausam eigentlich, dachte Florian und nahm die Finger von der Tastatur. *Aber wir Menschen machen das schon seit zehntausend Jahren – es ist Teil unserer Kultur.*

Er betrachtete die bunten Balkendiagramme, die er auf Grundlage der Grabung in der altbayrischen Siedlung angefertigt hatte, und beschloss dann, die Bewertung der übrigen Knochenfunde auf den nächsten Tag zu verschieben. Draußen war schönes Wetter, er könnte mit dem Fahrrad eine Runde im Englischen Garten drehen und sich dann in einen Biergarten setzen. Und vielleicht wäre ja heute der Tag, an dem er endlich den Mut aufbrachte, Marie zu fragen, ob sie ihm nicht Gesellschaft leisten wollte.

Voll ungewohnter Entschlossenheit sprang er vom Stuhl auf und war schon drauf und dran, einfach zu ihr hinüberzugehen – da fiel sein Blick auf die Beutel in der Ecke. *Ach ja, natürlich, die blöden Adlerbeutel*, dachte er und blieb auf halbem Weg zur Tür stehen. *Die hätte ich doch beinah glatt vergessen.*

Die großen Plastikbeutel, die neben der Tür des Arbeitsraums auf einem Tisch lagen, waren mit Knochen gefüllt. Die Beutel stammten aus dem Nationalpark Berchtesgaden und dem dazugehörigen Biosphärenreservat, und jeder enthielt die Überreste der Beutetiere aus einem Adlerhorst, der sich in diesem Gebiet befand.

Nach jeder Brutsaison, sobald Jungtiere und Eltern ausgeflogen waren, kletterten Mitarbeiter des Nationalparks in die Nester, um die Knochen der Tiere einzusammeln, mit denen die Adler im Laufe der Brut ihre Jungen gefüttert hatten. War der Tisch der Vögel reich gedeckt gewesen und hatten sie viele verschiedene Tiere erbeutet, wies das darauf hin, dass mit der Fauna in dem Gebiet alles in Ordnung war. Die Steinadler standen dort genauso an der Spitze der Nahrungskette wie die Löwen in der afrikanischen Savanne und galten deshalb als sogenannte Zeigerspezies: Ging es ihnen gut und fanden sie für sich und ihren Nachwuchs genug zu fressen, bedeutete das, das Konzept der Nationalparkverwaltung ging auf und Natur und menschliche Nutzer lebten in harmonischem Einklang.

Dementsprechend wichtig war die Auswertung der Beutereste für den Park, und um sicherzugehen, dass dabei auch wirklich jedes erbeutete Tier berücksichtigt wurde, überließ man sie dem Institut für Paläoanatomie in München. Hier kannte man sich mit alten Tierknochen so gut aus wie nirgends sonst in Deutschland. Allerdings war die Auswertung der ›Adlerbeutel‹ bei den Mitarbeiten ungefähr so beliebt wie Latrinendienst in einer Bundeswehrkaserne.

Wie Florian selbst beschäftigten sich die Forscher, für die irgendwer mal den lustigen Namen Archäozoologen erfunden hatte, vor allem aus einem Grund mit tierischen Überresten: um so Erkenntnisse über Abschnitte der menschlichen Geschichte zu gewinnen, von denen es ansonsten nur wenige Zeugnisse gab. Für Florian war es jedes Mal wie eine Art rückwärtsgewandtes Rätselspiel, bei dem manchmal ein einziger Knochen oder sogar nur ein winziger Kratzer daran eine längst vergessene Welt auferstehen lassen konnte.

Sich mit Tierknochen zu beschäftigen, um daraus Erkenntnisse über Tiere zu gewinnen, die dazu noch in der Gegenwart lebten und deshalb doch eigentlich auch so wunderbar zu untersuchen sein müssten – das empfand Florian genau wie die meisten seiner Kollegen als enorm langweilig. Selbst Anfragen von Köchen, die wissen wollten, ob die auf dem Viktualienmarkt eingekaufte Keule auch wirklich von einem teuren Wildschaf stammte, galten allgemein als spannender.

So wurden die Beutel stets so lange von Arbeitsraum zu Arbeitsraum getragen, bis sie bei demjenigen Mitarbeiter landeten, der am niedrigsten in der Hierarchie stand. Das war eigentlich Marie, die genau wie Florian nur eine Doktorandenstelle besetzte, diese jedoch ein halbes Jahr nach ihm angetreten hatte. Allerdings hatte sie inzwischen wohl gemerkt, dass sie nur ein bisschen mit ihren grünen Katzenaugen klimpern musste, um Florian dazu zu bringen, mit einem frühmittelalterlichen Mühlstein um den Hals von der Max-Joseph-Brücke zu springen. Deshalb waren die Beutel diesmal schließlich bei ihm gelandet, und da unglücklicherweise nirgendwo ein Praktikant abkömmlich war, an den er die Arbeit abdrücken konnte, musste er sie wohl oder übel selbst erledigen.

Er hatte die lästige Aufgabe so lange vor sich hergeschoben, dass ihm nur noch diese Woche dafür blieb, und untersuchte er jeden Tag nach Feierabend nicht wenigstens einen Beutel, bekäme er einen hübschen Rüffel vom Chef. Wenigstens hatten im vergangenen Jahr von den zwölf in dem Gebiet hausenden Adlerpaaren nur fünf gebrütet – Florian meinte sich an Jahre erinnern zu können, in denen das schon viel mehr gewesen waren. Die Beutereste aus zwei der Horste hatte er bereits untersucht, drei Beutel blieben, und von diesen nahm er sich den vordersten und schüttete den Inhalt auf den großen Arbeitstisch in der Mitte des Raumes aus. Auf einem mit den Beuteln gelieferten Vordruck notierte er das Herkunftstal sowie das Datum der Horstbesteigung und machte sich dann an die Arbeit.

Die Knochen waren bereits von speziell dafür gezüchteten Aaskäfern abgefressen und danach in 80 Grad heißem Wasser sanft abgekocht worden. Blank und ohne Gewebereste, als hätten sie Jahrhunderte in der Erde geschlummert, waren sie für die Archäozoologen leichter zu erkennen – außerdem würden sie sonst auch fürchterlich stinken. Florian pickte in großen weißen Haufen wie in einem riesigen Skelettbausatz und hatte bald das halbe Gerippe eines Alpenhasen, den unteren Teil eines Birkhuhns sowie Kopf und Vorderbeine eines ausgewachsenen Rotfuchses vor sich liegen. Seufzend notierte er die Tiere auf dem Vordruck und dachte wieder an Marie, die direkt gegenüber ihren Raum hatte und mit Sicherheit auch immer noch bei der Arbeit war.

›Ich muss doch noch die Ergebnisse meiner letzten Expedition in den Sudan zusammenschreiben‹, hatte sie ihm erklärt, als sie ihn bat, sich um die Beutel zu kümmern. ›Es ist faszinierend: Wenn ich daran denke, wie die Menschen dort früher ihre Herden über die grünen Hügel der Sahara trieben, wird mir jedes mal heiß und kalt.‹ Schon die Vorstellung, wie sich auf Maries immer noch leicht von der afrikanischen Sonne gebräuntem Körper eine Gänsehaut ausbreitete, hatte jeden Widerspruch so gut wie unmöglich gemacht. Hinzu kam ein gewisses Gefühl der Unterlegenheit, das Florian gegenüber seiner jüngeren Kollegin spürte.

War er bisher bei fast allen seinen Grabungen auf bayrischem Staatsgebiet geblieben und hatte sich kaum weiter als ins späte Mittelalter vorgewagt, trieb es Marie in die entlegensten Winkel der Welt und an den Anfang unserer Zeit. Das Wadi Howar im frühen Holozän, das obere Euphratbecken am Ende der Altsteinzeit, die tausend Jahre alte Thulekultur im hohen Grönland. Professor Nagy, der sie auf die letzte Expedition mitgenommen hatte, machte ihr längst den Hof. Dass er sich allein aufgrund seines Nachnamens für die deutsche Wiedergeburt des ungarischen Wüstenforschers aus dem ›Englischen Patienten‹ hielt, war natürlich total albern, und Florian wartete nur auf die richtige Gelegenheit, um ihm zu stecken, dass der echte Graf Almasy in Wirklichkeit schwul gewesen war. Doch viel rumgekommen war der ausgedörrte Mittvierziger tatsächlich. Was sollte Florian mit seinem braven Bubengesicht und seiner biederen Teilnahme am ›Projekt Altbayern‹ gegen so einen schon ausrichten?

Deswegen war es vielleicht nur richtig, dass er hier die langweilige Praktikantenarbeit verrichtete, während Marie drüben an ihrer Dissertation weiterschrieb. *Haben wir Bayern auch im Mittelalter schon Kühe gemolken, na toll!* Die Wüste, die mal grünes Weideland gewesen war, die Höhle der Schwimmer – das war doch wirklich alles irgendwie wichtiger und aufregender. Nein, er schlug sich das mit Marie lieber ganz aus dem Kopf. ›Nur, wenn du als Gegenleistung nachher ein Helles mit mir trinken gehst‹, hätte er zu ihr sagen sollen, als sie ihm die Beutel aufdrückte. Aber nein, dafür war er zu schüchtern und zu dämlich. Einfach ohne Grund zu ihr rübergehen, so wie er es eben kurz vorgehabt hatte – letzten Endes würde er sich das doch nicht trauen. Und bis sich erneut eine so gute Gelegenheit ergab wie mit den Beuteln, wäre sie sicher wieder mit ihrem falschen Grafen auf Reisen …

Tief betrübt baute Florian weiter an seinen Tierskeletten und sah vor sich, wie Marie und Nagy wegen eines Sandsturms die Nacht in ihrem eingewehten Jeep verbringen mussten, während er im Inntal im zu schmalen Bett einer Jugendherberge den anderen Langweilern vom ›Projekt Altbayern‹ beim Schnarchen zuhörte. Er war so abgelenkt, dass er den kleinen länglichen Knochen, den er aufs Geratewohl aus dem Haufen pickte, fast nicht erkannt hätte. Doch als er es tat, lief ihm erst ein kalter Schauer über den Rücken, dann machte sein Herz einen pietätlosen Sprung: Jetzt hatte er doch einen Grund, zu Marie rüberzugehen!

»Sieh mal, was ich gefunden habe«, sagte er, als er ohne zu klopfen die Tür öffnete. Normalerweise hätte er sich das nie erlaubt, doch in diesem Fall erschien es ihm nicht unangebracht.

Marie drehte sich auf ihrem Schreibtischstuhl zu ihm um und lächelte. Dann betrachtete sie mit gerunzelter Stirn den Knochen, den er für sie hochhielt.

»Einen Phalanx proximalis«, sagte sie. »Von einem menschlichen Daumen. Sieht ziemlich frisch aus. Wo hast du den her?«

»Aus einem der Adlerbeutel«, antwortete Florian in ernstem, aber doch auch ein bisschen aufgeregtem Ton. »Ich habe ihn eben in einem davon gefunden.«

»Oh Gott, in einem der Beutel?«, sagte Marie. Genau wie Florian gehofft hatte, riss sie erstaunt ihre schönen

Katzenaugen auf und schlug die Hände vorm Mund zusammen. Im Grunde war es natürlich nicht ganz sauber, auf diese Weise Profit aus seinem Fund zu schlagen. Aber der arme Teufel, zu dem der Knochen gehörte, war ja sowieso schon tot.

»Und was, bitteschön, ist daran so aufregend, Herr Neuberger? So aufregend, dass Sie hier einfach ohne zu klopfen reinstürmen?«

Professor Nagy reckte sein schmales Gesicht ins Blickfeld. Er saß neben Marie auf der Tischkante, wie der Graf im Film in Oberhemd, Shorts und grobes Schuhwerk gekleidet, als käme er direkt von der Grabungsstelle. Selbst ein weißes Tuch trug der alte Aufschneider um den Hals. Zu Marie, mit ihren rosa gefärbten Haaren und ihrem Nasenpiercing, passte er ungefähr so gut wie Johannes Heesters zu Lady Gaga.

»Na ja«, antwortete Florian und schob die Tür weiter auf. »Der Knochen lag mit den anderen Beuteresten im Nest. Mit den ganzen Hasen, Hühnern, Füchsen – und was die Adler sonst noch so erlegt haben. Also müssen wir doch davon ausgehen, dass diese Adler … dass diese Vögel … dass sie …«

Florian fiel jetzt selbst auf, dass sein Schluss möglicherweise etwas voreilig war. Doch es war zu spät: Der Professor blickte mit amüsiertem Lächeln zu Marie hinüber, wendete sich dann wieder ihm zu und zog die Brauen hoch.

»Dass die Adler einen Menschen erlegt haben?«, fragte er voller Spott. »Nein, da haben Sie wohl etwas zu kurz gedacht, lieber Herr Neuberger. Waren Sie schon mal in den Bergen?«

»Na ja, früher bin ich manchmal mit meinen Eltern wandern gegangen«, antwortete Florian und hätte sich im selben Moment am liebsten dafür in den Arsch gebissen. »Und meine letzte Expedition … mein letzter Grabungsausflug …«

»Ging in die *Vor*alpen, wenn ich recht informiert bin«, sagte Nagy mit süffisantem Lächeln. »Nun, dann lassen Sie sich gesagt sein, dass die Berge gefährlicher sind, als man denkt. Nicht so gefährlich wie die Wüste, natürlich, aber nicht zu unterschätzen. Nicht nur im Winter, wenn irgendwelche verrückten Skifahrer die Hänge runtersausen. Auch im Sommer kommen dort immer wieder Leute um. Und bei Weitem nicht alle werden gefunden. Und wenn, dann nicht unbedingt sofort.«

Florian ließ den Knochen sinken und nickte gedemütigt. Warum war er auch wie ein Idiot hier rübergestürzt?

»Und wenn irgendwo eine Leiche dort rumliegt, dann …«

»Dann kann es natürlich zu Tierfraß kommen, richtig«, sagte Nagy in lehrmeisterhaftem Ton. »Und dann kommt es auch vor, dass ein Adler mal ein Stück abtrennt und zu seinen Jungen ins Nest trägt. Vor ein oder zwei Jahren kam schon einer der Praktikanten mit so einem Knochen an – genauso aufgeregt wie Sie eben. Stecken Sie ihn in einen Umschlag, schreiben Sie das Brutrevier dazu, aus dem er stammt, und schicken Sie ihn der Polizei: Dann kümmert die sich um alles Weitere. Vielleicht setzt sie sich mit der Bergwacht in Verbindung, und die starten noch mal eine Suchaktion, aber viel bringen tut so was in der Regel nicht. Die Berge sind groß – nicht so groß wie die Wüste, natürlich, aber nicht zu unterschätzen. Und jetzt entschuldigen Sie uns, bitte: Frau Bernot und ich würden gerne unsere nächste gemeinsame Expedition besprechen …«

Florian traute sich kaum, zu Marie hinüberzuschauen, und als er ihren mitleidigen Blick sah, wünschte er sich, er hätte es sein lassen. *Blöde Schwuchtel*, dachte er, während er die Tür zu ihrem Labor leise hinter sich zuzog – *blöde, aufgeblasene Möchtegernschwuchtel!* Dann ging er zurück in seinen Raum und pfefferte den Knochen so wütend in die bereits zusammengesetzten Tierskelette, dass sie auseinanderflogen wie Bowlingpins.

Kurz stand er einfach nur da und starrte den Tränen nahe auf die über den Boden verteilten Gebeine. Dann ging er zum Schreibtisch, nahm seine Tasche und verließ das Zimmer.

Gehe ich eben allein in den Biergarten, dachte er. *Trink nicht nur ein Helles, sondern fünf, und schlepp mich nachher einsam und besoffen in meine kleine Wohnung zurück.*

8

»Gruhn? Hallo? Bist du da?«

Brenner klopfte an der Tür der alten Holzhütte und versuchte dann die Klinke. Die Hütte stand auf einem mitten im Hangwald gelegenen Vorsprung, von dem man einen schönen Blick übers ganze Tal hatte. Weiter unten, wo sie das Auto geparkt hatten, stand auch der Wagen des Försters. Trotzdem schien er nicht zu Hause zu sein.

Brenner ging zu dem flachen Anbau neben der Hütte und probierte dort die Tür. »Kommen Sie«, sagte er, als sie sich öffnen ließ. »Gruhn hat bestimmt nichts dagegen.«

Der Anbau bestand aus einem einzigen Zimmer, das dem Förster offensichtlich als Abstellraum diente. Alte Sägen, Äxte und Schaufeln lehnten an der Wand. Darüber hingen Ketten mit großen Haken am Ende, die offenbar zum Ziehen von Baumstämmen gedacht waren, aber auch die verschiedensten altertümlichen Fangeisen. Auf einer auf Holzböcken ruhenden Spanplatte stand ein Computer, von dem ein dünnes Kabel zum rückwärtigen Fenster lief.

Brenner ging um den Tisch herum und setzte sich auf den modernen Bürostuhl, der vor dem PC stand. »Vielleicht kommen wir auch ohne ihn an die Daten«, sagte er, während er sich hinunterbeugte, um den Computer anzuschalten. »Auf dem Dach steht eine große Richtantenne, die praktisch das ganze Tal abdeckt. Die von dem Funksender empfangenen Daten werden dann in eine Box eingespeist und können hier jederzeit abgerufen werden.«

Als der kleine Billig-PC hochgefahren war, klickte der Parkaufseher mit der Maus auf das einzige Icon, das auf dem Schirm erschien. Eine Maske rief ihn zur Eingabe des Passworts auf.

»Verdammt, das Passwort«, sagte Brenner und schüttelte unzufrieden den Kopf. »Das ist bei dem System Standard, dabei interessiert sich für die Trackingdaten von Tieren nun wirklich niemand außer den Benutzern. Ich habe Gruhn das Programm selbst eingerichtet. Aber das Scheißpasswort, das ich vergeben habe, weiß ich natürlich nicht mehr.«

Er dachte kurz nach und setzte die Finger auf die Tastatur. Dann hielt er jedoch plötzlich inne und sah Anna an.

»Gehen Sie doch rüber in den Hauptraum und schauen sich ein bisschen um«, sagte er und wies mit dem Kinn auf den Durchgang hinter ihr. »Vielleicht hängt die Weiße dort schon ausgestopft an der Wand. Dann kann ich mir die Mühe sparen.«

Anna zögerte – schließlich war es in Wirklichkeit genau so, wie Brenner vermutet hatte: Künzl hatte sie ihm nicht als Begleitung mitgegeben, damit sie das Telemetriesystem kennenlernte, sondern damit sie ein Auge auf ihn haben konnte.

›Ich habe die Überwachung des Problemadlers damals keineswegs Förster Gruhn übertragen, damit er ihn mir vom Hals schafft‹, hatte der Nationalparkdirektor ihr erklärt, nachdem er Brenner zum Auto vorausgeschickt hatte. ›Ich wollte nur nicht Brenner damit betrauen, weil der das Tier bei einem weiteren Vorfall garantiert gedeckt hätte.‹

Auch jetzt hatte Künzl Angst, der Parkaufseher könnte irgendwie die Daten fälschen.

›Er kennt sich mit dem Computer besser aus als der alte Förster. Deswegen will ich, dass Sie mit ihm fahren und ihm ein bisschen auf die Finger schauen. Er würde alles für die Adler tun, und wenn er gleichzeitig noch diesem Hirlinger eins auswischen kann, dann erst recht. Sie haben ja gesehen, wie unberechenbar er ist …‹

»Aber Sie sollten mir doch das Programm zeigen«, sagte Anna deshalb jetzt zu Brenner. »Wäre es da nicht besser, ich bleibe hier und sehe Ihnen über die Schulter?«

»Wie soll ich Ihnen das Programm zeigen, wenn es noch gar nicht läuft?«, fragte Brenner zurück. »Sobald ich es offen habe, rufe ich Sie, keine Angst. Jetzt gehen Sie schon rüber – glauben Sie mir, es lohnt sich.«

Der Parkranger sah Anna mit seinen durchdringenden blauen Augen so unverwandt an, dass sie sich schließlich nicht anders zu helfen wusste, als seiner Aufforderung zu folgen.

Soll Künzl doch selbst auf seine Mitarbeiter aufpassen!, dachte sie genervt. *Was kann ich dafür, wenn er sie nicht unter Kontrolle hat? Überhaupt geht mir dieses ganze Hickhack langsam auf die Nerven. Und alles nur wegen irgendeines bescheuerten Vogels!*

Brenner hatte allerdings recht: Den Hauptraum der alten Forsthütte zu besichtigen lohnte sich. An den Wänden hingen nicht nur unzählige Geweihe, auch die ausgestopften Köpfe und Körper aller möglichen Tiere waren in dem großen, holzgetäfelten Zimmer zu besichtigen. Über dem Kamin blickte ein gewaltiger Zwölfender stolz in die Ferne. Links davon hing der riesige Kopf eines Keilers und rechts etwas, was Anna im ersten Moment für eine afrikanische Raubkatze hielt, dann aber als Luchs erkannte. In der Ecke neben der Tür reckte ein übermannsgroßer Bär die Tatzen drohend in die Höhe, auf der anderen Seite bleckte ein Wolf wütend die Zähne. Auch Steinböcke, Rehe, Fasane, Marder und andere kleinere Tiere gehörten zu dem nach Staub und Moschus riechenden Panoptikum.

»Mein Gott«, sagte Anna erstaunt. »Hat dieser Gruhn die Tiere hier etwa alle selbst geschossen?«

»Er und seine Vorfahren«, antwortete Brenner vom Nebenraum. »Wie gesagt, Leibjäger des Königs. Noch bis in die 20er-Jahre haben die hier auf alles angelegt, was die Berge hergaben. Große Räuber wie Wolf, Luchs und Bär haben sie sich am liebsten als Trophäe geholt, bis kein einziges Exemplar mehr übrig blieb. Und auch die Steinadler haben sie und ihresgleichen in den deutschen Alpen beinah komplett ausgerottet – dabei war das schon das letzte Rückzugsgebiet der armen Tiere. Der Bestand hat sich inzwischen zum Glück wieder einigermaßen erholt, und heute sind die Adler geschützt. Aber wenn er so ein Prachtexemplar wie die Weiße überm Tal kreisen sieht, juckt's einen wie Gruhn natürlich immer noch in den Fingern.«

»Sie ist hier aber nicht dabei«, rief Anna, die inzwischen im rückwärtigen Teil des Raums unter zwei großen braunen Schwingen stand. »Ein Adler hängt schon an der Wand. Aber drei Meter Spannweite hat der meiner Meinung nach nicht. Und einen weißen Flügel auch nicht.«

»Nein, der hängt schon immer da«, bestätigte Brenner. »Geschossen unter Prinz Luitpold. Der war genauso versessen auf die Jagd wie der Märchenkönig auf seine Schlösser. Verdammt, was habe ich damals nur als Passwort genommen?«

Wahrscheinlich ist er längst im Programm und manipuliert die Daten, dachte Anna unzufrieden. Trotzdem blieb sie auf ihrem Platz und blickte noch einen Moment länger zu dem ausgestopften Adler auf. Auch wenn es nicht der riesenhafte ›Problemadler‹ war: Groß und gefährlich sah der Vogel schon aus, mit seinem gebogenen Schnabel und den spitzen Krallen, und Anna konnte sich durchaus vorstellen, dass einem wohler war, wenn er nicht über einem selbst oder auch nur den eigenen Kühen am Himmel kreiste.

Sie ging weiter zu einem großen Vitrinenschrank, der hinten an der Rückwand stand. Hier lag nicht nur eine goldene Gürtelschnalle hinterm Glas, auf der zwei Löwen eine Krone stützten, sondern auch ein goldener Dolch und eine Reihe weiterer Tiertrophäen: Bärentatzen, Luchspfoten, Wildschweinohren und andere unmittelbare nach der Jagd vom Körper getrennte Erinnerungsstücke.

Igitt, dachte Anna und verzog angewidert das Gesicht. In Berlin hatte sie einmal einer Schächtung beiwohnen müssen, und schon das war ihr ziemlich brutal vorgekommen – brutaler noch als die Szene mit dem Murmeltier heute Morgen. Unterhalb des verglasten Teils standen mehrere alte Schwarzweißfotos auf dem Schrank, und auch hier grinsten ihr bärtige Männer in Lederhosen und Schützenhut entgegen, die einen toten Wolf auf den Schultern hatten oder einen erlegten Adler zwischen sich in die Höhe hielten. Daneben jedoch stand ein neueres Bild, auf dem ein ernst blickender blonder Hüne und eine Frau im weißen Hochzeitskleid zu sehen waren.

Der Hüne hatte ein ähnlich markantes Gesicht wie Brenner und die gleichen durchdringenden blauen Augen – ganz offensichtlich stammte er aus demselben örtlichen Genpool. Die hübsche braunhaarige Frau wirkte zierlich wie ein Reh neben ihrem Bräutigam. Doch auch sie trug einen stolzen, auf Anna fast ein wenig herrisch wirkenden Gesichtsausdruck.

Direkt unter dem Bild stand eine Schublade einen Spalt weit offen, aus dem die Ecke eines gemusterten Seidentuchs hing. Anna wollte das Tuch nur wieder ordentlich in die Schublade zurückstecken, doch als sie es hervorzog, fiel mit leisem Klirren ein goldener Ring zu Boden. Erschrocken blickte Anna zu dem Hochzeitsbild auf und bückte sich dann, um den Ring schnell wieder an seinen Platz zu legen. Genau in dem Moment jedoch hörte sie das Klicken eines Schlosses, und der Förster stand in der Tür.

»Wer sind Sie?«, fragte er mit dröhnender Stimme. »Was zum Teufel machen Sie da?«

Der alte Mann war nicht mehr ganz der Koloss auf dem Foto, glich in Größe und Statur aber trotzdem noch dem mächtigen Bären in der Ecke. Auch in echt meinte Anna die Ähnlichkeit mit Brenners kantigen Gesichtszügen zu erkennen, nur die gletscherblauen Augen wirkten noch einsamer und kälter. Als er durchs Zimmer stampfte, loderten sie jedoch genauso feurig auf wie die des temperamentvollen Rangers.

»Wie sind Sie hier reingekommen?«

Wütend riss er ihr Ring und Tuch aus den Händen, legte beides zurück in die Schublade und knallte sie zu.

»Wie kommen Sie dazu, in meinen Sachen zu wühlen?«

Anna wich erschrocken vor dem zürnenden Giganten zurück und brachte kein Wort heraus. Auf Druck einer deutschen Freundin hatte sie einmal in einer Drogerie einen Lippenstift geklaut. Sie war erwischt worden, und der Hausdetektiv, ein Libanese, hatte ihre Mutter angerufen. Vor ihm hatte sie genauso stumm und tiefbeschämt dagestanden – und auch ihrer Mutter hatte sie nie erklären können, wie es zu der ungewöhnlichen Tat gekommen war.

»Ich …«, stammelte sie. »Ich studiere Umweltmanagement und ich …«

»Sie ist mit mir da«, sagte Brenner vom Durchgang, worauf sich der auf Anna eindringende Hüne überrascht umdrehte. »Ich hab mehrmals versucht, dich zu erreichen, sowohl hier oben als auch auf dem Handy. Der Hirlinger behauptet, die Weiße hätte ihn beim Fliegen angegriffen, und wir brauchen ihre Daten. Die Tür nebenan war offen, da bin ich einfach rein. Ich dachte, du siehst das Auto.«

»Ich bin von der anderen Seite hochgekommen«, sagte Gruhn. Er war sofort wieder viel ruhiger und wirkte jetzt wirklich ganz wie ein alter Bär, der kurz aufgeschreckt war, weil er einen fremden Eindringling in seiner Höhle vorgefunden hatte. »Und hier im Tal hat man kaum Empfang, das weißt du doch.«

Er ging zur Garderobe und hing seine Jacke und das Fernglas auf, das er um den Hals trug. Dann lief er hinüber zu der kleinen Küchenzeile, die hinten neben einer Sitzecke eingerichtet war, und stellte einen alten Wasserkessel auf den Herd.

»Was ist los?«, fragte er. »Der Hirlinger meint, die Adlerin hätte seinen Flieger beschädigt?«

»Von beschädigt habe ich nichts gesagt«, antwortete Brenner und runzelte leicht die Stirn. »Nur, dass sie ihn angegriffen haben soll.«

»Na, wenn er nicht wieder Geld von euch will, warum solltest du dann extra hier rauskommen«, entgegnete Gruhn. »Wann soll das denn passiert sein?«

»Heute Mittag irgendwann«, sagte Brenner. »Er behauptet, sie hätte ihn außerhalb des Reviers attackiert und dann noch ein ganzes Stück verfolgt. Am besten du gibst mir die Flugbewegungen vom ganzen Tag.«

Als der Förster an Brenner vorbei ins Nebenzimmer ging, fiel Anna wieder auf, wie ähnlich die zwei sich waren. Obwohl bei Weitem nicht so groß und gewaltig, strahlte Brenner die gleiche gelassene Ruhe aus, die körperlich überlegene Männer oft an sich hatten – zumindest, wenn er nicht gerade wieder wegen irgendetwas total am Rad drehte. Sie folgte den beiden in den Anbau, wo Gruhn seinen mächtigen Leib auf den Bürostuhl sinken ließ.

»Ich habe schon selbst versucht, in das Programm zu kommen«, erklärte Brenner. »Aber mir ist das Passwort nicht mehr eingefallen, das ich dir damals eingerichtet habe.«

»Aroleid«, sagte der Förster, während er es mühsam mit zwei Fingern in die Tastatur eingab. »Scheißkompliziertes Dreckswort. Fast ein ganzes Jahr hab ich gebraucht, bis ich's auswendig konnte. Was für ein Datum haben wir heute?«

Brenner sagte es ihm und rückte gleichzeitig näher, um den Bildschirm besser sehen zu können. In dem Moment fing drüben der Kessel an zu pfeifen.

»Ach, Brenner, sei doch so nett und brüh mir einen Kaffee auf«, sagte Gruhn. »Wenn ich abends nach Hause komm, fühl ich mich immer, als hätt ich tausend Jahre auf dem Buckel. Oben überm Herd steht Instantpulver im Regal.«

Ist das der gleiche Trick, mit dem Brenner mich eben losgeworden ist?, fragte sich Anna erstaunt. Der Förster sah Brenner jedenfalls ebenso unverwandt mit seinen klaren blauen Augen an wie der Ranger eben sie. *Ist der etwa genauso raffiniert?*, dachte sie und hätte um ein Haar laut losgelacht. Jedenfalls würde sie einen Teufel tun und Brenner helfen, indem sie selbst das Kaffeemachen übernahm!

Der Parkaufseher zögerte jedoch nur ganz kurz und kam dann der Bitte des alten Försters nach. »Klar«, sagte er, während er ins andere Zimmer ging. »Wir Hüter des Waldes müssen uns schließlich gegenseitig unterstützen, wo wir können.«

»Du musst mir gar nicht mit deinem schöntuerischen Gefasel kommen«, brummte der Förster, während er weiter schwerfällig auf der Tastatur herumtippte. »Du kennst meine Meinung: Der Vogel gehört längst abgeschossen, so hübsch anzusehen er auch ist. Der ist einfach zu groß, um am Leben gelassen zu werden. Einen Adler, der einen ausgewachsenen Jagdhund angreift, den darf man in einem Gebiet nicht dulden, wo Menschen verkehren – das sag ich ganz deutlich. Mit deinem albernen Funksender kannst du doch im Ernstfall nichts verhindern. Und ich hab nur zusätzliche Arbeit. Das ist genauso wie mit den Kinderschändern, die irgendwelche dreimal gescheiten Richter aus dem Knast entlassen und die Polizei dann rund um die Uhr überwachen darf. Da wär's auch besser, man würde einfach kurzen Prozess machen.«

»Wenn an Hirlingers Geschichte was dran ist, dann kriegst du vielleicht endlich deinen Willen«, rief Brenner aus dem Nebenraum. »Ich hab mit Künzl eine kleine Wette abgeschlossen: Ich sag, der Hirlinger lügt – so wie er damals mit den Kühen schon gelogen hat. Und wenn ich mich vertu, dann hol ich die Weiße eigenhändig vom Himmel.«

Plötzlich hielt Gruhn inne und blickte mit einem entrüsteten Ausdruck im Gesicht zum Durchgang hinüber.

»Was hast du?«, fragte er beinah wütend. »Du hast mit Künzl *gewettet*? Um die Adlerin?«

»Na, hast wohl Angst, dass ich dir deine Trophäe streitig mache«, sagte Brenner grinsend, während er von nebenan zurückkehrte und eine dampfende Tasse vor Gruhn auf den Tisch stellte. Er schien sich nicht an der Miene des alten Mannes zu stören – wirkte überhaupt ziemlich vertraut mit ihm, obwohl seine Ansichten offensichtlich stark von denen des Försters abwichen. »Oh, entschuldigen Sie, Frau Khadiri«, sagte er nur. »Jetzt habe ich gar nicht gefragt, ob Sie auch einen wollen.«

»Überhaupt keine Angst habe ich«, sagte Gruhn und ließ einen seiner gewaltigen Finger missmutig auf die Entertaste niederfahren. »Ich dachte nur, du hättest Respekt vor den Tieren. Von wegen Hüter des Waldes: Eine Wette auf das Leben der Adlerin abzuschließen, wie beim Hahnenkampf, das hätte ich nicht von dir gedacht. Ich töte die Tiere, aber ich hab wenigstens Achtung vor ihnen. Ihr Naturschützer tut immer so, als ging's uns Jägern nur ums Schießen. Dabei erweisen wir jedem Stück Wild, das wir zur Strecke gebracht haben, die letzte Ehre. Die grünen Zweige, die wir ihm hinlegen, das Hornsignal – das ist alles kein leeres Getue.«

»Ich habe ja auch Respekt vor den Tieren«, sagte Brenner in so mildem und unterwürfigem Ton, wie Anna es noch nie an ihm erlebt hatte. Trotz aller Differenzen schien ihm die Meinung, die der alte Mann von ihm hatte, wichtig zu sein – viel mehr als zum Beispiel die von Künzl. »Ich bin mir ganz sicher, dass Hirlinger lügt. Sonst hätte ich das nie und nimmer vorgeschlagen.«

Während des Gesprächs der beiden hatte ein alter Drucker mit nervtötendem Geheul auf einem Blatt Papier herumgegeigt. Jetzt nahm Gruhn es aus dem Schacht, warf kurz einen Blick darauf – und nickte dann grimmig.

»Ja, scheinst recht zu haben«, sagte er. »Hier ist nichts Verdächtiges zu erkennen. Die Adlerin hat den ganzen Tag das Tal nicht verlassen.«

9

Auf dem Weg zurück nach Berchtesgaden war Brenner außer sich vor Freude. Als er den Stein auf den Traktor geschleudert hatte, war für Anna deutlich zu sehen gewesen, wie sehr er Hirlinger hasste. Jetzt endlich etwas Konkretes gegen das unsympathische Schlitzohr in der Hand zu haben, machte ihn euphorisch.

»Ich hab's ja gewusst«, sagte er, während er mit dem Geländewagen genauso schwungvoll über die schmalen Forstwege kurvte wie auf dem Hinweg. »Das Schwein ist ein Betrüger, wie ich immer gesagt habe.« Er nickte triumphierend zu dem sorgfältig gefalteten Ausdruck hinunter, der zwischen ihnen in der Ablage ruhte. »Und das ist der Beweis dafür.«

Ob Brenner diesen Beweis selbst angefertigt hatte, darüber war sich Anna immer noch nicht im Klaren. Den alten Förster hatte sie eindeutig zu Unrecht verdächtigt. Als er bereits von dem Schaden an dem Flugzeug zu wissen schien und Brenner dann rausschickte, während er am Computer saß, war sie fast sicher gewesen, Hirlinger habe ihn vor ihnen erreicht und in seinem Sinne instruiert. Doch dann hätte der Ausdruck Hirlingers Version der Geschichte stützen müssen – also hatte der alte Mann wirklich nur einen Kaffee gewollt. Brenner hingegen traute sie nach wie vor zu, heimlich die Daten gefälscht zu haben, während sie nebenan die ausgestopften Tiere besichtigt hatte.

»Und das Beste daran ist natürlich, dass der Adlerin nichts passiert«, plapperte der Parkaufseher fröhlich weiter, der vor Genugtuung geradezu zu bersten schien. »Gruhn hatte schon recht: Eigentlich war es nicht richtig, Künzl so was vorzuschlagen – mit dem Leben der Tiere spielt man nicht. Aber ich hatte es ganz sicher im Gefühl, da war es schon okay, denke ich. Und hochherzig, wie der alte Kauz tut: Haben Sie gesehen, wie er geguckt hat, als er dachte, ich würde ihm seinen Drei-Meter-Adler vor der Nase wegschießen? Da kam der ganze alte Leibjägerstolz wieder zum Vorschein.«

»Ja, das hätte ihm nicht gefallen«, bestätigte Anna, »das hat man gemerkt. Er hat so ähnlich geguckt wie Sie heute Morgen, als die Kletterer die Wand da hochwollten. Überhaupt sind Sie beide sich ziemlich ähnlich – wenn man mal davon absieht, dass der Kerl so groß ist wie ein Grizzlybär. Als er zur Tür reinkam, dachte ich, er reißt mir den Kopf ab.«

»Ja, was war da eigentlich?«, fragte Brenner lächelnd – und sofort bereute Anna, dass sie sich von seiner Redelaune hatte anstecken lassen. »Haben Sie irgendwas angefasst? Ich hab's nur halb mitbekommen.«

»Nein, ich hab nichts angefasst, ich …«

Wieder stieg die alte Scham in ihr auf. Sich gegen etwas zu verteidigen, was einem aufgrund seiner Herkunft von jedem zugetraut wurde, war so gut wie unmöglich: Man traute es sich ja selbst halb zu.

»Da hing nur ein Tuch aus einer Schublade, und als ich es wieder richtig reinstecken wollte, fiel plötzlich ein Ring zu Boden – ein goldener Ehering.«

»Ein Ehering?«, fragte Brenner verwirrt.

»Ja, ich nehme mal an von Gruhns Frau. Die auf dem einen Bild dort. Die wohnt doch offensichtlich nicht mit ihm in der Hütte. Da gehe ich davon aus, sie ist …«

»Tot, ja richtig«, sagte Brenner und bekam sofort einen viel ernsteren Gesichtsausdruck. »Dann verstehe ich, warum er so wütend geworden ist. Das macht ihm immer noch schwer zu schaffen. Obwohl sie jetzt schon recht lange tot ist. So richtig kauzig und eigenbrötlerisch ist er erst danach geworden. Ein dummer Zufall, dass er gerade da reinkommen musste. Ich habe sie nicht oft gesehen, keiner hier bei uns hat sie oft gesehen. Aber sie war etwas ganz Außergewöhnliches, das merkte man sofort.«

»Sie … sie sah sehr hübsch aus«, sagte Anna. »Aber, na ja, wenigstens auf dem Bild wirkte sie auch – wie soll ich sagen – ein bisschen hochmütig.«

Brenner warf ihr einen raschen Blick zu. Er schwieg kurz und redete dann mit ernster Stimme weiter.

»Sie ist an Krebs gestorben, und die Leute hier haben dann gesagt, der Stolz habe sie zerfressen«, erzählte er. »Sie war nicht sehr beliebt, und egal, woran sie gestorben wäre, man hätte sich wahrscheinlich irgendwas in der Art ausgedacht. Ich glaube, es war eher die Einsamkeit. Die Einsamkeit da oben mit Gruhn und nie Kinder bekommen zu haben. Für eine Frau ist das bestimmt nicht leicht, so ein Leben nur mit den Bergen drumherum.«

»Weswegen mochte man sie denn nicht?«

»Ach, das ist kompliziert und geht noch bis in den Krieg zurück«, erklärte Brenner mit einem Seufzer. »Ich weiß auch nur die Hälfte, und was davon stimmt, kann ich nicht sagen. Gruhn war ganz gut mit meinem alten Herrn befreundet, und ich hab meinen Vater und meine Mutter mal darüber sprechen hören.«

Die Erwähnung seiner Eltern löste bei Brenner das gleiche unwillkürliche Innehalten aus, wie Anna es von Freunden kannte, deren Eltern mit dem Leben in Deutschland nicht zurechtkamen. Auch hörte es sich so an, als sei der Vater des Parkaufsehers ebenfalls nicht mehr am Leben – doch Anna scheute sich, in dem Moment näher nachzufragen.

»Dass Hitler hier ganz in der Nähe seinen Berghof hatte, oben auf dem Salzberg, das wissen Sie wahrscheinlich«, erzählte er. »Auch Hermann Göring, der Chef der deutschen Luftwaffe bei den Nazis, hatte dort ein Haus. Und unterhalb der Teufelshörner, ganz am Südostzipfel des heutigen Parks, hatte er eine Jagdhütte. Das Haus haben die Alliierten zerbombt, aber die Jagdhütte hat nach Kriegsende jemand angesteckt, und offiziell heißt es, ein Förster habe sie angezündet, damit nicht so viele

Leute dort hinwandern, um sie sich anzusehen. Aber hier sagen viele, der Vater von Gruhns Frau habe sie abgebrannt.«

»Aha – war er im Widerstand oder so?«

»Nein. Da gab es welche, die Berchtesgadener Weihnachtsschützen, aber zu denen hat er nicht gehört. Er war ein einfacher Schuster, verstand sich aber wohl auf die Jagd, und als zum Ende des Krieges hin die Nahrung knapp wurde, ist er mit seiner Flinte in die Berge. Göring war nicht nur Oberbefehlshaber der Luftwaffe, sondern auch Reichforstmeister, Reichsjägermeister und Oberster Beauftragter für den Naturschutz – oder eher gesagt: was er dafür erklärte. Oben in der Röth, so heißt das Gebiet unter den Teufelshörnern, hatte er sich sein eigenes kleines Jagdparadies abgezäunt. Er war ungefähr genauso versessen auf die Jagd wie Prinz Luitpold, unter dem Gruhns Vorfahren gedient haben, und in dem Talkessel dort hat er extra Steinböcke aus Italien aussetzen lassen, damit er sie schießen konnte. Es wird heute nirgendwo mehr erwähnt, aber die ganzen Steinböcke, die Sie in den Touri-Broschüren sehen, stammen alle von den paar Tieren ab, die Göring hier herschaffen ließ.«

Brenner lächelte kurz, aber dann wurde sein Gesicht wieder ernst. »Der Vater von Gruhns Frau hat einen dieser Steinböcke geschossen«, erklärte er, »mitten im sogenannten Naturschutzgebiet. Daraufhin hat Göring eine Jagd auf *ihn* veranstaltet. Erst hat er es mit den SS-Leuten aus der Kaserne auf dem Salzberg versucht, aber als die ihn nicht gefunden haben, hat er die örtlichen Jäger auf den ›Wilderer‹ angesetzt. Sie haben ihn nicht gekriegt, doch aus den Bergen konnte er auch nicht mehr raus, und, na ja, wenn ich es recht verstanden habe, haben sie dann ihre Wut an seiner Frau ausgelassen.«

»Mein Gott, sie haben …«

»Ja«, sagte Brenner – »sie haben sie vergewaltigt« – und sah sie wieder kurz an. Bei einem der Psychologiekurse, die sie für ihr Studium belegen musste, war irgendwann mal am Rande erwähnt worden, Psychopathen seien empathisch gestört, hätten also kein Mitgefühl. Doch was sie jetzt in Brenners Augen las, sagte etwas ganz anderes.

»Solange der Krieg anhielt, ist der zum Wilderer erklärte Schuster in den Bergen geblieben«, erzählte er. »Aber danach kam er herunter und hat einen Jäger nach dem anderen umgebracht. Jedem hat er in seinem eigenen Revier eine Kugel in den Kopf gejagt, bis er schließlich selbst von der Polizei erschossen wurde. Da war nur noch ein Jäger übrig, aber auch der ist ein paar Jahre später verschwunden, und da hat jeder gesagt, die Tochter war's. Der Einzige, der damals bei der Suche nicht mitgemacht hatte, war Gruhns Vater, und deswegen hat sie Gruhn wohl auch geheiratet. Die Leute haben behauptet, sie sei eine Hexe: Wir haben hier nicht nur den König Watzmann mit seiner Familie, sondern auch einen Gipfelzug, der aussieht wie eine schlafendes Hexenweib, und das wird dann zu jeder halbwegs passenden Gelegenheit aufgeweckt. Aber so schön, wie sie war, gab's keinen Mann im ganzen Landkreis, der sie nicht trotzdem geheiratet hätte – und wär sie auch mit dem Teufel persönlich im Bunde. Den Gruhn hat sie genommen, obwohl der Glanz der Leibjägerjahre natürlich längst verblasst war und er dazu noch ein ganzes Stück jünger war als sie. Soweit ich es aus den Erzählungen meiner Eltern weiß, haben die zwei sich aufrichtig geliebt.«

Erneut lächelte Brenner herb. »Wenn der alte Herr Förster also vorhin etwas heftig wurde, als er Sie mit dem Ring seiner verstorbenen Frau erwischt hat, dann müssen Sie verzeihen. Ich glaube, im Grunde ist er ein richtig guter Kerl, und so gerne er sie in seiner Hütte hängen hätte, ein bisschen hätte es bestimmt auch ihn geschmerzt, wenn die Weiße nicht mehr wär. Man tötet, was man liebt, man liebt, was man tötet – ich weiß nicht mehr, ich hab so was mal in irgendeinem blöden Film gehört.«

Anna mochte, was Brenner sagte, und noch viel mehr mochte sie, wie er es sagte und sie ab und zu dabei ansah. Vielleicht war er nur total überdreht, weil er endlich seinem Erzfeind eins auswischen konnte – *vielleicht*, dachte Anna mit einem plötzlichen Schreck, *tut er aber auch nur so vertraut, um mich auf seine Seite zu ziehen.*

In dem Kurs an der Uni hatte es nicht nur geheißen, Psychopathen hätten kein Mitgefühl, sondern auch, dass sie Meister darin seien, ihre Mitmenschen zu manipulieren. Wenn sie nachher vor Künzl stünden, würde dieser Anna fragend ansehen, sobald Brenner ihm den Ausdruck zeigte, und so verbunden, wie sie sich gerade dem Parkaufseher fühlte, was sollte sie wohl sagen? Beiläufig und doch sicher kutschierte er sie hier durch die Berge, und sein Geruch war ganz anders als jener der zwei Deutschen, mit denen sie bisher geschlafen hatte: stark und ätherisch wie sonst nur irgendwelche Öle, die ihre Freundinnen in Duftkerzen füllten – auch in diesem Punkt ein fester Bestandteil der Natur, zu deren Schutz er bestellt war. Anna schüttelte den Kopf, um den Zauber, mit dem sie sich heimtückisch umgarnt fühlte, von sich zu werfen, und rief sich wieder ins Gedächtnis, wie Brenner sie – wahrscheinlich nur als Finte – in den Hauptraum von Gruhns Hütte geschickt hatte.

Es geht hier um deine Karriere, sagte eine pflichtbewusste Stimme in ihrem Inneren. *Also überleg dir gut, auf wessen Seite du dich stellen willst …*

»Wie lautete das Passwort noch mal, das Sie für den Förster eingerichtet hatten?«, fragte sie. »Irgendwas mit Leid? Er schien es selbst ziemlich schwierig zu finden.«

Brenner sah erneut zu ihr herüber. Kurz glaubte sie, denselben Spott wie heute Morgen in seiner Miene zu erkennen. Doch vielleicht war es auch einfach nur die Freude, Künzl gleich Hirlingers Kopf auf dem Silbertablett servieren zu können.

»Aroleid«, erklärte er. »Also Leid, das vom Aar herkommt. Es ist ein altes Gedicht von dem Schweizer Dichter Gottfried Keller. Ich hab's damals als Passwort gewählt, weil's genau so ein Schauermärchen ist, wie es der Förster und viele andere Alteingesessene hier immer noch heimlich glauben. Es geht um einen Adler, der erst den Mann einer Frau vom Berg stößt und ihr dann das Kind raubt. Wenn Sie wollen, trage ich es Ihnen vor. Es gibt kaum Gedichte über Adler. Da hab ich dieses irgendwann auswendig gelernt.«

Anna war erst 22. Aber sie hatte schon genug erlebt, um zu wissen, dass viele Dinge an einem Menschen unwichtig wurden, sobald man nur wusste, zu welchen Gefühlen er fähig war. Fast hätte sie gesagt, Brenner solle sich seinen Vortrag sparen. Doch dann hörte sie sich selbst in einer überraschten kleinen Stimme antworten:

»Ja, tragen Sie es vor. Ich würde es wirklich gerne hören.«

10

Kathrin machte die Tür auf – und wich erschrocken einen Schritt zurück. Wie ein dunkler Engel breitete ein riesiger Vogel über dem Bett seine Schwingen aus und blickte sie mit drohend gesenktem Schnabel an. Kathrin betrachtete das wie zum Angriff bereite Tier noch einen Moment, ging dann ins Zimmer, schloss die Tür hinter sich und schüttelte den Kopf.

»Himmel, hast du das Ding gesehen, das hier an der Wand hängt?«, fragte sie laut. »Ich weiß nicht, ob ich so schlafen kann.«

»Mir gefällt's«, rief Gernot aus der Dusche. »Schön rustikal. Du weißt doch, dass ich auf so was steh. Zum Abendessen noch a zünftige Schweinshaxn – und ich bin im siebten Himmel.«

»Ich würde sie lieber auf Hochdeutsch bestellen«, rief Kathrin zurück. »Ich weiß nicht, ob es dir aufgefallen ist, aber ich glaube, die Leute hier sind nicht besonders begeistert, wenn man ihren Dialekt nachahmt. Weder die Bayern noch die Österreicher – auch wenn ich den

Unterschied ehrlich gesagt nicht mal ansatzweise raushören kann.«

Sie setzte sich aufs Bett, zog die Fahrradschuhe aus und ließ sich erschöpft nach hinten fallen. Die Abfahrt war wirklich ziemlich harmlos gewesen, wie Gernot versprochen hatte. Aber um zu ihrem jenseits der Grenze gelegenen Gasthaus zu gelangen, hatten sie wieder ein ganzes Stück bergauf radeln müssen. Kathrin hatte schließlich aufgegeben und das letzte Stück geschoben. Sophie war ihr wortlos davongefahren – wahrscheinlich hatte sie endgültig klarstellen wollen, wer die Fittere von ihnen beiden war.

»Die sollen sich nicht so haben«, sagte Gernot, der mit einem Handtuch um die Hüfte aus dem Bad kam. »Bei den Preisen, die die hier aufrufen, müssen sie schon ertragen, wenn ich mich wie a rechter Saupreiß aufführ. A Bier und a Haxn, du Urvieh – und zwar hurtig, sonst setzt a Watschn! Damisches Urvieh, damisches.«

Er stellte sich lächelnd vor sie hin, und während er sich Deo unter die Achseln schmierte, musterte er sie von Kopf bis Fuß.

»Weißt du eigentlich, dass ich dich ziemlich sexy finde, in deinen Radklamotten«, sagte er. »Besonders diese kleinen bunten Söckchen, die du da anhast, machen mich irgendwie ganz schön an.«

»Ihr Männer seid doch alle unverbesserliche Päderasten«, sagte Kathrin und stützte sich auf die Ellbogen. »Ich bin nun mal keine 17 mehr. Aber wenn du die Söckchen so scharf findest, kann ich vielleicht trotzdem was für dich tun.«

Normalerweise konnte sie an Sex nicht einmal denken, wenn sie abends in ihrer Unterkunft ankamen. Doch heute war sie dermaßen erschöpft, dass aus irgendeinem Grund genau der gegenteilige Effekt eintrat. Sie ließ einen ihrer Füße Gernots Bein hochwandern und unter dem Handtuch verschwinden.

»Hmm, ja, das ist wirklich gar nicht so schlecht«, sagte Gernot. »Pass nur auf, dass du damit nicht meiner Nase zu nah kommst. Sonst falle ich wahrscheinlich in Ohnmacht.«

Sie kicherte, und Gernot beugte sich über sie. Sonne, Schweiß, Anstrengung – dass sie den ganzen Tag ihren Körper so stark gespürt hatte, machte für Kathrin die Aussicht plötzlich noch verlockender, ihn jetzt auch auf diese Weise zu spüren. Doch da ging plötzlich die Tür auf, und die Kinder stürmten herein.

»Ihh, die haben Sex!«, rief Sophie entsetzt und zog sich sofort wieder angewidert auf den Gang zurück.

»Aber du hast doch versprochen, dass wir schwimmen gehen«, sagte Simon unbeeindruckt und sah seinen Vater vorwurfsvoll an. »Es ist bisher das einzige Hotel mit Pool. Und vorher hast du so getan, als gäb's in jedem einen.«

»Ich glaube, Sie halten Ihr Versprechen besser, Herr Scheer«, sagte Kathrin mit bedauerndem Lächeln, während Gernot sich rasch das Handtuch zurechtzog. »Ich laufe Ihnen ja nicht weg, und von den Söckchen habe ich auch noch ein paar dabei.«

Gernot holte seine Badehose aus seiner Tasche und ging ins Bad. Während er hinter angelehnter Tür wieder in seine Vaterrolle schlüpfte, sah Simon Kathrin mit in Falten gelegter Stirn an.

»Wolltet ihr wirklich gerade Sex haben?«, fragte er.

»Ja, wir haben kurz mit dem Gedanken gespielt«, antwortete sie. »So ist es aber auch gut. Dann könnt ihr noch ein bisschen im Wasser toben und ich mich hier in Ruhe fürs Abendessen fertig machen.«

Als Kathrin dann unter der Dusche stand, merkte sie jedoch, dass sie immer noch ziemlich erregt war. Sie fuhr sich mit der Hand zwischen die Beine und stellte sich vor, wie Gernot ihr die verschwitzten Kleider vom Leib zerrte und dann ohne weiteres Vorgeplänkel in sie eindrang. Eine Zeitlang funktionierte die Vorstellung recht gut, doch dann musste sie wieder an den ausgestopften Vogel über dem Bett denken, und das störte sie irgendwie in ihrer Konzentration. Schließlich merkte sie, dass sie doch zu erschöpft war, um die Sache erfolgreich zum Ende zu bringen, und brach den Versuch ab.

Sie stieg aus der Dusche und betrachtete sich im Spiegel. Ihre Hüfte war breiter als mit 17 und ihre Brüste hatten natürlich auch nicht mehr ganz die alte Form, aber insgesamt, fand sie, hielt sie sich gar nicht so schlecht. Sie roch an dem Fahrradtrikot, das Gernot auf dem Waschtisch abgelegt hatte, sah sich noch mal kurz an und ging dann zur Tür und drehte das Schloss um. Wieder stellte sie sich vor den Spiegel, packte mit einer Hand eine ihrer Brüste so fest, wie Gernot es gerne tat, und ließ die andere abermals abwärts gleiten.

In dem Moment ertönte jedoch ein hohes Pling: der E-Mail-Ton von Gernots iPhone, das ebenfalls auf dem Waschtisch lag. Automatisch blickte Kathrin zu dem aufleuchtenden Display hin und sah, dass die Nachricht von Dhanya kam.

Dhanya war eine junge indischstämmige Kollegin von Gernot, mit der er viel zusammenarbeitete. Sie war erst vor einem Jahr in die Firma gekommen, trotzdem hatten sie und Gernot beim Geburtstag eines Kollegen, zu dem Kathrin mitgekommen war, überraschend vertraut gewirkt. Kathrin erinnerte sich an das übertriebene Lachen und die hell aufblitzenden weißen Zähne. Auf Dienstreise waren die beiden auch schon zusammen gewesen.

Wieder spürte Kathrin, wie das lähmende Gefühl sich in ihr ausbreitete, das ihr in letzter Zeit so oft zu schaffen machte. Diesmal wurde es jedoch von einer seltsamen Aufregung begleitet; ihr Herz pochte wild, und sie bekam einen flauen Magen. Mit zitternden Fingern griff sie nach dem iPhone und öffnete die Nachricht.

›Ich weiß, dass ich dich im Urlaub nicht stören soll‹, lautete sie. ›Aber ich wollte nur, dass du das hier nicht vergisst.‹

Kathrin scrollte zu dem angehängten Bild herunter, konnte sich jedoch keinen Reim darauf machen, was das glänzende, überbelichtete Gebilde darstellen sollte.

Dann begriff sie plötzlich und hatte das Gefühl, eins der gewaltigen Felsmassive, unter deren stummem Blick sie sich hier Tag für Tag abstrampelte, stürze auf sie nieder.

Dhanya hatte sich ihr iPhone zwischen die Beine gehalten: Die Lippen waren prall und feucht wie Kathrins eigene immer noch, und am Rand waren zwei dunkle Finger zu sehen, mit denen die junge Frau ihr erregtes Inneres für ihren Mann offenhielt. Kathrin spürte, wie sich ihr Magen hob, und beugte sich instinktiv ein Stück vor, um sich notfalls ins Waschbecken übergeben zu können.

In dem Augenblick drückte jemand die Klinke und klopfte an der Tür.

»Kathrin?«, sagte Gernot. »Kathrin, gib mir doch bitte schnell mal mein Telefon raus. Ich erwarte eine wichtige E-Mail aus der Firma und habe es hier oben liegen lassen.«

11

»*Was?* Das kann nicht Ihr Ernst sein!«

Dr. Marcel Huber sah zu ihnen herüber und runzelte die Stirn. Eben hatte der bayerische Umweltminister noch eine Lobrede auf Nationalparkleiter Künzl und seinen ›unideologischen‹ Ausgleich zwischen den vielen verschiedenen Bedürfnissen gehalten, die es bei der Verwaltung des Parks zu berücksichtigen galt. Den von Künzl beschrittenen Berchtesgadener Weg, bei dem trotz einer Million Besucher pro Jahr ›die Natur weiter Natur sein‹ dürfe, hatte auch Bundespräsident Gauck gelobt und ihn als Vorbild für sämtliche anderen deutschen Schutzgebiete vorgeschlagen.

Dann hatten die zwei Politiker Künzl gemeinsam den Deutschen Umweltpreis überreicht, den höchstdotieren Naturschutzpreis Europas. Im Foyer des ›Hauses der Berge‹, eines 20 Millionen teuren Prestigebaus, durch den der alte Sitz der Nationalparkverwaltung gerade ersetzt worden war, hatte Künzl die kleine Goldstele in die Höhe gehalten wie einen Fußballpokal und dabei stolz ins Blitzlichtgewitter gegrinst. Jetzt jedoch sah er sich peinlich berührt nach dem aus München angereisten Minister um, der immerhin sein oberster Vorgesetzter war, und zischte Brenner an, er solle gefälligst leise sein.

»Ich soll leise sein?«, wiederholte der Parkaufseher wütend. »Ich soll leise sein, wenn Sie mit mir eine Abmachung treffen und sich dann einfach nicht dran halten? Der Schweinskerl lügt, genau wie ich gesagt habe. Und hier ist der Beweis dafür.«

Brenner hielt Künzl den Ausdruck aus Gruhns Computer hin und zeigte auf Hirlinger, der in einem glänzenden lilafarbenen Jackett neben dem Buffet stand. Künzl warf Anna einen fragenden Blick zu, doch sie konnte nicht mehr tun, als ratlos mit den Schultern zu zucken. Der Parkdirektor nahm Brenner das Blatt ab, faltete es rasch und ließ es in der Tasche seines Sakkos verschwinden.

»Ich nehme das zur Kenntnis, aber an meiner Entscheidung ändert sich dadurch nichts«, sagte er. »Die Lage ist jetzt nicht mehr dieselbe.«

Der Parkdirektor zeigte auf einen dünnen Mann mit Brille und Cordjackett, der neben Hirlinger stand. Eben hatte er noch mit Umweltminister Huber geredet und sich dabei Notizen auf einem Block gemacht. Jetzt trank er mit Hirlinger ein Bier.

»Kohlhammer, Hirlingers Spezi, schreibt nicht nur für den Berchtesgadener Anzeiger über das Event, sondern übernimmt auch die Meldung für die dpa«, erklärte Künzl. »Das heißt, diese blöde Geschichte mit dem Flugzeug würde morgen in sämtlichen Zeitungen Deutschlands stehen: als schauriger Schlussakkord zu dem Artikel über die glänzende Arbeit, die wir hier leisten. Wenn ich Hirlinger Ihren Ausdruck zeige, dann behauptet er einfach, ein anderer Adler habe ihn angegriffen – das können Sie sich doch denken. Außerdem war er schlau genug, sich von meinem Büro noch eine schriftliche Zusage faxen zu lassen, dass wir den Schaden übernehmen: Er hat behauptet, das Flugzeug werde gleich heute Abend noch zur Reparatur abgeholt.«

Brenner sah den Parkdirektor ungläubig an. In seiner Miene spiegelte sich eine Mischung aus Verblüffung, Ekel – und unbändiger Wut.

»Sie haben ihm das Geld praktisch schon gegeben?«, spuckte er fassungslos aus. »Noch bevor Sie wussten, was ich von Gruhn erfahren würde?«

»Hören Sie, Brenner: Ich weiß, dass es Ihnen um die Wahrheit geht, und ich gebe zu, dass die in diesem Fall leiden muss. Aber doch nur zum Wohl der Tiere.«

Künzl redete so leise und eindringlich er konnte. Der Blick, mit dem er über seine randlose Brille hinweg zu dem wütenden Parkaufseher aufblickte, hatte beinah schon etwas Flehentliches.

»Erinnern Sie sich nur mal, was die Geschichte mit den Kühen damals hier für Wellen geschlagen hat«, sagte er. »Besonders als Hirlinger behauptete, der Adler hätte einen Hirten attackiert. Wie all die Ewiggestrigen sofort wieder gefordert haben, große Beutegreifer müssten ganz aus dem Park verschwinden. Irgendwann wollen wir doch vielleicht auch wieder noch größere Räuber wie Bär, Luchs und Wolf bei uns willkommen heißen. Wie sollen wir das bei den Leuten durchsetzen, wenn sie sich schon von unseren Adlern bedroht fühlen?«

Der Parkdirektor rückte noch etwas näher und senkte seine Stimme zu einem vertraulichen Flüstern. Es war nur zu deutlich, dass er seinen Angestellten um jeden Preis davon abhalten wollte, ihm weiter eine Szene zu machen.

»Ich weiß jetzt, dass Hirlinger die Weiße zu unrecht beschuldigt hat«, beteuerte er, »und das bedeutet, sie darf in der Wildbahn bleiben. Das sollte doch die Hauptsache für Sie sein. Es ist doch alles nur zum Wohl der Tiere. Denken Sie doch einmal in Ihrem Leben ein bisschen diplomatisch.«

»Zum Wohl der Tiere, dass ich nicht lache«, entgegnete Brenner voller Verachtung. »Die einzigen Tiere, für die Sie sich interessieren, sind hohe Tiere wie das da drüben, die ihnen solche hübschen Preise verleihen.«

Der Parkaufseher wies mit dem Kinn auf den beinah in Hörweite stehenden Umweltminister und dann auf die goldene Stele, die Künzl wie einen kostbaren Schatz im Arm hielt.

»Es geht Ihnen nicht um die Adler, sondern darum, dass Ihr Chef denken könnte, Sie hätten Ihren Laden nicht im Griff. Dass es plötzlich heißen könnte, ihr preisgekrönter Berchtesgadener Weg funktioniere vielleicht doch nicht so einwandfrei und vorbildlich. Deswegen lassen Sie sich hier von solchen linken Typen wie Hirlinger sehenden Auges ausnehmen. Und deswegen machen sie auch sonst alles, was der Tourismusverband und die ganzen anderen Geldmacher Ihnen diktieren.«

»Reden Sie nicht so einen Unsinn, Brenner«, zischte Künzl, der nun schließlich zu begreifen schien, das seine Deeskalationstaktik nicht aufging. »Sie haben ja keine Ahnung. Und vor allem: Senken Sie endlich Ihre Stimme.«

Doch Brenner gab als Antwort nur ein lautes Schnauben von sich, und dass er und Anna sommerliche Outdoorkleidung anhatten, während alle anderen Teilnehmer der Veranstaltung festliche Abendgarderobe trugen, lenkte die Aufmerksamkeit erst recht auf sie. Anna sah, wie Huber irritiert zu ihnen herüberschaute; auch Hirlinger hatte sich mit seinem Spezi von der Presse in ihre Richtung gedreht und grinste amüsiert. Anna überlegte kurz, unauffällig ein, zwei Schritte von Brenner abzurücken, konnte sich dann aber doch nicht dazu durchringen.

»*Ich* kann auch zur Zeitung gehen«, drohte der Parkaufseher seinem Chef mit zornig blitzenden Augen. »*Korruption statt Konfrontation* – ich seh die Überschrift schon vor mir. *Natur Natur sein lassen* – ja, aber nur, wo sie der Wirtschaft nicht im Wege steht. Dann erzähle ich mal, wie es in Wirklichkeit um das Wohl der Tiere im Park bestellt ist. Und vielleicht mache ich die Presse dann auch noch auf ein paar andere Zahlen aufmerksam, die Sie hier absichtlich unter den Tisch fallen lassen.«

Jetzt blitzten auch die Augen des kleinen Nationalparkdirektors erbost auf. Noch einmal sah er sich rasch nach dem Umweltminister um und redete dann mit drohendem Zeigefinger leise auf Brenner ein.

»Sie verlassen jetzt sofort diese Feier, Brenner, sonst sind Sie Ihren Job los«, sagte er. »Wem glaubt man wohl mehr? Einem polizeilich bekannten Gewalttäter und Trinker, der bei jedem halbwegs vernünftigen Menschen hier für seine verschrobenen Ansichten berüchtigt ist? Oder dem Träger des Deutschen Umweltpreises, der gerade von allerhöchster Stelle bescheinigt bekommen hat, dass er im Nationalpark einen ganz ausgezeichneten Job macht?«

Er zeigte kurz auf die massive kleine Stele in seinem Arm und hielt seinem Mitarbeiter dann wieder drohend den Finger unter die Nase.

»Mit diesem Pfund im Rücken kann ich es mir leisten, Sie rauszuschmeißen, das sag ich Ihnen«, warnte er. »Nur weil die Leute hier Sie für so was wie einen Volkshelden halten, glauben Sie, Sie könnten sich alles erlauben. Dann werd ich halt eine Zeitlang beim Bäcker schräg angeguckt, na und – lass ich mir meine Brötchen eben bringen. Und Sie, Sie können dann wieder als einfacher Bergführer arbeiten und zusehen, wie Sie zurechtkommen. Wie Sie sich dann weiter das schöne Heim leisten wollen, in das Sie Ihre Mutter gesteckt haben, weiß ich nicht. Machen Sie jetzt bloß keinen Fehler, Brenner: Sonst ist sie da schneller wieder draußen, als Sie sich vorstellen können.«

Brenner ballte die Faust, und kurz fürchtete Anna, die gesamte Wut, die sich im Laufe des Tages in ihm aufgestaut hatte, könnte sich nun entladen. Sie konnte praktisch schon vor sich sehen, wie der durchtrainierte Parkaufseher dem kleinen Direktor einen Fausthieb verpasste und der samt seiner goldenen Trophäe über den auf Hochglanz gewienerten Boden schlitterte. Brenner strahlte plötzlich eine solche Aggression aus, dass förmlich die Luft knisterte, und jetzt machte Anna doch unwillkürlich einen Schritt nach hinten.

Dann aber entkrampfte sich die Hand des Parkaufsehers wieder, das Feuer in seinen Augen ging nieder, und er schüttelte einfach nur voll Abscheu den Kopf.

»Sie würden alles für Ihren Berchtesgadener Weg tun, nicht wahr«, sagte er leise, »wirklich alles.«

Dann blickte er stolz in die Gesichter der vielen Gäste, die sich ihnen zugewandt hatten, und verzog angewidert den Mund.

»Ich muss hier raus: Dieser ganze verlogene Scheiß macht mich krank.«

Er rempelte die zwei Sicherheitsleute beiseite, die sich ihm von hinten genähert hatten, blieb dann aber noch einmal stehen.

»Was ist mit Ihnen?«, fragte er Anna laut. »Kommen Sie mit mir einen trinken?«

»Ich …« Anna sah hilflos zwischen Brenner und Künzl hin und her. Ihr Herz schlug, als hätte der Parkaufseher eben mit einer Waffe auf seinen Chef gezielt. »Ich weiß nicht, ich …«

»Nein, Frau Khadiri bleibt besser bei mir«, sagte da der Nationalparkdirektor. »Ich möchte sie hier noch einigen Leuten vorstellen.«

Er wies mit dem Kopf über seine Schulter, wo auch Minister Huber der eigenartigen Szene mittlerweile ganz offen zuschaute, und reckte hochmütig das Kinn.

»Sie hätte ich ebenfalls gerne vorgestellt – schließlich sind Sie für die Schlüsselart hier im Park verantwortlich. Aber so unmöglich, wie Sie sich wieder aufführen, ist daran natürlich nicht zu denken.«

»Ich scheiß auf Ihre Vorstellung«, erwiderte Brenner und warf dann Anna einen eiskalten Blick zu. »Und

Ihnen noch viel Spaß beim Speichellecken. Hab wohl doch ein bisschen zu viel von Ihnen gehalten.«

»Schönen Abend, Brenner!«, rief Hirlinger hämisch dem Parkaufseher nach, während dieser einsam durch die befremdet zurückweichende Menge stapfte. »Schade: Ich dachte, wir könnten uns noch ein bisschen unterhalten.«

Brenner drehte sich nicht um, reagierte auf das hässliche Nachtreten seines triumphierenden Erzfeinds mit keiner Geste. Scheinbar ungerührt schritt er in seinen Shorts und seinem schmutzigen T-Shirt durch die aufgetakelte Schar, der Gang ruhig, der Kopf erhoben. Von peinlicher Stille begleitet entfernte sich seine aufrechte Gestalt – und so albern und abwegig es auch war: Ganz kurz hatte Anna das Gefühl, als entferne sich alles, was in ihr selbst aufrecht war, mit ihm.

12

»Was ist mit dir, Schatz? Du bist so still. Alles bei dir in Ordnung?«

»Ja, ja, alles okay. Ich bin nur müde, sonst geht's mir gut. Vielleicht habe ich auch ein bisschen zu viel Sonne abgekriegt.«

Gernot sah sie einen Moment lang mit gesenkter Braue an und nahm sich dann von dem Kraut und den Knödeln nach, die mit seiner Haxe serviert wurden. Kathrin hatte sich nur einen Salat bestellt, bekam aber trotzdem kaum etwas herunter. Simon, der neben seinem Vater saß und wie jeden Abend ein Wiener Schnitzel aß, lächelte ihr aufmunternd zu.

»Übermorgen ist es ja vorbei«, sagte er. »Nur noch einen Tag richtig strampeln, dann hast du es hinter dir.«

Zu hören, wie Simon sie praktisch mit denselben Worten trösten wollte wie sie heute Mittag Sophie, rührte sie. Gleichzeitig erinnerte es sie daran, dass nach diesem Urlaub wieder ihr normales Leben weitergehen würde, und das machte ihr eine so große Angst, dass es ihr fast die Luft nahm. Um ihre Verzweiflung zu überspielen, schenkte sie sich Wein nach, und als sie das Glas an die Lippen hob, sah sie, dass ihr vom Tisch gegenüber jemand zuprostete. Sie brauchte einen Augenblick, um die Leute zu erkennen, aber es war dasselbe ältere Ehepaar, mit dem sie sich mittags auf der Einkehralm unterhalten hatten. Die beiden waren zu Fuß unterwegs gewesen; doch von den roten Wangen und dem glasigen Blick zu urteilen, die der Mann jetzt zu seinem Schnauzer trug, hatten sie es irgendwie geschafft, weit vor ihnen in dem Gasthof anzukommen.

»Noch einmal ein herzliches Prost Ihnen allen«, rief der Bayer bierselig herüber. »Freut mich sehr, Sie auch hier wieder als Tischnachbarn begrüßen zu können. Meine Frau und ich, wir haben uns noch auf dem ganzen Weg nach unten über Sie gefreut. So eine glückliche, vom lieben Herrgott mit allem Guten gesegnete Familie, das sieht man nicht mehr alle Tage.«

13

»Die Adler kriegen kaum noch Junge«, sagte Brenner und kippte seinen Schnaps herunter. »Künzl behauptet zwar, der Natur und den Tieren im Nationalpark gehe es gut. Aber wenn man etwas genauer hinschaut und nicht auf seine pseudowissenschaftlichen Erklärungen reinfällt, merkt man, dass es nicht so ist. Den Steinadlern zumindest – der ach so wichtigen Schlüsselart – geht es überhaupt nicht gut. Dank dir, Ederl.«

Der Wirt stellte Anna eine Weinschorle und Brenner ein neues Bier auf die Theke. Dann schenkte er Brenner von dem Schnaps nach und stellte die Flasche neben das Glas.

»Ich lass dir den Obstler draußen«, sagte er und ging zu den zwei alten Männern am Tisch gegenüber zurück, mit denen er Karten spielte. »Dann muss ich nicht dauernd aufstehen.«

»Alles klar, Ederl, auf dich«, sagte Brenner und prostete freundlich dem beleibten Klotz im Karohemd zu, der ebenfalls nicht mehr der Jüngste war. Außer den drei Kartenspielern und ihnen hielt sich niemand sonst in der urigen alten Kneipe auf, in der Anna Brenner schließlich aufgespürt hatte. Der Parkaufseher nahm einen tiefen Schluck aus seinem Bierkrug, kippte auch den neuen Schnaps in einem herunter und sah sie dann wieder mit seinen klaren blauen Augen eindringlich an.

»Sie erinnern sich doch noch an das Adlerküken heute Morgen, das dem anderen Küken nichts von dem Murmeltier abgeben wollte.«

»Das nach dem kleineren Küken gehackt hat und es aus dem Nest schubsen wollte, während die Mutter tatenlos zusah, natürlich«, erwiderte Anna. »Die Tiere sind schön anzusehen. Aber so edle Geschöpfe, wie ich immer gedacht habe, scheinen sie nicht zu sein. Der Anblick hat mir meinen Start bei Ihnen hier unten nicht gerade versüßt, wenn ich ehrlich bin. Mal ganz abgesehen von dem, was danach kam.«

Brenner lächelte verlegen und zog kurz die Brauen hoch.

»Nun, wie Sie selbst bemerkt haben, gibt es dieses Verhalten, den Kainismus, eigentlich nur bei anderen Adlern«, erklärte er dann. »Bei Steinadlern tritt es ausschließlich auf, wenn das Futter knapp ist. Wenn sie also nicht – wie zufällig heute Morgen – genug Murmeltiere, Alpenhasen, Gämsen und andere Beutetiere finden, mit denen sie ihre Jungen füttern können. Dann fängt das ältere Küken an, die wenige Beute, die die Eltern auftreiben, ganz für sich zu beanspruchen und entwickelt diese hässliche Feindschaft gegen das eigene Blut. Dass die Eltern nicht einschreiten, mag auf den ersten Blick grausam wirken. Aber würden sie das Zweitgeborene verteidigen, würden höchstwahrscheinlich beide Junge nicht genug Nahrung bekommen und sterben. So haben die Eltern die Chance, wenigstens eins durchzubringen.«

Anna dachte kurz nach und runzelte die Stirn.

»Aber im Nationalparkbericht heißt es doch ausdrücklich, die Steinadlerpopulation sei gesund und mehr ginge da nicht. Und wie Sie sagen, sind die Adler die Schlüsselspezies im Nationalpark, die Auskunft über den Zustand sämtlicher anderer Tierpopulationen gibt. Wie könnte Künzl da …«

»Oh, man kann viel, wenn man einen Wissensvorteil hat«, sagte Brenner. »Wenn man es nur mit faulen Idioten wie diesem Kohlhammer vom örtlichen Käseblatt zu tun hat. Oder mit Leuten von Presseagenturen und Fernsehsendern, die keine Zeit haben, richtig zu recherchieren und Vergleiche anzustellen. Künzl sagt, alle Brutreviere, die hier in den Bergen möglich sind, seien besetzt und die Steinadlerpopulation von menschlichen Aktivitäten nicht beeinträchtigt. Aber erstens definiert natürlich er als oberster Experte, was an Brutrevieren möglich ist. Und dass in den Revieren, die er als möglich festlegt, tatsächlich Adler leben, sagt auch noch nicht alles. Diese brutale Geschwisterrivalität, die wir heute Morgen beobachtet haben, gab es unter den Adlern nur ganz selten, als ich meine Stelle angetreten habe. Jetzt ist sie praktisch zur Regel geworden. Hat das größere Küken das kleinere getötet, müssen die Adler nur noch eins füttern. Trotzdem brauchen die Adlerjungen heute viel länger als früher, um flügge zu werden, und manchmal kommt selbst das eine Küken nicht durch. Viele Adlerpaare empfinden die Bedingungen offenbar als so schlecht, dass sie es erst gar nicht mit dem Brüten versuchen. Die Zahl der Paare, die im Frühling einen Horst beziehen und darin Eier ablegen, wird jedes Jahr kleiner. Die Zahl der Jungen, die nach dem Flüggewerden auf Wanderschaft gehen, um dann als Erwachsene hier in ihr Heimatgebiet zurückzukehren, schrumpft immer mehr.«

»Und das alles, weil … weil das Futter knapp ist?«

»Weil die vielen Touristen das Wild verscheuchen, ganz genau«, sagte Brenner mit zornig blitzenden Augen. Er trank noch einen Schnaps und lehnte sich dann über den Tresen, um an der Zapfanlage auch seinen Steinkrug aufzufüllen. Als er sah, dass Anna ebenfalls nichts mehr im Glas hatte, füllte er es einfach mit Bier aus seinem Krug auf.

»Hier, trinken Sie das. Schmeckt sowieso viel besser als Ederls grausiger Wein.«

Erneut nahm er einen großen Schluck, wischte sich den Schaum von der Oberlippe und fuhr dann mit seinen Erklärungen fort. Es war deutlich, dass ihn all das schon lange beschäftigte und er froh war, es endlich jemandem erzählen zu können.

»Die Almbewirtschaftung, die Forstarbeiten und auch das bisschen Jagd, das im Nationalpark betrieben wird – das allein könnten die Adler wahrscheinlich gerade noch aushalten. Ebenso die Hubschrauberflüge der Bergwacht und der Bundeswehr; die sind auch halbwegs leicht um die sensiblen Bereiche herumzulenken. Aber dann noch die mehr als eine Million Touristen obendrauf, die mittlerweile jährlich in den Nationalpark kommen – das ist einfach zu viel. All die Wanderer, Bergsteiger, Gleitschirmflieger, Mountainbiker und ich weiß nicht was. Klar, überall sind Wege ausgezeichnet, und es gibt genaue Anweisungen, was man darf und was nicht. Aber Sie haben ja heute Morgen gesehen, wie wenig die Leute sich daran halten. Sie stören nicht nur die Adler bei der Brut, sondern auch alle anderen Tiere. Die kriegen dann ebenfalls weniger Junge, sodass das Futterangebot für die Adler immer spärlicher wird. Oder die Beutetiere ziehen sich in die Wälder und unzugängliche Niederungen zurück, wo die Adler sie nicht jagen können. Der Schlüsselart geht es schlecht, und da sie nun mal die Schlüsselart ist, kann man davon ausgehen, dass es auch mit dem Rest der Fauna nicht zum Besten steht. Dafür hat der Park einfach zu viele Besucher.«

Wieder kippte Brenner einen Obstler herunter; Anna kam kaum noch mit dem Zählen nach. Trotzdem redete er vollkommen klar, und auch sein Blick blieb seltsam ungetrübt.

»*Kooperation statt Konfrontation*«, zitierte er Künzls Motto für den Nationalpark: »Es gleichzeitig allen recht machen und trotzdem *Natur Natur sein lassen* – das geht eben nicht. Ich weiß, dass sie Umweltmanagement studieren und an diese schöne Formel glauben müssen, aber vertrauen Sie mir: Optimale wirtschaftliche Nutzung und optimalen Naturschutz unter einen Hut bringen zu können ist eine Illusion. Die Interessen von Wirtschaft und Natur stehen sich nun mal in der Regel entgegen, da hilft alles Management nicht. Die Wirtschaft sitzt am längeren Hebel, und ohne rigorose Schutzmaßnahmen wird die Natur stets den Kürzeren ziehen. Wenn hier der Tourismusverband seine Belange beeinträchtigt sieht und nur einmal kurz das Wort ›Arbeitsplätze‹ fällt, knickt Künzl ein – das ist im Nationalpark nicht anders als überall sonst in Deutschland.«

Brenner schüttelte den Kopf und runzelte unzufrieden die Stirn. »Die Wirtschaft hat nun mal immer Vorrang«, klagte er. »Der Ruf lautet stets Wachstum, Wachstum, Wachstum – obwohl das bei uns Menschen im Grunde zu keinem anderen Ergebnis als bei den Adlern führt: Vor lauter wirtschaftlichem Wachstum, vor lauter Hektik und Betriebsamkeit schrumpft die Bevölkerung immer mehr zusammen. Die Wirtschaft wächst, aber Kinder bekommt komischerweise keiner mehr, weil das Leben auch so schon anstrengend genug ist. Oder die Menschen schuften sich den Buckel krumm und kommen am Ende des Tages doch nicht richtig über die Runden. Gleichzeitig fliegt so einer wie Hirlinger in seinem Flugzeug durch die Gegend, und wenn er aus eigenem Verschulden eine Bruchlandung hinlegt, kommt einer wie Künzl und wirft ihm das sauer verdiente Geld anderer Leute in den Rachen. Warum das alles so ist, weiß ich nicht, dafür bin ich zu dumm. Ich weiß nur, dass es bei meinen Adlern dazu führt, dass sie immer weniger werden, und das macht mich wütend.«

Anna spürte, dass Brenners eigenartiger Vergleich zwischen den Adlern im Nationalpark und den Menschen in Deutschland hinkte. Er klang nach Stammtisch und schlecht verarbeitetem Hass auf ›die da oben‹, Leute wie Hirlinger und Künzl, die es – aus welchen Gründen auch immer – in beruflicher Hinsicht weiter gebracht hatten als man selbst. Auch fühlte Anna sich eigentlich verpflichtet, ihr Studienfach gegen die Vorwürfe des unzufriedenen Parkaufsehers zu verteidigen.

Nur: Sie war hier heruntergekommen, um den Berchtesgadener Weg kennenzulernen, offiziell eine der gelungensten Formen der Umweltverwaltung in ganz Europa. Wenn sich dieser Berchtesgadener Weg nun als Holzweg entpuppen sollte, und mit den Adlern müsste sich Brenner ja eigentlich auskennen, dann hatte nicht nur der Parkaufseher recht, sondern möglicherweise auch ihr Bruder: Umweltmanagement war Quatsch, ein Widerspruch in sich, eine heuchlerische Alibiveranstaltung, die letztlich nur denen nutzte, die sie veranstalteten. Auch von der Mülltrennung, über die sich ihr Bruder so lustig gemacht hatte, behaupteten Kritiker, sie sei überflüssig, weil es längst Maschinen gebe, die den Müll viel effektiver trennen könnten. Nur hinge eben ein riesiges System mit einer riesigen Lobby dran, die ihre Pfründe verteidigte – genau wie Künzl seine.

Sie war keine Dogmatikerin, hatte nie geglaubt, dass Natur und Wirtschaft ohne Kompromisse miteinander in Einklang zu bringen wären. Die Wirtschaft hatte schon ihre Berechtigung, sie selbst wollte schließlich auch irgendwann mal gut verdienen – und wenn nur, um ihre Mutter glücklich zu machen und ihren Brüdern endlich das Maul zu stopfen. Doch wenn alles nur eine einzige große Lüge war …

»Aber wenn die Adler tatsächlich weniger werden, lässt sich das doch schwer vertuschen«, wendete sie ein. »Wenn die Zahl der Tiere wirklich schrumpft, wie Sie sagen, dann muss man kein großer Experte sein, um zu erkennen, dass Künzls Konzept nicht aufgeht. Dann müsste doch jeder noch so faule Journalist darauf kommen, dass …«

»Sie schrumpft aber nicht, oder nicht sehr dramatisch«, entgegnete Brenner. »Und der Grund ist der gleiche wie bei den Menschen: Einwanderung. Der fehlende Nachwuchs wird durch Steinadler ersetzt, die aus weniger erschlossenen Alpenregionen im Süden einwandern, wo die Geburtenrate der Vögel noch in Ordnung ist. Künzl erklärt diese Gebiete im Nationalparkbericht zu ›Source-Areas‹, unsere Alpen hier zu ›Sink-Areas‹ und tut so, als sei dieser ständige Zuzug etwas ganz Natürliches. Er erklärt es irgendwie mit der Beschaffenheit der Landschaft, der Kammerung der Täler oder so – dabei lautet die viel einfachere Erklärung selbstverständlich, dass mit der Natur etwas nicht stimmt. Die Schlüsselart kriegt kaum noch Nachwuchs, weil sie und ihre Beutetiere sich im Nationalpark nicht wohlfühlen. Trotzdem ist angeblich alles wunderbar, weil fremde Adler die angestammten Jagd- und Brutreviere der hiesigen Adler einfach neu besetzen. Gleichzeitig druckt Künzl die vermeintlich intakte Natur in Form von stolz blickenden Steinadlern und glücklich fiepsenden Murmeltieren auf seine Imagebroschüren und lockt so jedes Jahr mehr Besucher in den Park. Die dann auch noch glauben, sie machten Ökourlaub, wenn sie hier die Tiere stören.«

Das mit den einwandernden Adlern klang in der Tat seltsam, wenn es den einheimischen Adlern eigentlich gut gehen sollte. Doch auch jetzt irritierte Anna wieder, wie Brenner die Situation der Vögel auf die der Menschen in Deutschland übertrug – mit denen er ganz offensichtlich nur die Stammbevölkerung meinte.

Geht es ihm vielleicht in Wirklichkeit gar nicht um die Adler, sondern fühlt einfach nur er sich gestört, von all den Fremden, die in seine Berge kommen?

Sie betrachtete den in einem fort Bier und Schnaps in sich reinschüttenden Deutschen, der ihr hier in der von den Kartenspielern verrauchten Kneipe seinen Vortrag hielt, und fühlte sich plötzlich an gewisse Kommilitonen von sich in Berlin erinnert.

Auch diese Angehörigen der Stammbevölkerung hatten eine tiefsitzende Abneigung gegen alles Fremde und Neue, gegen jede Art von Veränderung. Auch wenn sie es nicht richtig durchblicken ließen – oder sich dessen vielleicht nicht mal bewusst waren: Anna merkte ihnen an, dass sie sich im Grunde ihres Herzens für etwas Besseres hielten.

Und ich folge diesem verkappten Nazi auch noch hier in seine Stammkneipe, dachte sie und blickte kurz zu den Karten kloppenden alten Knaben hinüber, die Brenners seltsame Äußerungen in ungerührtem Schweigen mitanhörten. Schon als sie die verrauchte Kaschemme betreten hatte und den Parkaufseher einsam an der Theke stehen sah, hatte sie kurz bereut, sich auf die Suche nach ihm gemacht zu haben.

Künzl hatte sie angesehen, als höre er nicht richtig, als sie sagte, sie wolle dem wütend davongelaufenen Parkaufseher lieber hinterhergehen. Sie waren schon auf dem Weg zum Umweltminister und seiner Entourage gewesen, zum Händeschütteln und Sekttrinken. Dann hatte der gewiefte Diplomat jedoch blitzschnell umgeschaltet und so getan, als sei Annas Vorschlag ganz in seinem Sinne.

›Ja, gehen Sie ihm nach und schauen Sie, ob Sie ihn nicht ein bisschen beruhigen können‹, hatte er zu ihr gesagt. ›Wer weiß, was er sonst wieder anstellt.‹

Künzls Eitelkeit hatte sie mit Sicherheit trotzdem verletzt, und die Chance, später mal bei Huber oder einem seiner Leute anzurufen und zu sagen, man hätte sich bei der Verleihung des Umweltpreises kennengelernt, hatte sie sich auch durch die Lappen gehen lassen. Bisher hatte sie sich vormachen können, sie habe herausfinden wollen, was hinter den Vorwürfen steckte, die Brenner dem Nationalparkdirektor gemacht hatte. Doch als Brenner jetzt seinen Krug leerte und sein hochrutschendes T-Shirt kurz ein Stück seines muskulösen Bauchs freigab, verdächtigte Anna sich, eher mit etwas anderem als dem Kopf gedacht zu haben.

Meine Mutter kämpft jahrelang, um mir ein eigenes Leben zu ermöglichen, und was mache ich draus? Laufe einem heimlichen Neonazi hinterher, nur weil mir seine starken braunen Arme und seine einsamen blauen Augen so gut gefallen.

Brenner schien ihre Irritation zu erraten. Er sah sie kurz mit gerunzelter Stirn an und milderte dann seinen Ton.

»Hören Sie«, sagte er. »Nicht, dass Sie glauben, ich hätte irgendwie was gegen Fremde oder so. Ich hab nichts gegen Fremde: weder gegen fremde Adler noch gegen fremde Menschen. Ich hab nur was gegen Typen wie Künzl, die einem Scheiße als Gold verkaufen und dann auch noch ihr fehlerhaftes Modell in andere Schutzgebiete exportieren wollen. Und gegen Leute, die nicht richtig nachdenken und deswegen genau das zerstören, was sie eigentlich erhalten wollen. Wenn der Tourismus erst mal den gesamten Alpenraum zu einer einzigen großen ›Sink-Area‹ gemacht hat, dann ist es aus mit den Adlern – und diesmal für immer.«

»Ja, sicher, wenn sich die Tiere im Park durch die Besucher so gestört fühlen, dann ist das natürlich ein Problem«, gab sie zu.

Doch wem sollte sie eher glauben? Dem Nationalparkdirektor, der promovierter Biologe war und sich wahrscheinlich etwas dabei dachte, wenn er die Brutgebiete in den Alpen in unterschiedliche Kategorien einteilte? Oder dem frustrierten Parkaufseher hier vor ihr, der früher als einfacher Bergführer gearbeitet hatte und aus irgendeinem Grund offensichtlich einen ziemlichen Hass auf die Welt und viele Menschen darin nährte? Von einem polizeilich bekannten Gewalttäter und Trinker hatte Künzl gesprochen.

Erneut runzelte Anna die Stirn und fragte sich, wie sie darauf gekommen war, Brenner hinterherzulaufen. »Sie … Sie haben doch noch von irgendwelchen anderen Zahlen geredet, die Künzl angeblich unter den Tisch fallen lasse«, sagte sie. »Was haben Sie damit gemeint?«

Brenner blickte kurz zu der Kartenrunde hinüber und sah ihr dann mit einem seltsamen Leuchten in den Augen ins Gesicht: »Im Park verschwinden Menschen«, sagte er. »Viel mehr, als normal ist.«

14

»Was soll das heißen, hier verschwinden Menschen?«

Anna sah Brenner ungläubig an. *Okay, schade*, dachte sie. *Der Typ hat anscheinend tatsächlich einen Knall.* Er schenkte sich in aller Ruhe noch einen Schnaps ein und kippte ihn herunter. Dann wendete er sich ihr wieder zu und blickte ihr eindringlich ins Gesicht.

»In den Bergen sind schon immer viele Leute umgekommen«, erklärte er. »In den gesamten Alpen sind es bis zu 1.000 pro Jahr. Viele verunglücken beim Skifahren oder beim Bergsteigen, besonders in der kalten Jahreszeit. Allein hier an der Ostwand des Watzmanns sind im Laufe der Jahre mehr als 100 Menschen gestorben. Aber beim einfachen Wandern oder Bergwandern sterben praktisch genauso viele, auch im Sommer. Sie sind nicht richtig ausgerüstet oder werden von einem Unwetter überrascht. Sie hängen sich nicht in die Klettersteige ein oder überschätzen ihre Kräfte und kriegen einen Kreislaufkollaps. Oder sie brechen sich an einer abgelegenen Stelle ein Bein, haben keinen Handyempfang und verhungern einfach. Klar gibt's oft eine Suchaktion, und dank moderner Hilfsmittel wie Hubschrauber und Wärmebildkamera werden die Verunglückten viel öfter gefunden als früher. Aber ein paar bleiben trotzdem verschollen. Die Berge schlucken sie einfach und geben sie nicht wieder her.«

Erneut befeuchtete Brenner seine Kehle. Dann sah er Anna bedeutungsvoll an.

»Normalerweise passiert das aber höchstens bei ein bis zwei Menschen pro Jahr«, sagte er. »Hier sind allein im letzten Jahr vier Leute verschollen. Und in den Jahren davor waren es auch schon ungewöhnlich viele. Sie brechen morgens auf und kehren nicht mehr in ihre Unterkunft zurück. Bergführer engagieren ja kaum noch welche, weil's alle lieber ganz individuell wollen, und sein Tagesziel ins Hüttenbuch einzutragen ist auch aus der Mode gekommen. Aber dass so viele Leute verschwinden, und die meisten auch noch im Sommer, das ist seltsam.«

Anna wusste immer noch nicht recht, was sie von Brenners Story halten sollte. Da mischte sich zum ersten Mal der Wirt ein.

»Jetzt hör auf, dem armen Mädel Schauergeschichten zu erzählen, Brenner«, sagte er. »Die traut sich ja sonst nicht mehr auf die Alm.«

Der dicke Mann mit dem grauen Schnauzer drückte seine Zigarette aus und wendete sich wieder den Karten zu. Brenner blickte spöttisch zu ihm und seinen Mitspielern hinüber. Dem Wirt gegenüber saß ein hagerer Greis mit klobiger Brille und Strickjacke; zwischen den beiden ein bärtiges Hutzelmännchen mit Pfeife im Mund, das auch am Tisch seinen grünen Filzhut auf dem Kopf behielt.

»Wenn Sie hier jemanden fragen, ist das natürlich alles nur Zufall«, erklärte Brenner. »Die Familie vom alten Alois dort hat selbst einen Gasthof, der fesche Luggi verkauft den Touristen Schnitzereien und Murmeltierfett, und das gute Ederl hoffte jeden Abend aufs Neue, dass sich wenigstens ein paar der Urlauber in seine Schenke verirren. Fast alle hier bei uns leben auf irgendeine Weise vom Fremdenverkehr, deswegen ist das Ganze nur eine ›zufällige Häufung‹. Selbst die Bergwacht hält still, seit Künzl ihr letztes Jahr versprochen hat, sich an einem neuen Heli zu beteiligen. Aber ich habe lange genug als Bergführer gearbeitet, um zu wissen, dass das nicht normal ist. So viele Vermisste in so kurzer Zeit: Das ist zu viel. Es ist wie bei den Adlern: Man muss nur ein bisschen zählen und vergleichen, schon merkt man, dass was faul ist.«

Die Kartenspieler machten keine Anstalten, Brenner zu widersprechen. Doch in dem Moment klingelte ohnehin sein Handy. Er sah auf das Display, dann erschrocken auf die Uhr an seinem Handgelenk.

»Entschuldigen Sie«, sagte er zu Anna. »Da muss ich rasch rangehen.«

Er stürzte zur Tür neben den Toiletten hinaus, die auf einen kleinen Innenhof führte, und machte sie hinter sich zu, bevor er abhob. Anna trank noch einen Schluck von dem Bier in ihrem Weinglas, das wirklich viel besser schmeckte als der vorige Inhalt. Dann blickte sie zu den Kartenspielern hinüber.

»Wie ist es denn nun?«, fragte sie. »Ist das mit den Leuten, die verschwinden, ein Schauermärchen oder nicht?«

»Nein, in der letzten Zeit waren es schon ein paar mehr als sonst«, antwortete der Wirt brummig. »Aber das ist ganz leicht damit zu erklären, dass hier immer mehr Leute unterwegs sind – in dem Punkt hat der Brenner recht. Dann haben alle noch ein Handy und so einen GPS-Empfänger dabei und denken, sie könnten nicht verlorengehen. Da trauen die Leute sich ganz woanders hin als früher, und dann passieren halt Unfälle. Da ist nichts Seltsames dran.«

»Und warum behauptet er das dann?«

Der Wirt blickte zu ihr herüber und sah sich dann kurz nach der Tür zum Hof um. Er zündete sich eine neue Zigarette an und senkte die Stimme etwas.

»Weil der Brenner eben der Brenner ist und es ihm nicht passt, wie manches hier läuft. Der mag den Künzl nicht, hat was gegen seine Art. Und Touristen mag er auch nicht, obwohl er im Prinzip genauso von ihnen lebt wie wir. Besonders, wenn sie seine geliebte Natur zerstören.«

»Die würde er am liebsten alle vom Watzmann schmeißen«, sagte das bärtige Hutzelmännchen und setzte ein schelmisches Grinsen auf. »Außer natürlich, sie sind so hübsch wie Sie. Dann macht er lieber was anderes mit ihnen.«

Anna lächelte freundlich über das handfeste Kompliment, und nun schien auch der Greis mit der Brille nicht hintanstehen zu wollen.

»Wir haben uns schon gefragt, ob er die ganzen Leut' nicht selbst verschwinden lässt«, sagte er, während er mit seinen wässrigen Augen listig über seine Brille schielte. »Und nur den Rufer in der Wüste gibt, damit ihn niemand verdächtigt. Wisst ihr noch, diese Kerle auf den Motorrädern, die dachten, sie könnten hier auf Hells Angels machen. Von denen hätt's der eine auch nicht überlebt, wenn nicht jemand die Polizei gerufen hätte.«

Erneut ging es um Brenners Hang zur Gewalt, der wirklich ziemlich ausgeprägt zu sein schien. Doch statt eines betretenen Blickes stahl sich unwillkürlich ein stolzes Lächeln auf die Gesichter der Männer.

»Gegen Rocker hat er glaub ich gar nichts«, sagte das Hutzelmännchen und sah schlau auf seine Karten nieder. »Nur dass sie Münchner Nummernschilder hatten, das war ihr Pech.«

»Ja, ist nicht schwer zu erraten, wen er da vor sich gesehen hat«, nickte der Alte mit der Brille, während er eine Karte ausspielte. »Die Maschinen schauten auch ein bisschen zu neu und teuer aus. Sonst wär's den beiden vielleicht besser ergangen.«

»Sie meinen Hirlinger?«, hakte Anna nach, obwohl sich die drei schon eher wieder miteinander zu unterhalten schienen. »Sie meinen Hirlinger, der den Hof seiner Eltern gekauft hat? Hat er sie tatsächlich betrogen? Oder bildet sich das Brenner auch nur ein?«

Die zwei älteren sahen unsicher den Wirt an, als hätten sie sich zu weit vorgewagt. Der blickte sich wieder kurz nach der Tür zum Hof um und runzelte dann die Stirn.

»Tja, das ist als Außenstehender immer schwer zu beurteilen«, sagte er. »Aber es gibt viele, die denken, der Hirlinger sei ein krummer Hund. Damit steht der Junge nicht allein da.«

»Ich meine nur, weil …«

Anna seufzte und schüttelte den Kopf.

»Na ja, ich kenne Ihren Brenner erst seit heute Morgen, werde aber einfach nicht schlau aus ihm. Er wirkt, als würde irgendwas an ihm nagen, als wäre er wegen irgendwas furchtbar wütend. Und da habe ich mich gefragt, ob vielleicht …«

Der Wirt legte seine Karten nieder, sah erneut über die Schulter und blickte ihr dann ernst ins Gesicht.

»Wenn er wütend wirkt«, sagte er, »dann liegt das daran, dass sich damals sein Vater erhängt hat – nach dem Verkauf. Brenner war erst 14, aber er hat ihn mit eigenen Händen abgehängt, damit die Mutter es nicht sieht. Verrückt ist sie trotzdem drüber geworden, mit der Zeit. Heute ist sie im Heim, das wird sie da draußen am Telefon sein, sonst ruft den Brenner um die Uhrzeit niemand an. Wahrscheinlich war's ihm peinlich, vor Ihnen.«

Der Wirt drückte seine Zigarette aus und nahm wieder seine Karten auf. Jedes Lächeln war aus den Gesichtern der Männer gewichen. Nun saßen sie doch noch mit betretenen Mienen da.

»Mein Gott, das ist ja schrecklich«, sagte Anna, die das Gefühl hatte, schlecht über einen Kranken geredet zu haben. »Sein Vater hat sich umgebracht?«

»Der Hof war schon seit Generationen in der Hand der Familie«, erklärte der Greis mit der Brille. »Da hat er sich wohl zu sehr geschämt, selbst wenn das hieß, Frau und Sohn zu hinterlassen. Er war ein guter Kerl, aber nicht einer wie Brenner, der sofort gegenhält, wenn ihm einer dumm kommt. Er hat's mehr im Stillen verarbeitet – und dann hing er halt irgendwann da.«

Anna schüttelte betroffen den Kopf und blickte zu der Tür, durch die Brenner verschwunden war. Kurz glaubte sie, leise seine beschwichtigende Stimme zu hören.

»Das ist wirklich eine grauenvolle Geschichte«, sagte sie beklommen. »Dann ist das wohl auch der Grund, warum sein Chef – Parkdirektor Künzl – ihm so viel durchgehen lässt? Er hat zwar das mit dem Hof erwähnt. Aber von der Sache mit dem Vater hat er gar nichts gesagt.«

Die drei sahen sie an, als hätte sie gerade behauptet, der Teufel trage einen Heiligenschein.

»Der Künzl?«, fragte das Hutzelmännchen und zog das Gesicht in tausend Falten. »Nein, der würde ihn mit Vergnügen rausschmeißen und macht's nur nicht, weil er damit die Leute zu sehr gegen sich aufbringen tät. Und nicht wegen dem mit Brenners Vater – das ist traurig, aber schon Ewigkeiten her. Nein: Er hat hier vor einiger Zeit zwei Kinder gerettet, aus einem brennenden Haus.«

Nun sah Anna die drei verblüfft an.

»*Was hat er?*«, fragte sie ungläubig. »Er hat zwei Kindern das Leben gerettet?«

»Er hat wieder den ganzen Abend gesoffen gehabt«, erzählte der Wirt. »Aber richtig besoffen wird er ja nie, der komische Hund. Alle standen nur drum rum, keiner hat sich reingetraut, selbst die Feuerwehr nicht: Die ganze Bude brannte schon lichterloh. Aber der Brenner ist einfach rein, in den zweiten Stock, und kam mit dem Säugling und der Kleinen auf dem Arm wieder raus. Er hat die beiden bei der Mutter abgegeben und ist dann ohne ein Wort wieder in die Wirtschaft zurück. Alle waren so baff, dass sie ihn gelassen haben.«

Zum zweiten Mal hatte Anna das Gefühl, ihre Sicht Brenners werde komplett auf den Kopf gestellt. Der abgeschwindelte Hof, der Vater, der sich in der Scheune erhängt, jetzt diese Geschichte – alles klang so melodramatisch und dick aufgetragen, dass sie sich kurz fragte, ob die drei alten Knaben sie nicht einfach nur gehörig auf den Arm nehmen wollten. Aber dann erinnerte sie sich wieder daran, was Künzl vorhin gesagt hatte: Ein *Volksheld*, natürlich – das hatte er damit gemeint.

»Seitdem darf er hier machen, was er will, jeder drückt ein Auge zu«, erklärte der alte Alois und zeigte mit seinem hageren Zeigefinger auf den Wirt. »Beim Ederl darf er trinken, so viel er will, und kommt er irgendwo rein und möchte einen Kaffee, eine Semmel oder sogar eine ganze Mahlzeit, dann gibt sie ihm jeder und fühlt sich noch geehrt. Vielen hat er vorher schon gefallen, weil er so schneidig und geradeheraus ist. Aber seit der Geschichte mit dem Feuer lieben ihn die Leute, vergöttern ihn geradezu, und er hat überall Narrenfreiheit.«

Anna spürte, wie ein warmer Schauer durch ihre Brust rieselte. *Ja, er ist etwas ganz Besonderes,* dachte sie. *Habe ich das nicht auch sofort gemerkt?*

Dann jedoch meldete sich ihr Verstand zurück und sagte ihr, dass genau eine solche Vergötterung und Narrenfreiheit natürlich leicht dazu führen konnte, dass man denkt, man kann sich alles erlauben – kommt mit allem durch. Hatte Künzl nicht genau das vorhin gesagt?

Sie erinnerte sich an die Szene vom Morgen, mit den Kletterern. *Nein, das war nicht normal,* dachte sie und runzelte die Stirn. *Egal, wie schwer er es als Kind hatte; egal, was er hier für die Leute getan hat. Das gibt ihm nicht das Recht, so seinen Aggressionen freien Lauf zu lassen …*

Anna blickte zu der verschlossenen Tür, hinter der Brenner immer noch telefonierte. Dann hörte sie jedoch die Vordertür aufgehen, fröhliche Stimmen – und traute ihren Augen kaum: Es waren die drei Freeclimber.

15

In ihren Sportsachen hatten die drei Kletterer sympathischer auf Anna gewirkt. Jetzt trugen der mit den roten Wangen und der mit dem schwarzen Scheitel Polohemden mit aufgestelltem Kragen, ihr hoch aufragender Anführer sogar ein rosafarbenes Oberhemd. Auch ihre akkurat frisierten Haare, dicken Uhren und zarten Lederslipper sprachen eine deutliche Sprache: Jura oder BWL, glatte Jungs aus gutem Hause – so welche gab es auch in Berlin an der Uni reichlich, wenn man sich auf die falsche Studifeier verirrte.

»Na, schau mal, Sammy, wer da ist«, sagte der Blasse mit den dunklen Haaren, der am Morgen kein Wort rausgebracht hatte. »Die geile kleine Türkenbitch von der Kletterwand. Wenn das mal kein Zufall ist.«

»Du bist schuld, dass wir den ganzen Tag saufen mussten«, sagte der Anführer und stellte sich dicht neben sie an die Theke. »Dann bist du auch schuld, wenn wir jetzt a bisserl brünstig san.«

Er grinste anzüglich und kniff ihr kräftig in die Taille.

»He, bist du verrückt, du Arsch?«, sagte sie und machte einen Schritt von ihm weg. Doch hinter ihr stand bereits der Breite mit den roten Wangen, der ihr kräftig in den Hintern zwickte – zu weit unten und zu nah zwischen den Beinen, als dass es als harmlos durchgehen konnte.

»Benehmt's euch, ihr Burschen, und belästigt meine Gäste nicht«, sagte der Wirt und hievte seinen dicken Bauch halb von der Bank hoch.

»Halt die Goschen, alter Mann«, erwiderte in herrischem Ton der Blasse mit dem Scheitel, der sich noch etwas abseits hielt. »Wir haben hier eine Rechnung offen.«

»Ja, das haben wir in der Tat«, sagte Brenner, der plötzlich mitten im Raum stand. »Da muss es aber jemand gut mit mir meinen, dass ihr mir noch mal über den Weg lauft.«

Tatsächlich strahlte der drahtige Parkranger, als habe ihm gerade Gott persönlich ein Geschenk gemacht. Seine Augen funkelten so wild, dass sein Grinsen beinah lüstern wirkte. Er sah noch zehnmal verrückter und aggressiver aus als am Morgen. Nur war Sammy anscheinend jetzt zu betrunken, um sich davon einschüchtern zu lassen.

Der Hüne machte einen Schritt von der Theke weg und musterte Brenner kurz. Der hatte natürlich kein Gewehr mehr auf dem Rücken, wie bei ihrem letzten Zusammentreffen; auch das Messer hatte er abgeschnallt, bevor er mit Anna zu der Preisverleihung gegangen war.

»Unbewaffnet und außer Dienst«, sagte der Hüne. »Da bin ich mal gespannt, ob du immer noch so mutig bist.«

»Lass die in Ruh, Brenner«, sagte der Wirt, als der Parkaufseher grinsend einen Schritt nach vorn machte. »Die sind besoffen und meinen's nicht so. Du handelst dir nur wieder Ärger ein.«

»Ja, Brenner, verkneif's dir lieber«, warnte auch das Hutzelmännchen – doch Brenner beachtete die beiden nicht.

»Vor Zeugen den ersten Schlag machen werd ich bestimmt nicht«, sagte er zu dem Riesen, der jetzt nur noch eine gute Armlänge von ihm entfernt stand. »Aber wenn du kleiner Wichser dich traust und nicht nur ein großes Maul hast, dann …«

Der Hüne blickte kurz zu dem Rotwangigen hinüber und stürzte sich dann mit wildentschlossener Miene auf seinen Gegner. Für Anna sah es so aus, als wollte er ihm gleichzeitig mit der Rechten einen Fausthieb verpassen und mit der Linken nach ihm greifen. Doch Brenner tauchte wie ein Boxer zur Seite weg und schlug ihm in den Bauch oder zwischen die Beine – Anna konnte es nicht richtig erkennen.

Der Hüne knickte zusammen, und Brenner packte ihn und rammte ihn mit dem Rücken gegen die Theke. Mit einer Hand drückte er seinen Hals gegen die Kante – hielt den halb zusammengesunkenen Koloss auf unerklärliche Weise in Position – und mit der anderen schlug er ihm in schneller Folge mehrmals ins Gesicht. Blut spritzte auf die rosafarbene Hemdbrust; der Hüne hob stöhnend die Hände. Doch Brenner hämmerte wie mechanisch weiter auf ihn ein.

»Hören Sie auf, mein Gott!«, sagte Anna und versuchte, den Parkaufseher von seinem Opfer wegzuschieben; auch der Wirt zerrte von hinten. Da fasste sich der Rotwangige schließlich ein Herz und sprang seinem Freund bei. Doch sein Schlag rutschte wirkungslos von Brenners Hinterkopf ab.

Brenner packte ihn am Kragen und schlug auch ihm dreimal rasch hintereinander mit der Faust ins Gesicht. Wieder spritzte Blut aus der zertrümmerten Nase, und kaum waren Anna und der Wirt bei den beiden, drehte Brenner sich um und ging auf den Dritten los.

Dessen Gesicht wirkte wie gekalkt; mit seinen schwarzen Haaren und ängstlich aufgerissenen Augen erinnerte er Anna an eine Mangafigur, ein erschrockenes Gespenst. Er ließ sich von Brenner ohne Gegenwehr mit dem Rücken auf einen Tisch legen, und bevor sie etwas tun konnten, brach der Parkaufseher auch ihm mit zwei gezielten Schlägen die Nase.

»Glaubt wohl, euch gehört alles«, hörte Anna ihn wütend flüstern, als der erste Schlag nicht ganz saß und er zum zweiten ausholte. »Verdammte Pisser.«

Dann schob der Wirt sie raus, und sie saßen im Auto und fuhren Richtung Ramsau, wo Annas Unterkunft lag. Sie blickte an sich herunter, sah die dunklen Flecken auf ihrem weißen Top und schlug wütend mit der Faust gegen die Beifahrertür.

»So ein Wahnsinn!«, fluchte sie und schüttelte außer sich vor Zorn den Kopf. »Ich hasse diese Machoscheiße. Davon hab ich daheim genug. Dafür geh ich nicht studieren. Immer diese Scheißgewalt. Sie haben wirklich einen totalen Knall, wissen Sie das!«

Brenner sah zu ihr herüber. Er wirkte jetzt wieder vollkommen ruhig – wirklich aufgeregt hatte er allerdings selbst während der Schlägerei nicht gewirkt. Anna dachte erst, ihre Wut würde auch sofort seine wieder anstacheln, wie heute Morgen. Doch er runzelte nur betreten die Stirn.

»Tut mir leid«, sagte er leise. »Meine Mutter … Diese Typen … Ich …«

»Diese Typen waren Arschlöcher, natürlich!«, fuhr sie ihn an. »Aber deswegen können Sie doch nicht wie ein wildes Tier auf sie losgehen. Die werden Sie anzeigen. Und zu recht: *Sie sind gefährlich!* Sie gehören verdammt noch mal in Behandlung. Sie haben einen Knacks – und zwar einen ganz gewaltigen!«

Brenner sah erneut zu ihr herüber und zuckte ratlos mit den Achseln. »Ich weiß auch nicht«, sagte er beschämt. »Ich werde dann einfach so. Es ist … Es ist, als ob … Ich weiß auch nicht, woran es liegt.«

Wie ein kleiner Junge, dachte Anna. Wie ein kleiner Junge, der nicht die geringste Kontrolle über sich hat. *Ganz klar: ein Psychopath.*

Einmal mehr blickte er zu ihr herüber, dann wieder traurig nach vorn. Die Straße kreuzte immer wieder einen schäumenden Fluss, der hinter den Bäumen hell aufblitzte, über den schwarzen Bergen leuchtete der Mond. Brenner zuckte hilflos mit den Achseln, runzelte die Stirn.

»Fahren Sie rechts ran«, sagte Anna. »Da vorn, wo es reingeht.«

Brenner tat wie befohlen. Dann kappte er jedoch den Motor und wendete sich ihr mit reumütiger Miene zu.

»Hören Sie«, sagte er. »Ich verstehe, dass Sie wütend sind. Aber lassen Sie mich Sie wenigstens zur Forschungsstation bringen, es ist noch ein ganzes Stück. Morgen können Sie sich dann über mich beschweren und Künzl sagen, dass Sie nicht mehr mit mir arbeiten wollen. Aber jetzt ...«

Anna zog sich ihr Top und ihren Sport-BH über den Kopf. Dann stieg sie zu ihm hinüber und setzte sich rittlings auf seinen Schoß.

»Seien Sie still«, sagte sie leise, während sie sich im Dunkeln des muffig riechenden Innenraums zu seinem Mund hinunterbeugte. »Seien Sie einfach nur still.«

16

»Ah ... Ah, ja Baby – gleich bin ich so weit.«

Gernot lag zwischen Kathrins Beinen, stützte die Arme neben ihr aufs Bett und stieß voll Inbrunst in sie hinein. Er hatte zu seinem Braten mindestens vier Helle getrunken und wollte nun die verpasste Gelegenheit von vorhin nachholen.

Kathrin rollten heiße Tränen an den Schläfen hinab, während ihr Mann über ihr stöhnte. Doch sie war klug genug gewesen, das Licht auszumachen.

Dass Gernot sie betrog, war nicht das Schlimmste: Wenn sie ehrlich zu sich war, hatte sie das längst gewusst. Das Schlimmste war, dass sie Dhanyas Nachricht sofort gelöscht hatte, als er klopfte. Und dann so getan hatte, als sei nichts geschehen.

So wird es ab jetzt immer sein, dachte sie, während Gernot einen Gang zulegte, um seine vom Alkohol betäubten Sinne über die letzte Hürde zu zwingen. *Weil ich zu viel Angst um mein schönes Leben habe – und um das der Kinder. Weil ich zu feige bin, gegen eine andere anzutreten.*

Gernot kam endlich, und um nicht laut aufzuschluchzen, biss Kathrin sich auf die Lippe und sah nach oben. Über ihnen breitete der große schwarze Vogel seine Schwingen. Der vorgereckte Kopf war leicht zur Seite geneigt, sodass er mit kühlem Interesse auf sie niederzublicken schien.

Wirklich eine bescheuerte Idee, das gruselige Vieh genau übers Bett zu hängen, dachte Kathrin in plötzlicher Wut. *Ich werde mich morgen bei der Wirtin beschweren!* Im Schein des hellen Mondlichts, das durchs Fenster drang, wirkte das rötliche Auge des Adlers einen kurzen Augenblick fast, als sei es lebendig.

ZWEITER TAG: DIE KARTE

1

Florian betrachtete die aus einem halben Dutzend Knochen bestehende Skeletthand, die vor ihm auf dem Tisch lag, und rieb sich nachdenklich die Stirn.

Als er vor einer halben Stunde ins Institut gekommen war, hatte er sich als Erstes darangemacht, die Knochen aus dem Beutel durchzugehen, die er eigentlich schon gestern Abend untersuchen wollte. Nicht dass er besonders viel Lust darauf hatte; schließlich waren die blöden Dinger schuld daran, dass er sich vor Marie und diesem widerlichen Nagy so blamiert hatte. Doch mit seinem Kater war er sowieso kaum zu anspruchsvollerer Arbeit fähig. Also hatte er erst die über den Boden verteilten Tierskelette wieder zusammengesetzt, die er gestern in seiner Wut zerbombt hatte, und sich dann den restlichen Knochen zugewendet, die auf dem Arbeitstisch lagen.

Wie zu erwarten gewesen war, hatte er noch weitere Teile der menschlichen Hand gefunden, auf deren unteren Daumenknochen er gestern gestoßen war. Die Vorstellung, wie einer der großen braunen Adler die Hand von einem Leichnam trennt, war bei seinem übersäuerten Magen nicht gerade gut angekommen.

Wie machen die das eigentlich?, hatte er sich gefragt. *Hacken sie mit dem Schnabel die Sehnen durch oder drehen sie mit ihren Krallen so lange an den Gliedmaßen rum, bis sie abgehen. Brrr – ekelhaft! Andererseits: In den Himmel aufsteigen, an junge Vögel verfüttert werden – vielleicht gefällt manchen Leuten der Gedanke sogar. Ist es nicht in Tibet oder Nepal Brauch, Tote zu zerteilen und die einzelnen Stücke auf Felsen auszulegen, damit sie von Geiern gefressen werden?*

Das waren aber auch schon die aufregendsten Gedanken, die ihm durch den Kopf gingen, wenn er mal wieder einen menschlichen Knochen in der Hand hielt. Ansonsten hatte ihn der allwissende Graf Nagy ja darüber aufgeklärt, dass an den Knochen nichts Aufregendes war!

Als er eben jedoch einen weiteren Fingerknochen zu der Hand hinzugefügt hatte, war Florian erneut stutzig geworden. Jetzt stand er schon seit zwei Minuten vor dem Tisch und rieb sich grübelnd seinen verkaterten Brummschädel.

Was soll's, dachte er schließlich. *Geh ich eben wieder zu Marie rüber.*

Diesmal klopfte er vorsorglich, doch sie war zum Glück allein.

»Guten Morgen, Marie«, begrüßte er sie. »Sag mal: Hättest du Lust, kurz zu mir ins Arbeitszimmer zu kommen und dir was anzuschauen? Es geht schon wieder um die Knochen aus diesem Adlerbeutel.«

»Natürlich, gern«, erwiderte Marie und sprang von ihrem Stuhl auf. »Du siehst ganz schön zerdonnert aus. Hast du gefeiert letzte Nacht?«

»Na ja, ich hab mich in den Biergarten gesetzt, und das Wetter war so schön«, log Florian, während er das fröhliche kleine Katzenwesen in seinen Raum führte. »Hier, so weit habe ich die Hand des Verunglückten bisher zusammengesetzt: Fällt dir irgendwas daran auf?«

Marie deutete zielsicher auf den mittleren Zeigefingerknochen, den er eben dazugelegt hatte. »Ja, dieser Phalanx media«, erklärte sie. »Er passt nicht zu den anderen. Er ist zu dünn.«

»Ja, das kam mir auch so vor«, nickte Florian. »Aber … aber wäre das nicht ein bisschen seltsam? Ich meine, wenn es irgendeine krankhafte Veränderung ist, na gut. Aber wenn nicht, dann heißt das doch … Es müsste dann doch eigentlich heißen …«

Marie blickte ihm kurz mit ihren schlauen grünen Augen ins Gesicht, dann auf den weißen Haufen, der auf dem Tisch lag.

»Na ja«, sagte sie unternehmungslustig. »Es sind noch jede Menge Knochen da. Lass uns doch einfach mal nachsehen, was wir noch so finden.«

Zu zweit ging die Arbeit schneller, und mehr Spaß machte sie auch. Das schien Marie ebenfalls so zu gehen, die anfangs jeden neuen Fund mit einem freudigen Ausruf quittierte. Mit der Zeit wurde sie jedoch immer stiller, und schließlich standen sie schweigend nebeneinander und blickten betreten auf den großen Arbeitstisch vor ihnen nieder.

Dort lagen jetzt insgesamt drei unvollständige Hände, zwei Füße, ein halber Unterkiefer, zwei Ellen, eine Speiche, mehrere eindeutig menschliche Schädelstücke sowie etliche andere Knochenteile, über deren Herkunft sie sich nicht sicher waren.

»Also zwei Leute waren es auf jeden Fall«, sagte Marie leise. »Und wenn die Vögel sich so ausgiebig bedient haben, dann hat man die Leichen bestimmt eine ganze Weile nicht gefunden – oder überhaupt nicht. Vielleicht eine Lawine oder ein Erdrutsch oder so.«

Florian dachte kurz nach und ging zu seinem Computer. »Führt die Bergwacht nicht darüber Buch, was in den Bergen passiert? Lawinenabgänge und Sucheinsätze und so?« Er öffnete den Browser und gab ›Bergwacht Bayern‹ bei Google ein. »Ja, hier: Bergwacht Berchtesgaden, Einsätze und … Archiv: Da könnte das Unglück vielleicht drinstehen.«

Marie sah ihm über die Schulter, während er die erstaunlich lange Liste der Einsätze des vergangenen Jahres durchging. »›Bei Abfahrt Kontrolle verloren‹«, las sie, »›im Nebel verirrt‹, ›tödlicher Absturz am Hohen Göll‹ – Tibor hat recht: Die Berge scheinen ein gefährliches Pflaster zu sein.«

Dass sie Nagy beim Vornamen nannte, gefiel Florian nicht besonders. Doch inzwischen war er zu gespannt darauf, was ihre Suche ergeben würde, um sich groß darüber zu ärgern.

»Hier«, sagte er und zeigte auf den Bildschirm: »›21-Jähriger von Wanderung nicht zurückgekehrt‹. Und da: ›54-Jähriger vermisst‹. Irgendwelche Leichen könnten da draußen also wirklich noch liegen.«

»Ja, und sieh mal da«, sagte Marie: »›Vermisstes Ehepaar weiterhin nicht gefunden‹. Das waren zwei, das würde also noch besser passen. Dass so viele Leute in den Bergen verloren gehen, hätte ich nicht gedacht. Gut, dass ich lieber ans Meer fahre.«

»Das mit dem Ehepaar war Anfang September«, sagte Florian, obwohl ihn die Vorstellung von Marie im Bikini kurzzeitig ablenkte. »Reich mir doch bitte mal den Zettel, der da neben den Knochen liegt.«

»Vor der Leerung des Horsts war es noch«, murmelte er, nachdem Marie ihm den Vordruck gereicht hatte. Er las den kurzen Bericht, der zu dem Unglück auf der Webseite stand, und gab dann bei Google den Namen des Tals ein, in dem der Horst der Adler lag. »Von der Lage her käme es auch hin. In dem Bericht heißt es, die zwei waren vermutlich im abgelegenen Südteil des Nationalparks unterwegs.«

Automatisch drehten er und Marie sich zu den blankgekochten Skeletttteilen um, die sie eben zusammengesetzt hatten. Obwohl in dem Bericht nicht viel mehr stand, als dass es sich um ein älteres Ehepaar aus dem Landkreis Rosenheim handelte, wirkten die Gebeine plötzlich ganz anders.

»Vielleicht wirklich ein Erdrutsch«, sagte Marie leise. »Oder einer hat versucht, dem anderen zu helfen, und dann sind beide abgestürzt.«

Florian sah vor sich, wie die beiden irgendwo mit zerschmetterten Gliedern auf den Steinen lagen und ein Adler bei ihnen landete. Vielleicht waren auch schon Krähen da, um sich an dem freien Mahl zu bedienen.

»Herbst, dann wurden die Leichen im Winter vielleicht eingeschneit und sind erst im Frühling wieder aufgetaut«, murmelte er. »Vielleicht fressen die Adler sogar immer noch an ihnen.«

»Hm, keine schöne Vorstellung«, sagte Marie und sah ihn leicht befremdet an. »Ich weiß, sie merken nichts davon. Aber ich muss da trotzdem irgendwie an diesen griechischen Gott denken, der an den Fels gefesselt ist und dem der Adler immer wieder die Leber …«

»Nein, so meine ich das nicht«, unterbrach Florian sie. »Ich meine, wenn die Adler immer noch an den Leichen fressen, könnte man ihnen doch vielleicht irgendwie dorthin folgen.«

»Wir sollen den Adlern folgen?«, fragte Marie und runzelte nun vollends irritiert die Stirn.

»Nein, nicht wir, sondern jemand von der Bergwacht«, erwiderte Florian. »Vielleicht mit einem Hubschrauber oder so. Dann ... dann müssten wir den Angehörigen nicht diesen unvollständigen Haufen da übergeben. Dann könnte man ihnen die vollständigen Leichen übergeben, vielleicht das mit den Adlern gar nicht erwähnen, sondern einfach von ganz normalem Tierfraß reden, oder meinetwegen auch ganz normaler Verwesung, und ...«

So befremdet Marie eben noch gewirkt hatte, so positiv war die Überraschung, die sich jetzt auf ihrer Miene spiegelte.

»Ja«, sagte sie leise und sah ihn plötzlich an, als würde sie ihn zum ersten Mal richtig wahrnehmen. »Ja, das wäre natürlich viel angenehmer für sie. Da hast du vollkommen recht.«

Florian merkte, wie er über beide Ohren rot wurde.

»Ich habe ja nur gedacht«, stammelte er. »Ich meine, sieh dir doch nur mal diese Gruselshow da an. Wir sind das gewohnt. Aber der Sohn oder die Tochter, die das beerdigen müssen, na ja ...«

»Ja«, pflichtete ihm Marie bei und zog dann entschlossen ihre feinen Brauen zusammen. »Und bevor wir überhaupt zu jemandem mit der Sache gehen, sollte wir erst einmal auseinanderklamüsern, was da zu wem gehört. Das gebietet der Anstand. Selbst bei einem Ehepaar.«

Florian betrachtete die Hände, Füße und anderen Körperteile, die in unterschiedlichen Graden der Vollständigkeit auf dem Tisch lagen. Eigentlich hatte er den Adlerbeutel so schnell wie möglich abhaken wollen, um sich wieder seiner altbayerischen Siedlung widmen zu können. Andererseits konnte er so weiter mit Marie zusammenarbeiten – die plötzlich sogar die dringende Arbeit an ihrer Dissertation ruhen ließ, um ihm hier mit diesen armen Unfallopfern zu helfen.

»Also von jedem Teil eine DNA-Analyse«, sagte er. »Dann machen wir uns mal an die Arbeit.«

2

Der Pfad wurde so schmal, dass sie hintereinander gehen mussten. Ein kaum mehr als hüftbreiter Absatz, der sich am Hang entlangschlängelte. Mal liefen sie im kühlen Schatten, dann öffnete sich eine Lücke zwischen den Blättern und unter ihnen glitzerte der Königssee.

Anna hatte versucht, sich den Weg zu merken, doch nach der x-ten Abzweigung hatte sie aufgegeben. ›Ein alter Schmugglerpfad‹, hatte Veit erklärt, ›den kennen nicht viele.‹ Und trotz allem, was seit gestern Abend passiert war, hatte sie das irgendwie beunruhigt.

Oder gerade deswegen?, fragte sie sich und nutzte ein etwas leichteres Stück, um die geschmeidig über Stock und Stein steigende Gestalt vor sich zu mustern.

Er hatte nicht lange gebraucht, um auf ihre Einladung einzugehen. Dann war er ausgestiegen, hatte ihr Shorts und Slip über die Bergschuhe gezogen und sie in der

Tür gevögelt. Es hätte nur ein Auto vorbeifahren müssen, aber so bestimmt, wie er sie nahm, war kein Widerspruch möglich. Das kalte Feuer, die Direktheit – rückblickend unterschied es sich kaum von der Attacke auf die drei Kletterer kurz zuvor. Wenigstens das Innenlicht hatte sie noch ausgeschaltet, aber dann hatte sie sich von seiner Wut mitreißen lassen und war mit einer solchen Wucht gekommen, wie sie es noch nie erlebt hatte, schon gar nicht bei einem ersten Mal. Noch jetzt konnte sie die kühle Luft spüren, die wie kalte Seide von der anderen Seite der Straße herüberzog, erinnerte sich an den Geruch nach gemähtem Gras und das Zirpen der Grillen. Es war so laut gewesen, dass selbst das Rauschen des nahen Flusses es nicht übertönen konnte.

Auch später in seiner schäbigen kleinen Bude war er noch einmal über sie hergefallen wie ein ausgehungertes Tier; für den zusätzlichen Kick hatte hier gesorgt, dass jederzeit die Polizei vor der Tür stehen konnte, um ihn wegen Körperverletzung festzunehmen. Es war, als existiere eine Schwelle in ihm nicht, die Sex und Gewalt bei anderen halbherzig machte, was sehr aufregend war, aber auch ziemlich verstörend. Als er morgens gefragt hatte, ob sie heute mit ihm blaumachen wollte, hatte sie ebenfalls sofort Ja gesagt, und jetzt folgte sie ihm hier auf diesem einsamen Schmugglerpfad. Mit 15 war sie einmal heimlich mit einem älteren Türken aus ihrem Viertel zusammengewesen, der Drogen verkaufte und sich auch sonst für kaum eine Straftat zu schade war. Aber schon nach zwei Wochen hatte sie die Sache wieder beendet, weil sie die ganze Zeit das Gefühl hatte, über einem Abgrund zu schweben.

Reg dich ab, ihr geht nur spazieren, sagte sie sich, *was kann schon groß passieren?* Doch das ungute Gefühl in ihrer Magengrube blieb – selbst, als sie schließlich das Ziel ihrer Wanderung erreichten.

Der große runde Vorsprung lag nur auf halber Höhe, aber wie Veit versprochen hatte, konnte man von hier aus fast den gesamten Königssee überblicken. Das von hohen Felswänden umgebene Gewässer war im hinteren Teil viel größer, als man vorn dachte, und am anderen Ufer ragte eine kleine Halbinsel ins grüne Wasser, auf der die berühmte Kirche mit den roten Kuppeln stand. Anna setzte sich neben Veit auf die steinige Kante und betrachtete die vielen langen weißen Boote, die wie Spielzeuge auf dem See kreuzten.

»Man hört gar nichts«, sagte sie nach einem Moment. »Von den Motoren, meine ich.«

»Ja, die Boote sind alle elektrisch«, erklärte Veit. »Andere sind auf dem See nicht erlaubt.«

»Oh, gut«, sagte sie und nickte fachmännisch. Doch er schüttelte den Kopf.

»Nein, nicht gut«, erwiderte er. »Weil sie elektrisch sind, denkt jeder, sie können keinen Schaden anrichten. Aber die Motoren wummern trotzdem ganz schön, und in jedem hocken 80 Touristen, die nach dem Anlegen in die umliegenden Berge strömen – obwohl die eigentlich zur besonders geschützten Kernzone des Nationalparks gehören. 3.000 bis 4.000 sind es pro Tag, und als würden die selbst noch nicht genug Unruhe verbreiten, fühlen die Schiffsbetreiber sich auch noch bemüßigt, ihnen auf der Überfahrt ein besonderes Unterhaltungsprogramm zu bieten. Da, siehst du das Boot, das gerade vor der hohen Steilwand hält? Jetzt pass mal auf.«

Kurz passierte nichts. Doch dann sah Anna, wie ein uniformiertes Männlein den Oberkörper aus der Einstiegsluke in der Mitte des Bootes streckte. Es hob ein glänzendes Objekt in die Sonne – eine Trompete –, und schon erscholl eine Art Zapfenstreich, der mit kurzer Verzögerung von der senkrecht aufragenden Steilwand gegenüber zurückgeworfen wurde.

»Echoblasen«, erklärte Veit grimmig. »Und wenn der Kapitän keine Trompete spielen kann, hupt er wenigstens dreimal, um den Fahrgästen den Effekt vorzuführen. Als Rechtfertigung muss wie immer die gute alte Tradition herhalten, und deswegen darf der Gastwirt von der Halbinsel da auch immer noch mit seinem Motorboot auf dem See rumfahren. Und natürlich sämtliche Forellen und Bachsaiblinge abfischen, um sie an die lieben Touris zu verfüttern …«

Anna hörte Veit nur mit halbem Ohr zu, denn die melancholische Tonfolge von der riesigen Felswand reflektiert zu hören hatte eine eigenartige Wirkung auf sie. Schon während ihres Aufstiegs hatte sie leise Bläsertöne vernommen, sie jedoch für das Signal irgendwelcher Jäger gehalten, die sich über die Ferne hinweg miteinander verständigten. Nun war es jedoch, als würde wirklich der Berg selbst dem kleinen Männlein in dem Boot antworten, als sei der gewaltige graue Koloss lebendig, ein Riese aus dem Märchen oder ein Walfisch, der mithilfe seines Gesangs zu den Menschen Kontakt aufnimmt.

Brenner stellte die Berge als geschunden dar, als Opfer der vielen bunten Eindringlinge, die sich dort unten über die Anlegestege ergossen. Doch trotz der klagenden Molltöne klang die Antwort des Bergs nicht traurig oder ohnmächtig, sondern gelassen, ruhig und überlegen. Es war, als würde die allmächtige Natur selbst mit ihnen reden.

Ergriffen wendete Anna Veit das Gesicht zu – und sah zu ihrer Überraschung, dass auch seine kühlen blauen Augen einen aufgewühlten Glanz hatten.

»Ja, mir geht es auch jedes Mal ans Herz«, sagte er leise, während unter ihnen die letzten Töne sanft verhallten. Dann lächelte er: »Dabei versuche ich schon seit Jahren, das dämliche Getute zu verbieten.«

Sofort spürte Anna, wie sich ihre Seele noch ein Stück mehr zu weiten schien. *Mein Gott, er ist gar nicht so fanatisch, er kann ja über sich lachen!*, dachte sie, und ganz kurz keimte in ihr die Hoffnung auf, sie sitze doch nicht mit einem Psychopathen, sondern dem Mann ihres Lebens hier oben auf den Felsen. Verlegen sah sie woanders hin – und als hätte jemand, der noch weiter oben saß, ihre Gedanken gelesen, entdeckte sie plötzlich hinter ihnen eine kleine Kapelle.

»Was ist das denn?«, fragte sie und sprang auf, um sich den halb von Büschen überwachsenen Natursteingiebel näher anzusehen. »Ich dachte, hier seien immer nur Schmuggler langgegangen.«

»Na ja, auch die brauchen himmlischen Schutz«, sagte Veit, der sich ebenfalls erhob. »Vielleicht sogar noch mehr als normale Menschen.«

Anna betrachtete das verwitterte Holzkreuz auf der Spitze, dann die kaum weniger verwitterte Jesusfigur, die von dem Giebel überwölbt wurde. Die große Wunde, die in den Bauch geschnitzt war, erinnerte Anna an das Murmeltier, das die Adlermutter gestern Morgen für ihre Jungen getötet hatte – und plötzlich kam es ihr vor, als sei seitdem schon eine Ewigkeit vergangen. Dann jedoch fiel ihr Blick auf den schmalen, altarartigen Absatz vor der Figur: Zu Füßen des Gepeinigten war hier eine Vertiefung im Gemäuer, in der mit einem Stein beschwerte Karten und Fotos lagen.

»Was ist das?«, fragte sie erstaunt.

»Da haben die Schmuggler früher Weihrauch drin verbrannt, oder manchmal auch nur ein bisschen von dem Salz reingelegt, das sie rüber nach Österreich schleppten«, erklärte Veit. »Heute legen die Leute dort Trauerkarten und Fotos von Menschen rein, die in den Bergen umgekommen sind. Es gibt auch eine offizielle Kapelle drüben am Fuß der Watzmannfrau, die den Bergtoten gewidmet ist. Aber die, die sich ein bisschen auskennen, legen ihre Andenken lieber hier ab.«

»Darf ich?«, fragte Anna und nahm den Stein weg.

»Dürfen tust du schon, aber es macht nur traurig«, sagte Veit mit spürbarem Unbehagen in der Stimme. »Komm, setz dich lieber wieder mit mir in die Sonne.«

Er fasste sie am Arm, doch sie machte sich sanft los und fing an, den zerfledderten Stapel durchzusehen. *Dass dir das zu traurig ist, glaube ich gerne*, dachte sie und hatte trotz seiner prinzipiellen Erlaubnis das Gefühl, etwas Ungehöriges zu tun.

Doch schon, wenn sie in einer Zeitung über Todesanzeigen stolperte, blieb sie manchmal daran hängen. Wie konnte man besser etwas über einen fremden Glauben erfahren, als indem man las, was seine Anhänger über ihre Toten schrieben? Was ging den Leuten durch den Kopf, wenn sie hier oben ihrer Liebsten gedachten? Was sagten sie zu ihnen? Wie waren die Menschen gestorben?

Viele der Trauernden hatten einfach nur die Todesanzeige aus der Zeitung ausgeschnitten und unter den Stein gelegt; die meisten hatten den Ausschnitt vorher in Plastik eingeschweißt oder in eine Klarsichthülle geschoben, um ihn gegen die Witterung zu schützen. Von einem Sport- oder Skiunfall war in den Anzeigen die Rede, oder es wurde konkret angegeben, an welchem Berg der- oder diejenige in den Tod gestürzt war. Auch auf den Trauerkarten war manchmal die Todesursache notiert, oft stand aber auch nur ›meinem lieben Sohn‹ oder ›in stillem Gedenken‹ da. Auf den eingeschweißten Fotos und Farbausdrucken stand meist ebenfalls nicht mehr, gelegentlich allerdings ein kleines Gedicht oder ein frommer Spruch wie: ›Viele Wege führen zu Gott, einer geht über die Berge.‹

Richtig nah ging Anna erst eine Kinderzeichnung, die jemand unter den Stein gelegt hatte. Das schmutzige Blatt war so oft auf- und wieder zusammengefaltet worden, dass es bereits fast auseinanderfiel, und zeigte ein fröhliches Strichmännchen, das bei strahlendem Sonnenschein auf einen Berg stieg – aber anscheinend nicht wieder lebend heruntergekommen war. Anna wandte sich ab, damit Veit ihre Tränen nicht sah.

»Hab doch gesagt, es ist traurig«, brummte er böse und wollte sie wieder fortziehen. Doch erneut widersetzte Anna sich, sodass er schließlich allein zum sonnigen Rand des Vorsprungs zurückkehrte.

»Ich komme gleich«, sagte sie, während er sich kopfschüttelnd niederließ. »Ich will mir nur noch schnell den Rest anschauen.«

Tatsächlich nahm sie sich kaum noch Zeit, die Abschiedsworte zu lesen, wollte nur sehen, ob noch etwas Besonderes dabei war. So hielt sie sich auch nicht lange mit dem Foto eines sonnengebräunten alten Mannes mit fescher weißer Tolle auf, der sich lächelnd auf seinen Wanderstock stützte, und legte es nach flüchtigem Blick auf die Rückseite von unten wieder in den Stapel. Sie war schon beim nächsten Toten, aus dem Text der Anzeige zu schließen ein Drachenflieger, als sie plötzlich die Stirn runzelte und das soeben zurückgelegte Foto noch einmal hervorholte.

Sie betrachtete es genauer und drehte es dann herum, um das Datum auf der Rückseite zu lesen. Noch einmal hielt sie es sich nah vor die Augen. Erst schüttelte sie ungläubig den Kopf und zuckte mit den Achseln. Aber schließlich drehte sie sich mit dem Foto in der Hand zu Veit um.

»Ich … ich habe hier was Merkwürdiges gefunden«, sagte sie.

»Was?«, fragte Veit und sah mit gerunzelten Brauen über die Schulter. »Was Merkwürdiges? Was meinst du?«

Sie legte den Stapel zurück in die Vertiefung, ging dann zu Veit nach vorn und ließ sich mit dem Foto in der Hand neben ihm nieder.

Ja, in der Sonne war es noch besser zu erkennen: Ganz eindeutig!

Sie hatte das Gefühl, wie in einem Traum könne das Foto jeden Moment wieder aus ihrer Hand verschwinden, deswegen klemmte sie es geradezu krampfhaft zwischen Daumen und Zeigefinger ein, während sie es Veit unter die Nase hielt. Als er sah, dass sie leicht zitterte, blickte er überrascht zu ihr auf.

»Weißt du noch gestern, als wir bei dem alten Förster waren und er so wütend geworden ist, als er mich gesehen hat?«, fragte sie.

»Bei Gruhn? Natürlich«, erinnerte sich Veit und runzelte die Stirn. »Du hast gesagt, du hättest ein Tuch aus seiner Schublade gezogen … das Tuch und den Ring seiner Frau.«

»Das war das Tuch«, sagte Anna und zeigte auf das mit einem grünen Rankenmuster bedruckte blaue Halstuch, das dem sorgsam gekleideten alten Herrn aus dem Kragen schaute. »Es war dieses Tuch – da bin ich mir ganz sicher.«

Nun zog Veit erst recht die Stirn in Falten.

»Was meinst du damit, es war dieses Tuch? Du willst sagen, da lag das gleiche Tuch in der Schublade – also ein anderes, aber das gleiche?«

»Nein«, beharrte Anna: »Genau dieses Tuch. Und darin eingewickelt war dieser Ring.«

Sie zeigte auf die Hand, mit der sich der alte Mann auf seinen Wanderstab stützte. Veit sah sie verwirrt an.

»Ich habe mich sofort gewundert, dass das Tuch so schmutzig ist«, erklärte Anna. »Als hätte es irgendwo draußen gelegen. Aber ich habe mir natürlich nichts dabei gedacht. Wenn ich jetzt aber zurückdenke, dann war der Ring eigentlich auch viel zu groß und dick. Die Frau auf dem Foto war ja ganz zierlich. Es war ein Männering. Und zwar dieser. Hier, lies mal.«

Sie drehte das Foto um und zeigte auf die Widmung: ›Der Berg hat's gegeben, der Berg hat's genommen!‹, stand dort, dann das Datum, an dem der ›liebe Wanderkumpan Alfons‹ bei einem seiner Alleingänge verschollen war.

»Das ist jetzt ziemlich genau zwei Jahre her«, sagte Anna. »Und so neu, wie das Foto aussieht, liegt es noch nicht lange in dem Stapel. Also ist der Mann offenbar auch nicht gefunden worden.«

»Na und? Ich weiß wirklich nicht … Worauf willst du denn hinaus, um Himmels willen?«

Ja, worauf will ich eigentlich hinaus?, dachte sie. Genau wusste sie das selbst nicht. Sie wusste nur, dass sie das Gefühl hatte, irgendeinem sonderbaren Geheimnis auf die Spur gekommen zu sein. Sie fühlte sich ganz leicht und kribbelig, und immer wieder, wenn sie auf das Foto niedersah, stellten sich die feinen Härchen an ihren Armen auf. Die Sonne, der funkelnde See, die hübschen Boote: Alles kam ihr plötzlich vor wie eine künstliche Kulisse, die mit dem wahren Kern der Dinge um sie herum nichts zu tun hatte.

»Weißt du noch, wie wütend der Förster war?«, fragte sie. »Er ist wie ein Wilder auf mich losgestürzt, hat mir die Sachen aus der Hand gerissen und sofort wieder in die Schublade gestopft. Seine Augen haben genauso geblitzt wie deine, wenn du nicht mehr weißt, was du tust. Und wenn du nicht plötzlich im Durchgang gestanden hättest, dann glaube ich … ich glaube …«

Veit schien langsam zu dämmern, in welche Richtung sich ihre Gedanken bewegten. Doch er schüttelte den Kopf.

»Er war wütend, weil jemand Fremdes in seiner Hütte stand und in seinen Sachen gewühlt hat, das ist doch klar«, sagte er. »So zierlich war seine Frau nun auch nicht. Auf dem Foto in der Hütte sieht sie nur so aus, weil sie neben Gruhn steht – da wirkt jeder zierlich.« Er wendete das Bild in ihrer Hand wieder auf die andere Seite. »Und selbst wenn die Sachen nicht von seiner Frau gewesen sein sollten: Solche Tücher gibt's öfter, und der Ring kann auch von überall her sein.« Er schlug mit den Fingerspitzen abschätzig auf den laminierten Abzug. »Vielleicht hat Gruhn das Tuch wirklich irgendwo draußen gefunden, weil's der Wanderer verloren hat. Und der Ring ist am Ende sein eigener, wer weiß? Die Sachen hier auf dem Foto ähneln zufällig denen, die du in der Hütte gesehen hast. Das heißt gar nichts.«

Anna dachte kurz nach. »Aber hatte Gruhn seinen Ring nicht am Finger? Ich meine, ihn gesehen zu haben, als er am Computer saß.«

Veit sah sie bestürzt an und verdrehte die Augen. »Mein Gott, jetzt hör dich doch nur mal reden!«, sagte er, nahm ihr das Foto aus der Hand und stand auf. »Ich hätte dir das mit den Vermissten nicht erzählen dürfen. Jetzt fängst du an, hier Detektiv zu spielen.«

»Aber du hast doch selbst gesagt … Du hast doch gestern selbst gemeint, dass …«

Veits Miene verdunkelte sich. »Ach, ich rede viel, wenn der Tag lang ist«, sagte er grimmig.

Er stapfte mit dem Foto in der Hand zurück zu der Kapelle, drehte sich auf halbem Wege aber noch mal um. »Es gibt … es gibt da ein paar Dinge, die ich dir wahrscheinlich mal erzählen sollte«, sagte er. »Über meine

Familie und so, da ist ein bisschen was passiert, was nicht schön war. Ich weiß nicht: Manchmal … na ja, manchmal habe ich das Gefühl, dass ich nur deswegen so bin. Das ich so leicht ausflippe und so – was du halt gestern gesagt hast. Und vielleicht neige ich deswegen auch dazu, überall Gespenster zu sehen. Auch wenn es in Wirklichkeit gar keine gibt.«

Kurz hob er noch einmal das Foto hoch und ging dann mit hängenden Schultern zu der Kapelle. Als sie ihm die Hand in den Nacken legte, hatte er das Bild zurück in den Stapel gesteckt und starrte mit aufgestützten Armen auf den leblosen Schmerzensmann, der vor ihm am Kreuz hing.

»Komm, du hast recht, ich habe mir nur was eingebildet«, sagte sie sanft. »Lass uns zurück ins Tal gehen, irgendwo was essen und dann den Rest des Tages im Bett verbringen. Wenn wir schon beide einen Knall haben, dann sollten wir es wenigstens ausnutzen.«

Doch sie schafften es nicht einmal halb den Berg hinab, und das letzte Stück trug Veit sie auf dem Rücken, weil sie einen Scherz zu viel darüber gemacht hatte, wie zittrig ihre Beine nun waren. Schließlich saß sie kichernd neben ihm im Auto, jetzt wirklich mit einem mächtigen Kohldampf im Bauch.

Doch statt loszufahren, starrte Veit mit abwesendem Blick geradeaus.

»Was ist los?«, fragte sie. »Hast du irgendeinen Termin vergessen? Oder meinst du, du solltest doch mal bei Künzl anrufen, um zu hören, was aus der Sache mit den Kletterern geworden ist?«

»Nein, nein«, sagte er und wendete sich mit nachdenklicher Miene zu ihr um. »Diese Kinderzeichnung da oben … Da habe ich irgendwie eben noch mal an den Ausdruck denken müssen, den Gruhn mir gegeben hat und … und der kann nicht von gestern sein.«

»Was?«, fragte Anna.

Eben war schon richtige Ferienstimmung bei ihr aufgekommen, und sie hatte sich darauf gefreut, wie ein frischverliebtes Pärchen das Wochenende mit Veit in diesem Touristenparadies zu verbringen. Doch jetzt war ihr, als lege sich das Dunkle und Unheimliche, das sie gestern Morgen schon im Blick des wartenden Adlers gespürt zu haben glaubte, wieder wie ein schwarzes Tuch über den blauen Himmel. Das Gefühl der Unwirklichkeit und Fassadenhaftigkeit, das sie vorhin beim Anblick des sonnigen Seeidylls gespürt hatte, kehrte mit hundertfacher Kraft zurück.

»Der Ausdruck kann nicht von gestern sein?«, fragte sie. »Aber warum denn nicht? Um ehrlich zu sein, war ich mir sowieso nicht sicher, ob du ihn nicht zu deinem Gunsten manipuliert hast.«

Veit sah sie überrascht an. »Nein, so verbohrt bin selbst ich nicht«, sagte er und schüttelte den Kopf. »Nein, Gruhn hat die Daten rausgeholt, aber sie können nicht stimmen: Die Bewegungslinien auf dem Ausdruck zeigen deutlich, wie die Adlerin immer wieder zum Horst zurückkehrt. Aber in diesem Jahr kann das nicht sein, weil das Junge der beiden Adler schon längst aus dem Nest ist. Die Adler benutzen gar keinen Horst mehr. Also müssen die Daten vom letzten Jahr sein.«

»Aber … aber da stand doch ein Datum auf dem Blatt – und das war von diesem Jahr: das Datum von gestern halt.«

»Ja, das verstehe ich auch nicht, sonst würde ich sagen, Gruhn hat sich einfach vertippt. Aber so …« Er sah sie verwirrt an.

»Aber warum sollte Gruhn dir absichtlich falsche Daten liefern?«, fragte Anna. »Das ergibt doch keinen Sinn.«

»Vielleicht, weil er die Adlerin inzwischen doch schon abgeschossen hat und sie gar keine Bewegungsdaten mehr überträgt«, murmelte Veit. »Ich hab die Vögel gestern jedenfalls nirgendwo gesehen. Und er braucht noch Zeit, um die Spuren zu verwischen, oder so.«

»Das wäre natürlich eine Möglichkeit«, sagte Anna. Doch in Veits Gesicht konnte sie sehen, dass auch er jetzt wieder an das Foto von dem Wanderer denken musste, das sie ihm vorhin so aufgeregt gezeigt hatte.

»Ich kapier's nicht«, sagte er schließlich und schüttelte einmal mehr den Kopf. »Am besten, wir fahren einfach zu Gruhn raus und fragen ihn, was er sich dabei gedacht hat.«

3

Dass der Tag so schön war, machte alles nur noch schlimmer. Am Himmel war kein Wölkchen zu sehen, auf den Almwiesen leuchteten die Blumen in der Sonne, aber Kathrin hatte das Gefühl, mit ihrem Mountainbike durch ein finsteres Tal zu fahren. Vorn hetzte Gernot Simon wieder die Anstiege hinauf, und einzig die Sorge, der Junge könnte sich zu sehr verausgaben, konnte Kathrin ab und zu von ihren inneren Qualen ablenken. Sie hinkte noch weiter hinterher als sonst, selbst Sophie war sie zu langsam. Der Abstand und die vorwurfsvollen Blicke, mit denen ihre Familie alle paar hundert Meter auf sie wartete, verstärkte das Gefühl der Fremdheit, das sie seit gestern gegenüber den dreien spürte. Sie war die Verliererin, die traurige Last, die die anderen hinter sich herschleppten.

»Komm jetzt endlich, Mama«, rief Sophie von der mit einem schiefen Holzschild markierten Abzweigung, an der sie standen. »Paps sagt, du bringst den ganzen Zeitplan durcheinander.«

Dass Gernot sich bei den Kindern über sie beschwerte, machte Kathrin wütend. Doch als sie sah, dass er das iPhone aus der Halterung am Lenker genommen hatte, traf sie das wie ein Hieb mit einem Knüppel, und außer Erschöpfung blieb kein Gefühl mehr in ihr übrig. Sie wankte kurz, fürchtete umzukippen, konnte sich aber gerade noch rechtzeitig abstützen.

»Nein, jetzt steig nicht auch noch ab«, rief Simon unwillig. »So schaffen wir es nie rechtzeitig zum nächsten Hotel.«

Selbst Simon, der sonst so zärtlich zu ihr war, hatte keine Geduld mehr mit ihr. Und Gernot mailte wahrscheinlich die ganze Zeit mit seiner Liebhaberin.

Hatte Dhanya ihm noch einmal geschrieben und er begriffen, dass Kathrin die erste Mail gelöscht hatte? Sah er sie deshalb so mitleidig an? Weil er begriffen hatte, was für ein jämmerlicher Feigling sie war?

»Mami«, sagte Sophie besorgt, als sie endlich zu den anderen aufschloss. »Was ist denn los? Weinst du etwa?«

»Nein, Schatz«, antwortete Kathrin. »Ich habe nur was im Auge.«

Gernot blickte kurz von seinem Telefon auf, fuhr dann aber weiter mit dem Daumen auf dem kleinen Bildschirm herum.

»Wir nehmen hier die Abzweigung«, sagte er und wies mit dem Kopf auf den schmaleren der beiden Wege. »Das ist nicht die vorgegebene Route, aber die wird ab hier nur noch steiler.«

»Du willst die vorgegebene Route verlassen«, fragte Kathrin. Besorgt blickte sie in die Ferne, wo über dunklem Tannenwald zwei markante Felsspitzen aufragten. »Aber warum denn? Ich weiß nicht, ob das eine so gute Idee ist.«

»So wie du heute fährst, müssen wir eine Abkürzung nehmen, sonst schaffen wir es nicht«, antwortete Gernot. Er sah sie mit sanftem Tadel in den Augen an und hielt dann sein iPhone hoch. »Aber keine Angst: Mit diesem Ding hier ist es praktisch unmöglich, sich zu verirren.«

4

Anna und Veit stellten das Auto auf dem kleinen Vorsprung am Ende des Forstwegs ab, von dem man die an Pyramiden erinnernde Doppelspitze des Großen Hundstods schon fast so gut sehen konnte wie von Gruhns Hütte. Wie beim letzten Mal stand der Wagen des Försters zwar auf der dem gut 100 Meter unter der Hütte gelegenen Abstellplatz, aber zu Hause war er nicht. Wieder probierte Veit die Tür des Anbaus – doch diesmal war sie verschlossen.

»Komisch«, murmelte Veit. »Schon, dass er die Vordertür abschließt, ist eigentlich Unsinn. Hier oben kommt schließlich nie jemand hin.«

Er holte ein Taschenmesser aus der Hosentasche und machte sich an dem Schloss zu schaffen.

»Du willst bei ihm einbrechen?«, fragte Anna und blickte sich besorgt um.

»Ich will wissen, was es mit diesem Ausdruck auf sich hat«, antwortete Veit. »Wenn Gruhn so eine seltsame Nummer abzieht, dann darf er sich nicht wundern.«

Es dauerte nicht lange, bis er das alte Schloss offen hatte. Anna wäre am liebsten sofort ins Nebenzimmer gegangen, um sich das Tuch in der Schublade noch einmal anzusehen. Doch Veit ging geradewegs auf den Computer zu.

Er schaltete das Gerät an, gab das Passwort ein und rief die Daten von gestern auf. Wie er vermutet hatte, sahen die roten Linien, die sich über die schematische

Darstellung des Tals legten, ganz anders aus als die auf dem Ausdruck, den Gruhn ihm am Vortag gegeben hatte. Auch ein weit aus dem Gebiet ragender roter Ast war zu erkennen.

»Hirlinger hat also doch die Wahrheit gesagt«, murmelte Veit verwundert. »Die Adlerin hat ihn tatsächlich in seinem Flugzeug angegriffen. Aber warum zum Teufel hat Gruhn das verschwiegen?«

»Vielleicht ist es so, wie du gestern gesagt hast«, schlug Anna vor. »Er hat Angst, dass du ihm seine Trophäe wegschnappst, deshalb wollte er verhindern, dass du den Vogel schießen musst. Er hat ihn gedeckt, damit er ihn selbst schießen kann.«

»Ja, könnte sein«, erwiderte Veit. »Vielleicht wollte er sich noch eine letzte Chance verschaffen und ist jetzt gerade draußen, um sich endlich für seinen Hund zu rächen.«

Er dachte einen Augenblick nach und leitete dann die Daten an den Drucker weiter. Noch bevor der alte Kasten zu arbeiten anfing, stand er jedoch auf.

»Komm, wir gehen mal rüber und schauen uns dieses Tuch an, das du gesehen hast.«

Sie gingen zu dem mit Tatzen und Pfoten gefüllten Vitrinenschrank, und Anna zog die Schublade auf. Was sie sah, versetzte ihr einen kleinen Schock. In der Schublade lagen das Tuch und der Ring, aber auch noch etliche andere Gegenstände. Auf den ersten Blick erkannte Anna eine silberne Brosche, eine Sonnenbrille und – was sie aus irgendeinem Grund besonders erschreckte – eine bunte Haarspange mit einem kleinen Plastikschmetterling. Automatisch drehte sie sich nach der Tür um: So laut, wie der Drucker nebenan jaulte, würde man es nicht hören, wenn sie aufging. Dann schluckte sie mit Mühe das bisschen Spucke herunter, das noch in ihrem Mund war, und nahm das Tuch aus der Schublade.

»Ja, es ist das gleiche wie das auf dem Foto«, sagte sie leise. Sie betrachtete den großen Riss in der Mitte, dann den braunen Fleck an einem der Zipfel. »Was ist das?«, fragte sie.

»Keine Ahnung, Schmutz wahrscheinlich«, antwortete Veit und fischte den Ring aus der Schublade. »Du hattest recht: Es ist ein Männerring. ›In ewiger Treue‹ steht auf der Innenseite, aber mehr nicht.«

Er gab ihr den Ring und zog eine beigefarbene Baseballkappe aus der Schublade. Sie war mit einem Edelweiß bestickt und hatte auf einer Seite ebenfalls braune Flecken. Wieder warf Anna einen Blick zur Tür; ihr Herz pochte noch wilder als damals, als sie den Lippenstift stahl. Unter der Mütze war ein fingerloser Fahrradhandschuh zum Vorschein gekommen – und unter diesem schaute ein zusammengefaltetes Blatt Papier hervor.

Anna zog das Blatt heraus und faltete es auf – ähnlich vorsichtig, wie sie vorhin das halb verwitterte Blatt mit der Kinderzeichnung aufgefaltet hatte. Es handelte sich um einen Computerausdruck wie denjenigen, den Gruhn ihnen gestern gegeben hatte, doch krakelige Bewegungslinien waren darauf keine zu sehen. Stattdessen war die mit grauen Linien dargestellte Landschaft mit vielen kleinen Kreuzen markiert. Einige waren mit Kuli eingezeichnet, andere mit Bleistift. Sie waren übers ganze Tal verstreut, ein paar lagen auch etwas außerhalb. Insgesamt waren es bestimmt fast zehn Stück.

Anna lief ein kalter Schauer über den Rücken; wie in stummer Warnung stellten sich auch jetzt wieder die Härchen an ihren Armen auf. Der Drucker hatte inzwischen aufgehört zu jaulen, es war totenstill in der großen Hütte. Um sie herum blickten die ausgestopften Tiere auf sie nieder wie heimliche Beobachter.

»Was ist das?«, fragte sie. »Was sollen all die Kreuze?«

Veit sah von dem Blatt zu der offenen Schublade und runzelte die Stirn. »Keine Ahnung«, sagte er. »Ich nehme mal an … Ich nehme mal an, das sind die Stellen, an denen Gruhn diese Gegenstände gefunden hat. Aber was das Ganze soll, das weiß ich auch nicht.«

Er nahm ihr das Blatt aus der Hand, betrachtete es und schüttelte den Kopf.

»Kann das irgendein seltsames Hobby sein?«, fragte Anna. »War es ihm vielleicht einfach peinlich, als er mich hier an der Schublade stehen sah?«

»Oder er versucht irgendwie, bei der Suche nach den ganzen Vermissten mitzuhelfen«, mutmaßte Veit. »Und schreibt es deshalb auf, wenn er etwas bei seinen Rundgängen findet. Aber das Tuch und der Ring … Wenn es wirklich dieselben wie auf dem Foto sind, dann ist das doch irgendwie komisch, oder?«

»Na ja, der alte Mann auf dem Bild kann die Sachen einfach verloren haben, genau wie du eben gesagt hast«, antwortete Anna. »Oder er hat sie irgendwo als Signal oder Markierung hingelegt. So ähnlich wie Hänsel und Gretel.«

»Dass jemand ein Tuch oder ein Kleidungsstück wo dranbindet, um die Bergwacht auf sich aufmerksam zu machen, kommt öfter vor«, bestätigte Veit. »Bei dem

Tuch wäre das gut vorstellbar. Und den Ring könnte man vielleicht auch irgendwo über einen Zweig stülpen. Aber ich habe nie davon gehört, dass Gruhn die Bergwacht zu sich ins Tal gerufen hat. Und wenn er so ein Signal gefunden hätte, dann hätte er sie ja rufen müssen.«

»Vielleicht hast du es einfach nicht mitbekommen«, entgegnete Anna. »Oder er hat das Gebiet selbst so gründlich abgesucht, dass er es nicht für nötig hielt.«

Veit sah noch einmal von dem Blatt zu der Schublade und schüttelte den Kopf. Dann holte er sein Handy aus der Tasche.

»Was machst du?«, fragte Anna alarmiert.

»Na, was wohl?«, fragte Veit zurück und hielt sich das Handy ans Ohr. »Ich rufe Gruhn an, natürlich.«

»Nein, halt, lass«, sagte Anna und zog seine Hand vom Ohr. Veit drückte auf die Auflegetaste und sah sie verwundert an. Sie wies mit dem Kinn auf das Blatt in seiner Hand.

»Sollten wir nicht … Wäre es nicht besser, wenn wir erst mal zu einem dieser Kreuze gehen und uns dort ein bisschen umschauen?«, fragte sie. »Ich meine, nur so, um zu sehen, was dort ist.«

Veit legte zunächst die Stirn in Falten. Doch dann blickte er auf das Blatt und nickte nachdenklich.

»Ja, vielleicht«, sagte er. »Vielleicht ist das gar keine so schlechte Idee.«

5

Kathrin meinte, das Schild auch zu Hause schon gesehen zu haben, bei ihren Spaziergängen mit den Kindern. Es war dreieckig wie ein Vorfahrt-gewähren-Schild, hatte jedoch keinen roten, sondern einen grünen Rand und in der Mitte einen großen schwarzen Vogel mit weißem Kopf. ›Naturschutzgebiet‹ stand über dem Vogel, und als sie seine ausgebreiteten Schwingen betrachtete, musste Kathrin an den Adler über ihrem Bett gestern denken. Das verstärkte das ungute Gefühl noch, das sie im Bauch hatte.

»Und da sollen wir lang?«, fragte sie Gernot und zeigte auf die kleinen viereckigen Schilder, die unter dem großen Dreieck angebracht waren. »Aber da ist doch ein durchgestrichenes Fahrrad. Man soll nicht mal wandern.«

»Ja, das hätten die natürlich gerne, aber daran können wir uns jetzt nicht halten«, erwiderte Gernot.

Er blieb inzwischen immer öfter stehen, nahm sein iPhone aus der Halterung und machte damit seltsam anmutende Bewegungen, weil der GPS-Empfang so schlecht war. Auch jetzt wendete er das Gerät wieder ein paarmal hin und her und rückte sogar ein Stück mit dem Rad zur Seite, bevor er zufrieden war. Kathrin stellte sich neben ihn und blickte mit auf das Display.

»Ja, wir müssen hier lang«, murmelte Gernot. »Sonst geht die Abkürzung nicht auf.«

»Und du bist ganz sicher, dass du weißt, wo wir sind?«, fragte Kathrin. »Wo ist denn diese blaue Linie, die uns die ganze Zeit den Weg gezeigt hat?«

Gernot stöhnte genervt. »Na, die ist natürlich nicht mehr da«, sagte er. »Von der mussten wir runter, weil du nicht hinterhergekommen bist. Aber keine Angst, ich weiß schon, was ich tue.«

Er vergrößerte die Ansicht etwas, runzelte erst die Stirn, zuckte dann aber mit den Achseln. »Wir fahren jetzt da runter«, sagte er. »Dann sind wir in null Komma nichts am Ziel.«

»Und wenn jemand kommt?«, fragte Sophie skeptisch. »Kriegen wir dann nicht Ärger?«

»Ach was, Angsthase, dann sind wir einfach blöde Touristen«, erwiderte Simon, dem Kathrins und Sophies Zweifel an der Entscheidung seines Vaters offensichtlich nicht passte. »Aber hier in der Gegend ist sowieso kaum jemand«, fügte er schlau hinzu. »Es kann also gar nichts passieren.«

6

Florian saß vor seinem Computer, teilte Marie das Ergebnis der letzten Analyse mit und sah zu, wie sie den mit einem kleinen Aufkleber versehenen Knochen an die entsprechende Stelle legte. Dann trat sie einen Schritt zurück und betrachtete mit ihm zusammen das Resultat ihrer Arbeit.

Schon als Florian vorhin auf den Fingerknochen gestoßen war, der nicht zu den anderen passen wollte, hatte er kurz das Gefühl gehabt, jemand ziehe ihm den Boden unter den Füßen weg. Doch da hatte er die Reaktion noch auf seinen verkaterten Zustand geschoben. Jetzt kam er sich wie der Angehörige einer Friedenstruppe vor, der irgendwo in einem Krisengebiet von Einheimischen hinter eine alte Scheune geführt wird und nach ein, zwei Stunden Schaufeln vor dem verstörenden Anblick eines Massengrabs steht.

»Kapierst du, was hier vor sich geht?«, fragte er Marie mit belegter Stimme.

Sie hatten schweigend gearbeitet. Doch spätestens seit sie erkannt hatten, dass die menschlichen Knochen in dem Beutel nicht nur von zwei verschiedenen Menschen stammten, sondern mindestens von dreien, hatte Florian förmlich sehen können, wie Marie hinter ihrer hübschen Stirn Gedanken wälzte. Als sie auf einen vierten Mikrosatelliten gestoßen waren, der nicht zu den anderen passte, hatte sie ihn kurz angesehen, als wolle er ihr einen Streich spielen. Doch dann hatte sie wortlos ihr stilles Grübeln wieder aufgenommen.

Jetzt stand sie mit in die Hand gestütztem Ellbogen vor dem Tisch und knetete noch einen Augenblick länger nachdenklich an ihrer gepiercten Unterlippe. »Ja, natürlich«, sagte sie dann. »Ist doch ganz klar, was hier los ist.«

Florian sah mit großen Augen zu, wie sie sich neben sein Telefon setzte und den Hörer abnahm. »Such mir mal die Nummer von der Nationalparkverwaltung raus«, sagte sie. »Wir müssen da so schnell wie möglich mit jemandem reden.«

7

Anna und Veit starrten auf die Leiche hinab, die vor ihnen lag. 20 Meter über ihnen glänzte ein Drahtseil in der Felswand, an dem man sich bei der Überquerung des schmalen Absatzes festhalten konnte, der an der Wand entlangführte. Veit hatte Anna erklärt, dass sich besonders vorsichtige Bergwanderer auch an solchen leichten Passagen zusätzlich mit einem Karabiner an dem Drahtseil sicherten, um nicht in die Tiefe zu stürzen, wenn sie den Halt verloren. Doch darauf hatte diese tapfere Wandersfrau – der Kleidung nach zu urteilen eine Bergwanderin alter Schule – offenbar verzichtet.

»Gott, stinkt das«, sagte Anna, hielt sich die Hand vor Mund und Nase und machte einen Schritt nach hinten.

Als sie die Frau fanden, hatte Anna damit gerechnet, sich nicht mehr als ein gebrochenes Bein oder eine böse Schädelverletzung ansehen zu müssen. Doch als Veit die Blätter und Zweige entfernt hatte, mit denen die Leiche bedeckt war, hatte sich herausgestellt, dass sie nicht ganz so glimpflich davonkommen würde. Nicht nur fehlte der Toten ein Fuß und ein ganzer Unterarm. Auch hatte sich etwas über ihren Bauch hergemacht und ein großes, klaffendes Loch dort hinterlassen. Anna konnte nur hinschauen, weil zum Glück noch etwas Laub darin lag.

»Sieht aus wie bei dem Murmeltier gestern«, sagte sie.

Veit blickte sie überrascht an, hockte sich dann vor den verstümmelten Arm und hob ihn mit einem Zweig ins Licht.

»Lässt sich schwer sagen, was an der Leiche gefressen hat«, murmelte er und blickte in die Lücke zwischen den Bäumen hinauf. »War wahrscheinlich eher ein Fuchs oder ein Dachs. Vielleicht auch ein Marder.«

»War der es auch, der die Leiche so gut getarnt hat?«, fragte Anna. »Oder war das Gruhn?«

»Manche Tiere machen das«, antwortete Veit. »Damit andere Tiere ein Stück Aas nicht so leicht finden. Merkwürdig ist aber auf jeden Fall, dass Gruhn den Fund nicht gemeldet hat. Das ist mir ein Rätsel.«

»Vielleicht war es ihm peinlich, dass so was in seinem Revier passiert«, mutmaßte Anna. »Ist er für den Zustand der Klettersteige verantwortlich?«

»Nein, um die kümmert sich die Nationalparkbehörde. Damit hat er nichts zu tun.«

»Dann dachte er vielleicht, dass er auch nichts damit zu tun hat, wenn jemand von so einem Steig fällt. Verschroben genug wirkt er ja.«

Veit sah sie einen Moment an und blickte dann auf das mit einem grauen Landschaftsrelief und einem Gewirr dunkler Linien bedruckte Blatt, das sie hergeführt hatte. Es war der Ausdruck mit den wahren Flugbewegungen der Adlerin, den Veit sich eben in Gruhns Hütte gemacht hatte. Er hatte die Kreuze von dem anderen Ausdruck darauf übertragen und diesen dann wieder an seinen alten Platz in der Schublade gelegt – genau wie alle übrigen Gegenstände.

»Diese ganzen Kreuze …«, sagte er und zählte sie

stumm mit dem Finger durch. »Soll da etwa überall ein Verunglückter liegen?« Er blickte wieder auf den schrecklich zugerichteten Kadaver hinab und dann in Annas Gesicht. »Das kann ich mir eigentlich nicht vorstellen.«

In dem Moment ertönte ein lautes Krächzen – und Anna fuhr wie vom Blitz gerührt zusammen. Es war jedoch nur Veits Funkgerät. Es hatte den ganzen Morgen ausgeschaltet im Handschuhfach des Wagens gelegen, weil Veit mit niemandem reden wollte. Als sie in den Wald gegangen waren, hatte er es jedoch angeschaltet und sich wieder an den Gürtel gesteckt.

»Brenner? Brenner, hallo, hörst du mich?«, sagte eine sympathisch klingende Frauenstimme. »Hier hat jemand von einem Institut in München angerufen, und Künzl will dich auch sprechen. Die von dem Institut haben gesagt, es ginge um die Adler und sei dringend.«

Veit sah noch mal kurz auf die Leiche – eigentlich gab es ja gerade wirklich Wichtigeres als seine Adler. Aber wie bei Künzls Funkspruch am Morgen zuvor konnte er offenbar nicht widerstehen und nahm sich das Gerät nach kurzem Zögern vom Gürtel.

»Ja, Rita, hier Brenner«, sagte er. »Schick mir doch die Nummer von dem Institut auf mein Handy. Ich bin gerade draußen im Hirschbachtal und hab schlechten Empfang. Aber weiter oben am Auto sollte es eigentlich gehen.«

8

»Was ist los, ist der Empfang wieder schlecht?«

Kathrin bremste und kam neben Gernot zum Stehen. Er hatte neben einem schmalen Pfad gehalten, der seitlich in den Wald hinaufführte. Sie waren ein Stück bergab gefahren, und inzwischen waren wieder überall Bäume um sie herum. Die Kinder warteten etwas weiter vorn und beobachteten Gernot aufmerksam bei seinen seltsamen Handbewegungen.

»Ich will nur checken, ob es vielleicht klüger wäre, hier raufzufahren«, erklärte er. »Am Ende ist das noch schneller.«

Er rückte ein Stück nach hinten – und in dem Moment ertönte die vertraute Tonfolge, mit der sein iPhone eine eingehende E-Mail meldete. Automatisch riss Kathrin ihm das Gerät aus der Hand.

»Na, ist das wieder von deiner Schlampe? Was hat sie dir denn diesmal geschickt? Ein Bild von ihren Titten?«

Sie versuchte, die Mail zu öffnen. Ihre Finger zitterten jedoch so vor Wut, dass sie ständig die falschen Stellen auf dem Touchscreen berührte. Gernot warf einen besorgten Blick zu den Kindern hinüber und versuchte dann, ihr das Telefon wieder wegzunehmen.

»Wovon redest du? Was soll das, Kathrin?«

»Ich rede von dieser indischen Hure«, zischte sie. »Mit der du die ganze Zeit fickst.«

Verzweifelt versuchte sie, endlich die Nachricht zu

öffnen. Gernot packte ihren Arm, mit der anderen Hand ihr Handgelenk.

»Das ist die Mail aus der Firma, auf die ich die ganze Zeit warte«, beteuerte er. Doch so fest, wie er zugriff, konnte er sich denken, was passiert war.

Kathrin riss den Arm weg, er setzte nach – und plötzlich kippten sie mit ihren Rädern der Länge nach hin. Kathrin schlug so hart mit der Schulter auf, dass ihr das iPhone aus der Hand flog.

»Pass auf!«, rief Gernot.

»Was macht ihr da?«, schrie Sophie.

Das Telefon lag einen Meter weiter im Staub, und wie bei einem Rugbyspiel versuchten Kathrin und Gernot, es so schnell wie möglich wieder in die Finger zu kriegen. Gernot hatte es schon fast, hing jedoch mit einem Fuß noch an seinen Pedalen und stolperte auf Kathrins Beine.

»Nicht«, sagte er eindringlich: »Nicht, Kathrin!«

Doch da hatte sie schon die Hand an das kleine schwarze Rechteck bekommen und es mit einer raschen Bewegung des Arms in den Wald geschleudert.

9

»Wie bitte – die Knochen von *wie vielen Menschen*? Alle in dem *einen Horst*?«

Veit stand neben dem Geländewagen, hielt sich sein Handy ans Ohr und starrte Anna ungläubig an. Er zog die Brauen zusammen und schüttelte verwirrt den Kopf. Nachdem er noch etwas länger zugehört hatte, glättete sich seine Stirn jedoch wieder ein wenig.

»Ah, na gut – das könnte natürlich sein«, sagte er und nickte nachdenklich. »Ja, ja, sicher, das wäre vielleicht gar keine so schlechte Idee.«

Auf dem Weg zum Auto hatte er das Blatt mit den Kreuzen zurück in seine Hosentasche gesteckt. Jetzt holte er es jedoch wieder hervor und breitete es auf der Motorhaube aus. »Wissen Sie was, ich … Ich rufe Sie einfach noch mal an.«

Er nahm das Telefon vom Ohr und sah verwundert auf den Ausdruck nieder. Er hatte Anna erklärt, dass bei den Adlern nach jeder Brut die Nester geleert wurden und die Überreste der Tiere, mit denen sie ihre Jungen gefüttert hatten, von Experten in München untersucht wurden. So ließ sich feststellen, ob sie genug Nahrung für ihren Nachwuchs fanden. Anna hatte schließlich nicht mehr an sich halten können und eingewandt, dass es im Moment doch eigentlich wirklich wichtigere Fragen gebe. Veit hatte das eingesehen, ihr jedoch erklärt, dass die Leute von dem Institut sonst fast nie anriefen. Deswegen wolle er nur ganz schnell hören, was sie so Dringendes auf dem Herzen hätten.

Anna hatte nichts weiter gesagt, aber insgeheim den Kopf über ihn geschüttelt. *Hier liegen vielleicht überall Leichen im Tal, und er macht sich Sorgen um seine Adler*, hatte sie gedacht. *Ein Psychopath mag er nicht sein, aber einen ziemlichen Hau hat er auf jeden Fall, wenn er da einen Anruf aus München für dringender hält.*

Wie sich jetzt herausstellte, schien jedoch auch dieser Anruf wieder mit den rätselhaften Kreuzen auf dem Ausdruck zu tun haben.

»Also das Ganze wird immer merkwürdiger«, erklärte Veit und blickte kurz von dem Blatt auf. »Die Leute von dem Institut haben zufällig gerade die Beutereste untersucht, die aus dem Horst in diesem Tal stammen – aus dem Hirschbachtal. Die Weiße und ihr Terzel haben letzten Sommer ein Junges aufgezogen, und im Herbst bin ich selbst in den Horst gestiegen und habe wie nach jeder Brut die ganzen abgenagten Knochen und Kadaverteile in einen Beutel gesteckt. Die zwei Wissenschaftler, die den Beutel untersucht haben, haben angeblich die Knochen von mehreren Menschen darin gefunden. Da sollen Fuß-, Hand- und Schädelknochen von insgesamt *vier* Leuten in dem Horst gewesen sein, haben sie gesagt.«

Anna hatte das Gefühl, in ihrem Bauch breite sich blitzartig ein eiskalter Gletscher aus. »Von vier Leuten?«, fragte sie entgeistert. »Die Knochen von Händen und Füßen?«

Automatisch warf sie einen raschen Blick zum Himmel: Sie hatten die Adler immer noch nicht gesichtet, sich aber auch hauptsächlich im Wald aufgehalten. »Und … und als du das Nest geleert hast, da ist dir nichts aufgefallen?«

»Nein«, erklärte Veit und zuckte ratlos mit den Achseln. »Ich seh mir die Überreste schon immer an, vieles erkenn ich auch so. Aber sie sind in der Regel ziemlich verwest und kleingehackt, und was von einem Menschen – das erwartet man auch nicht.« Er schüttelte den Kopf, runzelte dann plötzlich die Brauen. »Wobei: Vor einiger Zeit hieß es schon mal, in einem Beutel sei ein Menschenknochen dabeigewesen. Und ich meine, der Beutel damals sei auch aus diesem Tal hier gekommen. Ja: Es waren glaube ich die Reste der Brut davor, der von der vorvorletzten Saison, bei der das Junge aber nicht durchgekommen ist.«

Anna betrachtete den Ausdruck, der auf der Motorhaube lag. »Also seit etwa drei Jahren gibt es hier viel mehr Vermisste als vorher«, sagte sie. »Und jetzt sagen die Leute von diesem Institut dort, die Adler würden ihre Jungen regelmäßig mit Menschenfleisch füttern.«

Noch während sie den Satz aussprach, hatte Anna das Gefühl, eine Rolle in einem B-Movie zu spielen. Veit nickte, schien das alles aber bei Weitem nicht so eigenartig zu finden wie sie selbst.

»Ja, und die Wissenschaftlerin, mit der ich gesprochen habe, hat auch eine einfache Erklärung dafür«, sagte er. »Sie meint, die Adler hätten sich darauf spezialisiert, an menschlichen Kadavern zu fressen. Ich habe gar nichts davon erwähnt, aber sie hat selbst gesagt, dass sie anders vielleicht nicht genug Nahrung finden. Also stillen sie ihren Hunger an verunglückten Wanderern und Bergsportlern und füttern auch ihre Jungen mit ihren Überresten. Sie haben einfach ihre Fressgewohnheiten geändert und mehr denen von Geiern angenähert: Sie sind sozusagen zu Aasfressern geworden.«

»Ah, das wäre natürlich wirklich eine einfache Lösung«, sagte Anna erleichtert. Der Wald um sie herum, das Auto, selbst Veit – alles wirkte mit einem Schlag wieder viel echter und vertrauter als noch eine Sekunde zuvor. »Und kann das denn sein?«, fragte sie vorsichtig. »Das mit den Kadavern, meine ich.«

»Na ja, eigentlich bevorzugen die Vögel frische Beute«, erklärte Veit. »An Aas gehen sie eher im Winter, wenn es nichts anderes gibt. Aber wenn sie auch im Sommer nicht genug Wild finden, weil die ganzen Touristen es verscheuchen, dann wäre es schon vorstellbar. Die Frau hat vorgeschlagen, einen der Adler mit einem Sender auszurüsten und sich von ihm zu den Leichen der Verunglückten führen zu lassen – dann hätten die Angehörigen endlich Gewissheit.« Er lächelte schief. »Ich habe ihr nicht gesagt, dass die Weiße zufällig bereits mit einem Sender ausgerüstet ist.«

Auch Anna lächelte zaghaft, und einen winzigen Moment schien es tatsächlich so, als gäbe es für alles eine ganz harmlose Erklärung. Ja, wenn sie wirklich all die Vermissten finden würden, hätten ihre Nachforschungen sogar zu einem positiven Ergebnis geführt, wie die Frau sagte. Und eigentlich brauchten sie dazu sogar nicht einmal die Adlerin mit ihrem Peilsender, denn wie es aussah, waren sämtliche Verunglückten hier auf dem Blatt vor ihnen eingezeichnet.

Doch genau das war natürlich das Problem.

»Aber wenn an allen Stellen, die hier mit einem Kreuz markiert sind, tatsächlich die Leichen von vermissten Bergtoten liegen«, sagte Veit, der offensichtlich dem gleichen Gedankengang gefolgt war: »Warum zum Teufel sind die dann alle ausgerechnet hier verunglückt? Also:

Die vielen Vermissten der letzten Jahre können meinetwegen noch als zufällige Häufung durchgehen, wie jeder sagt. Aber wenn sie alle hier verschollen sind, dann ist das schon extrem merkwürdig.«

Wieder ging Annas Blick automatisch zum Himmel. »Kann es vielleicht wirklich sein, wie Hirlinger behauptet, und dieser Riesenvogel greift Menschen an? Ich meine, das Flugzeug hat er doch auch angegriffen, das wissen wir ja jetzt. Dann stimmt vielleicht auch die Geschichte mit dem Hirten, auf den die Adlerin damals losgegangen sein soll. Und wenn diese alte Frau da unter dem Steig nicht angeseilt war und in 20 Metern Höhe von einem Adler attackiert wurde, dann …«

Sofort regte sich der alte Widerwille in Veits Blick. »Ein Angriff auf ein Flugzeug und ein Angriff auf einen Hirten oder einen Kletterer – das sind zwei ganz verschiedene Dinge«, sagte er. »Im einen Fall verteidigt der Adler sein Revier gegen einen anderen Vogel, oder was er dafür hält, und in diesem Vogel sitzt zufällig ein menschlicher Pilot. Im zweiten Fall würde der Vogel *Jagd* auf einen Menschen machen – und das halte ich für vollkommen unmöglich.« Er deutete mit dem Finger nacheinander auf mehrere Kreuze auf dem Blatt. »Außerdem liegen zwar etliche der markierten Stellen tatsächlich unter Felswänden oder an Berghängen. Aber ein paar befinden sich auch mitten im Wald. Und da jagen Adler nicht. Unter gar keinen Umständen.«

»Vielleicht haben sich die Opfer der Angriffe noch ein Stück weitergeschleppt«, spekulierte Anna. »Oder andere Tiere haben die Leichen weggezerrt, und Gruhn hat sie später gefunden.«

»Ja, gut, aber selbst wenn das alles so wäre«, warf Veit unwillig ein. »Das erklärt doch noch lange nicht, warum er niemandem was davon sagt.«

»Er denkt vielleicht, er ist dran schuld, weil er den Vogel damals verfehlt hat«, schlug Anna vor. »Und jetzt will er seinen Fehler wiedergutmachen und niemanden sonst hinzuziehen, bis er den Adler endlich erwischt hat. Vielleicht hat er deswegen auch die ganzen Stellen markiert, wo die Leichen liegen. Damit er dem Tier dort auflauern kann. Das würde auch erklären, warum er dir einen falschen Ausdruck gegeben hat. Wie du vorhin gesagt hast: Er wollte sich noch etwas mehr Zeit verschaffen. Und deswegen ist er auch so wütend geworden, als er mich an der Schublade gesehen hat. Und hat so komisch geguckt, als du meintest, du müsstest den Adler vielleicht abschießen.«

Veit verdrehte die Augen. »Also, das wird mir langsam alles zu wild. Der Vogel soll regelmäßig Menschen angreifen, und Gruhn sagt niemandem was davon?« Er zeigte auf das Blatt. »Er hat hier schon fast zehn Tote in seinem Revier liegen und gibt keinen Mucks von sich, weil er das Tier unbedingt selbst zur Strecke bringen will? Das ergibt doch alles keinen Sinn.«

»Nein, tut es nicht wirklich«, gab Anna erschöpft zu. »Ich kapier die Sache genauso wenig wie du und versuche nur, mir irgendeinen Reim darauf zu machen.«

Ein letztes Mal starrte sie auf die kleinen Kreuze nieder und versuchte, ihr Geheimnis zu ergründen. Da fiel ihr plötzlich etwas ein.

»Warte mal«, sagte sie. »Wir denken doch jetzt nur, dass an den Kreuzen überall Tote liegen, weil wir gerade erfahren haben, dass die Adler aus diesem Tal anscheinend oft welche anfressen. Aber was, wenn wir uns da irren – was die Kreuze angeht, meine ich?«

»Verstehe ich nicht.«

»Na ja, die Adler finden nicht mehr genug herkömmliche Beute und verhalten sich deswegen wie Geier, das ist eine gute Erklärung für die vielen menschlichen Knochen in ihrem Horst. Aber wer sagt, dass die Toten, von denen sie fressen, alle hier in diesem Tal liegen? Hirlinger hat doch erzählt, die Adlerin hätte ihn außerhalb ihres Reviers angegriffen – vielleicht war sie da gerade wieder auf der Suche nach einem Kadaver. Da immer mehr Touristen in die Berge strömen, verunglücken auch immer mehr von ihnen und werden nicht gefunden, das war die Erklärung des Wirts gestern für die ganzen Vermissten. Und die Adler machen sich diese Entwicklung zunutze.«

Veit guckte erst skeptisch, wackelte dann aber abwägend mit dem Kopf. »Scheu, ins Revier anderer Adler einzudringen, hätte die Weiße vermutlich nicht, bei ihrer Größe. Und wenn ihr doch einer zu nahe kommen sollte, kriegt er einen Klauenhieb – wie Hirlinger gestern mit seinem Flugzeug. So gesehen möglich. Aber was sollen dann die ganzen Markierungen auf dem Ausdruck?«

»Dort hat Gruhn vielleicht wirklich nur all die Gegenstände gefunden, die bei ihm in der Schublade liegen – wie wir anfangs angenommen haben«, erklärte Anna. »Und für seine komische Reaktion und die Sache mit dem falschen Ausdruck gibt es auch irgendeine harmlose Erklärung. Vielleicht hat er sich wirklich nur vertippt oder das Programm hat Mist gebaut.«

»Und für die tote alte Frau, die da hinten am Fuß der Wand liegt, gibt es da auch eine harmlose Erklärung?«, fragte Veit. »Ich meine, die hätte er doch auf jeden Fall melden müssen.«

»Aber vielleicht hat er sie gar nicht gefunden.«

»Was?«

»Vielleicht hat Gruhn die Frau gar nicht gefunden, sondern nur etwas, was sie beim Sturz verloren hat, und deswegen die Stelle markiert. Wir sind doch nur so schnell auf die Leiche gestoßen, weil es Sommer ist und uns der Gestank sofort zu ihr geführt hat. Aber sie liegt offensichtlich schon eine ganze Weile dort, und vielleicht ist Gruhn einfach letzten Herbst oder Winter an der Stelle vorbeikommen, hat irgendwas im Laub gefunden – die Sonnenbrille zum Beispiel – und es zu seiner Sammlung gelegt. Einsame alte Menschen führen über alles Mögliche Buch: ihre Mahlzeiten, ihren Puls, ihren Stuhlgang. Und manche legen auch seltsame Sammlungen an.«

»Und das Tuch in der Schublade?«, fragte Veit. »Das Tuch und der Ring – die uns überhaupt erst zu dieser merkwürdigen Schnitzeljagd veranlasst haben? Von denen du gesagt hast, sie seien auf jeden Fall dieselben wie auf dem Foto in der Kapelle?«

»Sagen wir, der alte Mann auf dem Foto hat die Sachen wirklich irgendwo als Hilferuf hinterlassen und Gruhn hat sie gefunden«, erwiderte Anna. »Er hat die Gegend im Alleingang durchkämmt, wie du gesagt hast. Aber er war bei seiner Suche erfolglos und hat die Sachen dann einfach zu den anderen in die Schublade gelegt, wie immer. Dass er ein seltsamer alter Kauz ist, steht außer Frage.

Vielleicht ist er deswegen so auf mich los: Weil er insgeheim wusste, dass er die Funde längst hätte melden sollen. Einen wirklichen Beweis, dass an jedem Kreuz auf diesem Ausdruck ein Toter liegt und dass Gruhn von all diesen Toten weiß, haben wir bis jetzt eigentlich nicht. Vielleicht ist das alles nur eine Verkettung merkwürdiger Zufälle, und wir bilden uns etwas ein, was überhaupt nicht da ist. Wir haben gestern beide eine ganze Menge getrunken und kaum geschlafen – da wäre das nicht so unwahrscheinlich.«

Veit sah sie einen Moment lang an. »Du hättest vielleicht wirklich Detektivin werden sollen«, sagte er dann. »Du kannst wirklich verdammt gut denken.«

»Danke«, sagte Anna und merkte, wie trotz des Ernstes der Situation ihr Gesicht zu glühen begann. »Aber wie dir sicher klar ist, ist das alles nicht mehr als eine schöne Theorie. Liegt auch nur an einer der anderen Stellen ebenfalls eine Leiche, fällt diese Theorie in sich zusammen wie ein Kartenhaus.«

»Ja, das ist mir klar«, antwortete Veit und deutete auf den Ausdruck. »Deswegen werde ich mir auch noch eine der anderen Stellen ansehen: Diese da im Wald weiter unten, wo kein Adler jemals hinkäme. Aber dich bringe ich vorher nach Ramsau zurück.«

»*Wie bitte?*«

»Ich möchte auch wissen, was hier los ist, bevor ich mit der Sache zur Polizei gehe oder sonst irgendwie die Pferde scheu mache«, erklärte Veit. »Schon weil ich Gruhn mag und er ein Freund meines Vaters war. Aber wenn dort auch wieder ein Toter liegt und Gruhn all diese Leichen nicht gemeldet hat, dann ist hier irgendwas mächtig faul. Und deswegen ist es besser, wenn ich dich jetzt zuallererst mal aus diesem Tal fortschaffe.«

10

»Das blöde Ding ist nirgendwo«, sagte Simon mit quengeliger Stimme. »Wir haben jetzt schon zweimal alles abgesucht. Wieso hat Mami es auch weggeworfen? Was habt ihr denn da gemacht, eben?«

»Nichts, wir waren uns nur nicht einig, welchen Weg wir nehmen sollen«, erwiderte Gernot. »Mach dir keine Sorgen.«

Die Erinnerung, wie seine Eltern um das iPhone gerungen hatten, war für den Jungen offensichtlich nach wie vor beunruhigender als die Tatsache, dass sie es nicht wiederfinden konnten. Kathrin und Gernot hatten sich nach dem grotesken Handgemenge schnell wieder eingekriegt, und auch jetzt widersprach Kathrin ihrem Mann nicht. Sophie in die Augen sehen, die dicht neben ihr den abschüssigen Waldboden absuchte und ihr immer wieder misstrauische Blicke zuwarf, konnte sie allerdings ebenfalls nicht.

Sie suchten noch ein paar Minuten weiter, aber schließlich erklärte Gernot, dass sie dann eben ohne das iPhone auskommen müssten. »Es waren ein paar wichtige Firmenmails drauf, die eigentlich streng vertraulich sind«, sagte er, fügte dann jedoch eilig hinzu, dass das Gerät hier im Wald vermutlich genauso sicher liege wie in einem Safe. »So oder so sollten wir jetzt weiterfahren, sonst kommen wir selbst auf der kürzeren Strecke in Zeitnot. Den Weg müsste ich eigentlich auch ohne das iPhone finden.«

»Du willst auf deiner Strecke weiterfahren?«, fragte Kathrin und bemühte sich um einen möglichst neutralen Ton. »Aber wäre es nicht vielleicht klüger, kehrtzumachen und den Weg zurückzufahren, den wir gekommen sind? Sonst verfahren wir uns am Ende noch.«

»Verfahren können wir uns auch, wenn wir kehrtmachen«, entgegnete Gernot. »Außerdem ist es schon spät, und alles wieder zurückradeln, das schaffen wir vor Anbruch der Dunkelheit nie. Dann müssten wir auch alles wieder bergauf fahren, was wir heute bergab gefahren sind.«

»Nein, wir fahren weiter da lang, wo Papi langwollte«, verkündete Simon und stapfte entschlossen zu seinem Rad zurück. »Ich habe keine Lust, alles wieder zurückzufahren, und Sophie bestimmt auch nicht.«

Ihr Streit hatte die alten Bündnisse innerhalb der Familie gelockert, die Zugehörigkeiten durcheinandergebracht, und Sophie lief nach kurzem Schulterzucken ihrem Bruder hinterher. Auch Kathrin und Gernot folgten nach kurzem Zögern den Kindern hinauf zum Weg.

Simon fuhr voraus: Kathrin hatte das Gefühl, er wollte sich beeilen, um vielleicht im Hotel wieder schwimmen gehen zu können – der letzte Moment gestern, an dem alles so gewesen war wie immer. Kaum war er aber 30 Meter gefahren, blieb er plötzlich schlitternd wieder stehen.

»Kommt mal schnell her!«, rief er begeistert und zeigte durch eine Lücke zwischen den Bäumen. »So was habt ihr noch nicht gesehen!«

Der Vogel kreiste über dem Tal, an dessen Flanke sie entlangfuhren, und stieg im Aufwind langsam höher. Er erinnerte Kathrin an den Gleitschirmflieger, den sie gestern gesehen hatten – allerdings nicht nur, weil er wie dieser die Thermik nutzte.

»Kann es sein, dass der riesig ist?«, fragte sie. »Oder wirkt das nur so? Ich wusste nicht, dass die so groß werden. Das ist ein Adler, richtig?«

»Ja, ein Steinadler«, antwortete Gernot. »So wie er über unserem Bett hing – die werden schon ziemlich groß. Fantastisches Tier, nicht wahr? Seht mal, der eine Flügel, da hat er noch Daunen. Das heißt, es ist noch ein ganz junges Tier und wird *noch* größer. Wirklich prächtiger Bursche, oder Kinder?«

»Der ist so groß wie die aus Herr der Ringe«, sagte Simon andächtig. »Aber wieso fliegt er die ganze Zeit im Kreis? Hat er sich verirrt?«

»Nein, der sucht nach Futter«, erklärte ihm mit ungewohnter Milde seine Schwester, die ihr Rad auf den Boden gelegt hatte und neben ihm stand. »Nach Murmeltieren und so.«

»Und wie sieht er die von da oben?«, fragte Simon. »Die sind doch nicht so groß.«

»Adler haben unheimlich gute Augen«, erklärte Gernot und legte den Kindern von hinten die Hände auf die Schultern. »Selbst eine Blindschleiche, die sich durchs Gras schlängelt, sieht der von da oben noch.«

Er blickte zu Kathrin herüber, und im Zauber des

Moments lächelten sich die beiden kurz an, als sei alles mit ihnen und ihrer Familie in bester Ordnung. Dann war der Moment vorbei, Gernot wandte den Kopf ab. Doch kurz zuvor hatte Kathrin das Gefühl, zum ersten Mal einen Ausdruck von Reue in seinem Gesicht zu erkennen. Er sah noch kurz mit den Kindern zum Himmel, rüttelte ihnen dann aber an der Schulter, um auch sie aus ihrem schönen Bann zu wecken.

»Kommt, lasst uns weiterfahren«, sagte er. »Sonst müssen wir uns zum Abendessen auch ein Murmeltier fangen.«

11

»Nein, hier ist nichts. Nirgendwo was zu finden.«

Anna stocherte mit ihrem Ast noch etwas im Unterholz und drehte sich dann zu Veit um. Der ließ die Zweige des Gebüschs wieder zurückschnellen, in das er gerade hineingesehen hatte, und kam zu ihr zurück. Er zuckte mit den Schultern, wirkte aber keineswegs enttäuscht, dass sie nicht wieder irgendwo auf eine Leiche gestoßen waren. Es machte nicht nur seine Entscheidung vertretbarer, ihrem Widerstand nachgegeben und sie doch nicht vorsorglich in Sicherheit gebracht zu haben. Auch der Ausdruck, den er jetzt wieder aus der Hosentasche holte, bekam dadurch ein ganz anderes Gewicht.

»Nein, hier ist nichts und man riecht auch nichts«, sagte er, während er noch einmal die markierte Stelle mit der abglich, an die er sie geführt hatte. »Vielleicht hast du wirklich recht mit deiner Theorie, und wir haben uns nur etwas zusammengesponnen. Lieber wär's mir auf jeden Fall.«

»Jetzt ist es mir fast schon wieder peinlich, dass ich die Sache ins Rollen gebracht habe«, sagte Anna. »Wobei: So haben wir wenigstens eine von den Vermissten gefunden. Gruhn hat sie wohl irgendwie verpasst.«

»Ja, vermutlich«, nickte Veit und zog dann die Brauen hoch. »Andererseits hast du recht: Er ist schon ein ziemlich verschrobener alter Kerl. Vielleicht hat er die Leiche auch gefunden und tatsächlich gemeint, das ginge ihn nichts an. Seine Frau tot, einen neuen Hund hat er sich auch nicht besorgt. Wahrscheinlich hat er längst mit allem abgeschlossen.«

»Bleibt natürlich, dass er all diese Gegenstände niemandem gemeldet hat«, überlegte Anna. »Wenn auch nur einer wirklich so was war wie ein Hilferuf …«

»Na ja, wenn Gruhn die Stellen gründlich abgesucht hat, dann ist da auch nichts, da kann man sich im Normalfall eigentlich sicher sein«, sagte Veit.

Jetzt, wo es so aussah, als könne es für alles doch eine harmlose Erklärung geben, drang wieder seine Sympathie für den alten Förster durch. Anna wies ihn nicht darauf hin, dass Gruhn den Leichnam der alten Frau ja anscheinend auch nicht gefunden hatte; sie bekam langsam das Gefühl, sich schon genug in fremde Angelegenheiten eingemischt zu haben. Veit blickte weiterhin nachdenklich auf das Blatt Papier in seinen Händen.

»Du überlegst, wie du weiter vorgehen sollst, nicht wahr?«, sagte Anna leise.

»Ja«, murmelte Veit. »So richtig weiß ich das nicht. Ich meine, wenn alles nicht so wild ist, wär's mir unangenehm, wenn der alte Herr meinetwegen einen Anpfiff kriegt. Möglicherweise liegen hier irgendwo im Tal doch noch weitere Vermisste, eben nur nicht an den markierten Stellen, und deswegen waren auch all die Knochen in dem Horst. Wenn dann jemand das mit den ganzen Gegenständen erfährt oder gar diesen Ausdruck sieht, wird man Gruhn schon Fragen stellen. Und er wird sich fragen, wie wir an den Kram gekommen sind. Am besten wär's vielleicht sogar, wenn nicht mal er kapiert, dass wir die Tote mithilfe seiner Karte hier gefunden haben. Aber wenn ich die Vermisste jetzt sofort melde, wird er daran denken, wie du gestern an seiner Schublade gestanden hast, und …«

Gerade als er das sagte, knackte irgendwo in der Nähe ein Ast – und Anna fuhr erschrocken herum.

»Alles in Ordnung?«, fragte Veit und sah besorgt von seinem Blatt auf. »Geht es dir gut? Du siehst aus, als hättest du gerade fast einen Herzschlag gekriegt.«

»Ja, ja, alles klar«, beruhigte ihn Anna. »Ich seh nur nicht jeden Tag eine Leiche, deswegen bin ich wahrscheinlich ein bisschen neben der Spur. Sag mal, hast du eigentlich die Tür da oben wieder abgeschlossen?«

»Welche Tür?«

»Die zu dem Anbau, die du mit dem Taschenmesser aufgemacht hast. Wir haben alles wieder so hingelegt, wie es war. Aber hast du auch die Tür wieder verschlossen?«

»Hab ich? Ich weiß nicht …« Veit dachte kurz nach, zuckte dann jedoch mit den Schultern. »Ist aber auch nicht so wichtig, gestern war sie ja auch offen.«

Er blickte wieder auf das Blatt nieder und rieb sich nachdenklich übers Kinn. »Vielleicht kann ich es wirklich irgendwie so aussehen lassen, dass mich die Weiße zu der Toten führt«, murmelte er. »Denn dem Hinweis von dem Institut muss ich schließlich auf jeden Fall nachgehen. Noch unauffälliger wär's aber wahrscheinlich, wenn ich mich erst nach dem Wochenende darum kümmere.«

Er sah wieder von dem Ausdruck auf und blickte ihr ins Gesicht. »Sag, hättest du ein sehr großes Problem damit, wenn die Tote noch ein, zwei Tage länger unter dem Steig liegenbleibt? Ich weiß, das wirkt vielleicht ein bisschen herzlos – aber tot ist sie sowieso.« Er machte ein ernstes Gesicht und schüttelte das Blatt in seiner Hand. »Gruhn werde ich auf jeden Fall noch irgendwann fragen, was er sich bei dem Ganzen gedacht hat, da kannst du sicher sein, und die anderen Stellen sehe ich mir zur Sicherheit auch noch mal irgendwann an. Jetzt direkt würde ich aber lieber anders an die Sache rangehen, und da müsste ich wissen, ob du … Na ja, ich will nicht von dir verlangen, offen für mich zu lügen, aber …«

Kaum wirkte alles wieder halbwegs normal, stand Veit auf der Seite von Gruhn und nicht auf der irgendwelcher fremder Wanderer oder gar der Behörden. Schon machte er auch wieder seine eigenen Regeln. Doch auf welcher Seite stand sie eigentlich, und an wessen Regeln sollte sie sich halten? Schließlich hatte nicht nur Veit seit gestern nichts mehr bei Künzl von sich hören lassen, sondern auch sie – und gut für ihr Verhältnis zu dem Parkleiter war das bestimmt nicht. Sie war doch eigentlich die Brave, die Spießerin, die ›Deutsche‹, die stets versuchte, dem Privileg ihres mit so vielen Vorteilen verbundenen Namens gerecht zu werden.

Doch als sie Veit jetzt ins Gesicht sah, musste sie nicht lange nachdenken, um zu wissen, auf wessen Seite sie stand: gerade weil er keine Sekunde zögerte, zum Wohl des alten Försters die Regeln zu brechen – oder zumindest nicht auf den Buchstaben genau zu beachten.

»Nein, ich habe kein Problem damit«, sagte sie. »Und genauso, wie irgendwelche Tiere die Leiche getarnt haben, können sie sie auch wieder freigelegt haben. Nur falls sich nächste Woche jemand darüber wundert, meine ich.«

»Oh ja, daran habe ich gar nicht gedacht«, sagte Veit und betrachtete sie mit demselben anerkennenden Blick wie vorhin. »Ich sollte wahrscheinlich jeden weiteren Schritt vorher genau mit dir durchsprechen, du bist einfach fitter im Kopf als ich – sonst bau ich am Ende noch irgendeinen Mist. Aber jetzt lass uns erst mal wieder in die Zivilisation zurückkehren und irgendwas Nettes machen. Für heute haben wir wirklich genug Detektiv gespielt.«

Ja! Obwohl Anna sich dunkel bewusst war, dass es sich auch bei ihrer neuen Erklärung für all die Seltsamkeiten im Grunde nur um eine Theorie handelte, war auch sie mehr als bereit, die Sache fürs Erste auf sich beruhen zu lassen und sich wieder angenehmeren Dingen zuzuwenden. Seit gestern Morgen war sie praktisch ununterbrochen von einer aufregenden Situation in die nächste gestolpert, und inzwischen merkte sie, wie erschöpft sie war. Sie erinnerte sich, dass sie gerade etwas essen gehen wollten, als Veit das mit den falschen Flugbewegungen bemerkt hatte, und wenn ihr auch immer noch ein bisschen flau im Magen war, hatte dieses Vorhaben plötzlich etwas geradezu paradiesisch Normales für sie an sich.

»Ja, lass uns aus dem Wald raus und in die Sonne«, sagte sie müde. »Vielleicht steigen wir einfach in eins dieser albernen Bötchen und lassen uns ein bisschen die Seeluft um die Nase wehen. Hier mag keine neue Leiche liegen, aber den Geruch von der anderen habe ich irgendwie immer noch in der Nase.«

Lass uns da wieder anfangen, wo wir vorhin aufgehört haben, bedeuteten ihre Worte. Aber an Veits Blick erkannte sie, dass das nicht möglich war – weil sie diesen Punkt unwiderruflich überschritten hatten. Genau wie ihr seine instinktive Sorge um den alten Förster eben tiefen Einblick in seinen Charakter gegeben hatte, schien auch er sie nach dem intensiven Austausch der letzten Stunden mit anderen Augen zu betrachten.

Er lächelte verständnisvoll, faltete demonstrativ den Ausdruck zusammen und steckte ihn in die Tasche. Dann forderte er sie mit einer winzigen Bewegung des Kinns auf, mit ihm den Rückweg anzutreten, und als Anna merkte, wie vertraut sie schon miteinander waren, machte ihr Herz einen kleinen Hopser.

Als hätte der Hopser sie von den Füßen geholt, schlug sie im nächsten Moment der Länge nach auf den Boden – landete mit den Händen voran im trockenen Laub. Sofort setzte sie sich wieder auf und blickte erschrocken um sich.

Ich bin nur gestolpert, begriff sie erleichtert, und Veit fasste sie auch bereits am Arm, um ihr aufzuhelfen. Quasi im selben Augenblick ließ er sie jedoch wieder los, sodass sie erneut die Balance verlor und hart auf dem Hintern landete.

»Na, vielen Dank«, beklagte sie sich entrüstet. »Du bist mir ja ein schöner Kavalier.«

Aber Veit antwortete nicht – er war zu sehr damit beschäftigt, das Laub von dem Hubbel zu entfernen, über den sie gestolpert war. Mit hastigen Bewegungen wischte er Blätter und Reisig fort, machte dabei einen Schritt zur Seite, dann noch einen und richtete sich schließlich wieder auf.

»Was … was ist das?«, fragte Anna leise, obwohl ein schreckliches Gefühl in ihrem Innern es ihr klar und deutlich sagte.

»Keine Ahnung«, murmelte Veit und starrte mit ernster Miene auf die längliche Erhebung nieder, die sich vor ihnen über den Waldboden streckte. »Warte hier: Ich geh schnell zum Auto und hole eine Schaufel.«

12

Gernot saß neben seinem Rad und rieb sich den Rücken.

»Alles okay?«, fragte Kathrin und blieb neben ihm stehen.

»Ja, ja«, antwortete Gernot. »Ich hab mich nur nach der Sonne umgedreht und dadurch die blöde Wurzel da übersehen. Aber ich hab mir nichts getan. Sah schlimmer aus, als es war.«

Kathrin blickte sich ebenfalls nach der Sonne um, die langsam, aber stetig dem Horizont näherrückte. Sie sah zu den Kindern hinüber, die mit betretenen Mienen ein Stück weiter hinten standen – sie alle erlebten es zum ersten Mal, dass Gernot die Kontrolle über sein Rad verlor. Dann ließ sie den Blick über das Tal schweifen, auf das sie jetzt wieder mehr oder weniger komplett freie Sicht hatten.

»Bist du ganz sicher, dass es hier lang geht?«, fragte Kathrin ihren Mann leise. »Ich sehe da unten keine einzige Hütte.«

»Da wollen wir auch gar nicht hin«, erwiderte Gernot grimmig, während er sein Rad aufhob. »Irgendwann kommt eine Abzweigung, und dann fahren wir über einen Pass ins Tal nebenan.«

Kathrin blickte geradeaus, wo sich über abschüssigen Wiesen und Waldstücken schroffes Karstgestein auftürmte.

»Da geht ein Pass drüber?«, fragte sie erstaunt. »Wann kommt der denn?«

»Bald – hoffe ich«, sagte Gernot und stieg wieder auf. »Bald, und dann haben wir's auch bald geschafft. Also, weiter im Takt.«

Er ließ den kleinen Metallschlitten an der Sohle seiner Fahrradschuhe in die erste Pedale einrasten und wollte gerade wieder antreten. Doch da schrie hinter ihnen Sophie überrascht auf.

»Da, seht mal!«, rief sie mit einem Anflug von Erschrockenheit in der Stimme. »Da sind wieder Adler!«

Kathrin hatte die ganze Zeit nicht mehr zum Himmel geblickt, dafür war das Terrain zu schwierig. Doch als sie es jetzt tat, erschrak sie ebenfalls ein wenig. Hoch oben im makellosen Blau schwebte nicht mehr nur ein Adler – gleich drei der großen Vögel zogen ihre Kreise. Sie kreisten nicht einzeln, sondern gemeinsam: Der Adler, den sie vorhin schon gesehen hatten, flog voraus; selbst so weit oben war er leicht an seiner enormen Größe und dem einen weißen Flügel zu erkennen. Dahinter flogen ein ganz dunkler Vogel sowie einer, der noch am ganzen Körper weiße Daunen im Gefieder hatte, beide ziemlich nah zusammen. Insgesamt wirkte die Formation auf Kathrin unangenehm intelligent – und plötzlich musste sie wieder an das rötlich braune Auge denken, das gestern Abend mit kühl abschätzendem Blick auf sie und Gernot niederzustarren schien.

»Zwei Männchen, die sich um ein Weibchen streiten«, sagte Gernot, der diesmal anscheinend nicht ganz so begeistert von dem Anblick war wie vorhin. »Es ist vermutlich gerade Paarungszeit.«

»Nein, ich glaube, die jagen gemeinsam«, entgegnete Sophie, das Gesicht weiterhin mit leicht besorgter Miene zum Himmel gerichtet. »Die Paarungszeit ist im Winter. In einem der Hotels lag so eine Broschüre rum.«

»Sie jagen zu dritt?«, fragte Kathrin erstaunt.

»Ja, das machen die wohl oft so«, antwortete Sophie. »Die Eltern und ihr Junges. Die Eltern zeigen ihm, wie es geht. Zwei scheuchen ein paar Gämsen auf, und der Dritte schnappt sich in der Zeit ein Kitz. Oder sie treiben die ganze Herde über eine Felskante.«

»Na gut, dann jagen sie eben«, sagte Gernot, der offensichtlich gerade weder irgendwelche Verbesserungen noch irgendwelche Horrorgeschichten hören wollte. »Lassen wir sie jagen, lassen wir sie in Ruhe dort oben ihre Kreise ziehen. Kommt, auf, auf, weiter geht's.«

Wieder wollte er antreten. Doch diesmal hielt ihn Simon davon ab, der bisher die ganze Zeit mit nachdenklicher Miene stumm zum Himmel gesehen hatte.

»Kreisen die über uns?«, fragte er – seine Stimme noch eine Spur beunruhigter als die von Sophie eben. Die Frage war auch in Kathrin schon aufgetaucht, angesichts des unheimlichen Geschwaders dort am Himmel, doch sie hatte sie auf ihren angespannten Gesamtzustand geschoben.

»Nein, die kreisen über dem *Tal*«, erklärte Gernot gereizt. »Jetzt fangt bloß nicht an, verrückt zu spielen. Das sind nur ein paar harmlose Vögel, die sich ihr Abendessen suchen. Wir müssen jetzt wirklich weiter. Sonst können wir heute Nacht im Freien schlafen.«

13

Die Erde hatte den Geruch gedämpft. Anna hätte es nicht für möglich gehalten, doch jetzt war er noch schlimmer als bei der ersten Leiche. Die Verwesung war bei Weitem nicht so weit fortgeschritten, und Anna musste ständig zwischen der wächsernen Hand, die aus der Erde ragte, und der Schulter der bunten Ballonseidenjacke hin- und hersehen, die der Tote trug. Aus dem langen Riss in dem dünnen Stoff kroch eine einzelne gelbe Made – wie ein Mieter, der empört sein von einem Riesen gestörtes Heim verließ. Anna hatte das seltsame Bedürfnis, die Made von der Jacke zu wischen, auch die restlichen Erdklumpen zu entfernen, doch sie bewegte sich keinen Millimeter. Veit war damit beschäftigt, den Kopf des Toten freizulegen.

»Ist das auch von einem Adler?«, fragte Anna, als er mit verstörender Umstandslosigkeit Erde aus dem Loch klaubte, das der Tote statt des linken Auges im Gesicht hatte.

Veit hob den Schädel der Leiche an und betrachtete ihren Hinterkopf, den Anna von ihrer Position zum Glück nicht sehen konnte. »Nein, das ist von einer Kugel«, sagte er. »Dem hat jemand in den Kopf geschossen.«

Anna machte einen Schritt nach hinten. »Wie bitte?«, fragte sie mit erstickter Stimme. Der Waldboden unter ihren Füßen fühlte sich plötzlich so weich und nachgiebig an wie Schaumstoff. »Der Mann wurde erschossen?«

Veit stand auf, wischte sich die Hände an seiner Shorts ab und blickte verwirrt auf den Toten nieder.

»Ich verstehe überhaupt nichts mehr«, sagte er. »Ein Jagdunfall vielleicht … Wilderer, die hier illegal unterwegs waren. Sie haben nicht aufgepasst und dann versucht, es zu vertuschen.«

Er schüttelte den Kopf. »Aber der Typ sieht nicht aus wie ein Jäger. Und was soll dann diese Wunde an der Brust? Die kommt von einem Adler, da bin ich mir ganz sicher: Die hat ein Adler mit seiner Klaue gemacht.«

Zum hundertsten Mal holte er den Ausdruck aus seiner Tasche. »Und diese Karte hier«, sagte er leise. »All diese Kreuze … neun Leute insgesamt … Gruhn …«

»Das war kein Unfall«, sagte plötzlich eine tiefe Stimme – nur ein paar Meter entfernt.

Anna fuhr herum und sah den alten Förster hinter einem Baum hervortreten. Trotz der sommerlichen Temperaturen trug er wieder seine speckige grüne Öljacke, wie beim letzten Mal, doch statt eines Fernglases hatte er diesmal ein Gewehr dabei. Er trug die Waffe locker überm Arm, den Lauf zu Boden gerichtet. Trotzdem war klar, dass er nicht zufällig auf einem seiner Rundgänge hier vorbeikam.

»*Was?*«, fragte Veit ihn entgeistert.

»Das war kein Unfall«, wiederholte er. »Das war ein Fangschuss.«

»Aber … aber Gruhn«, stammelte Veit und wies bestürzt auf die Leiche. »Was redest du denn da?«

»Ihr hättet mich nicht zum Naturschützer machen dürfen, Veit«, sagte der alte Förster. »Ihr hättet mir nicht diesen Apparat in die Hütte stellen dürfen, wo ich den ganzen Tag ihren Weg verfolgen kann. Immer weiß, wo sie ist, an ihrem Leben teilhabe. Wie bei einem Kind – oder einer Frau, meine Güte …«

»Wovon sprichst du, von der Adlerin?«, fragte Veit. Gruhns Worte hatten etwas von einem Geständnis, aber auch ein ehrlicher Vorwurf schwang in seiner Stimme mit. Er sah zu Boden, schüttelte sanft den Kopf und blickte dann mit seinen einsamen blauen Augen wieder zu ihnen auf. Anna und Veit starrten den traurigen alten Riesen fassungslos an.

»Aber … aber sie hat doch deinen Hund getötet«, sagte Veit, dessen Hirn sich in seiner Verwirrung genauso an einzelnen Details festzuhaken schien wie Annas. »Ich dachte eigentlich, du wolltest sie abschießen …«

»Ja, das dachte Künzl wohl auch«, erwiderte Gruhn. »Und das hatte ich ursprünglich auch vor. Immer, wenn ich sie kreisen gesehen habe, bin ich los. Wenn sie auf einem Riss hockt, dachte ich, dann erwische ich sie.«

Gruhns Augen blitzten, und in seiner grimmigen Miene spiegelten sich derselbe Jagdeifer und dieselben Rachegelüste, mit denen er der Adlerin damals wohl nachgestellt hatte. Plötzlich jedoch entspannten sich seine Züge und wurden so sanft, dass es im kantig-herben Gesicht des Kolosses fast ein wenig komisch wirkte.

»Aber als sich dann endlich die Gelegenheit bot, hatte ich ihr schon zu lange zugeschaut – tagein, tagaus«, sagte er. Sein Gesicht überzog sich mit einem beseelten Glanz. »So ein prächtiges, schlaues und stolzes Tier«, sagte er voller Inbrunst. »Der Terzel macht seine Sache schon recht ordentlich, ist ein braver Bursche. Aber dieses Adlerweib, die Weiße … die ist wirklich einzigartig. Ich habe es nicht übers Herz gebracht, sie zu schießen. Ich hatte sie schon im Visier, hätte nur noch abdrücken brauchen – aber ich konnte es nicht.«

Wieder schüttelte der Förster den Kopf und sah Veit vorwurfsvoll an. »Ihr hättet es bei der alten Feindschaft belassen sollen, die zwischen Jäger und Adler herrscht«, sagte er. »Ihr hättet mich nicht zum Naturschützer machen dürfen.«

»Aber was hat das mit diesem armen Teufel hier zu tun?«, fragte Veit und wies wieder empört auf den alten

Mann in der Ballonseidenjacke zu ihren Füßen. Auch er musste längst das gesamte Ausmaß des Wahnsinns ahnen, mit dem sie konfrontiert waren. Doch sein Verstand schien sich weiterhin dagegen zu wehren.

»Du hast diesen Mann *absichtlich erschossen*, Gruhn?«, fragte er in scharfem Ton und zeigte auf das schmutzige Loch im Gesicht der Leiche. »Das hier war tatsächlich *absichtlich*?«

»Sie hat Kälber gerissen, und wenn sie jemand davon wegscheuchen wollte, hat sie *den* weggescheucht«, erzählte der Förster, Gesicht und Stimme wieder voller Bewunderung. »Oder sogar gepackt und vom Fels geschmissen – wie meinen Hund. Nachdem ich damals auf der Alm auf sie geschossen hatte, ist sie da aber nicht mehr hin. Und nachdem du sie mit präpariertem Fleisch reingelegt hast, hat sie auch kein Aas mehr angerührt. Also kam nur noch frische Beute in Frage, aber die gibt's selbst hier draußen am Rand des Nationalparks kaum noch – so viele Wanderer, wie durchkommen, und so viele Flieger, wie drübergehen. Was blieb ihr da anderes übrig? Die Größe hat sie, klug und geschickt genug ist sie auch. Da war es nur eine Frage der Zeit, bis sie es probiert.«

»*Was probiert*, Gruhn?«, fragte Veit, während der Förster unschuldig die Schultern hob. »Für mich sprichst du immer noch in Rätseln. Was ist denn das nur für eine haarsträubende Geschichte, die du da erzählst?«

»Bis die Adlerin probiert, einen Menschen zu reißen«, sagte Anna und zeigte auf den Schlitz in der bunten Jacke, aus dem inzwischen noch mehr Maden gekrochen waren. »So wie diesen Mann hier. Und die alte Frau weiter oben hat sie auch vom Steig geholt, nicht wahr?«

»Kluges Mädchen«, nickte der Förster, wendete sich dann jedoch sofort wieder Veit zu. »Einmal bin ich los, da hockte sie nicht auf einer Gams oder einem Fuchs, sondern auf einer Touristin. Junges Maderl war's, so wie deins da – der Herrgott weiß, was sie allein hier draußen wollte. Die Weiße hatte ihr die Klauen durch den Schädel geschlagen wie einem jungen Reh.«

Unheimlicher noch als das, was Gruhn erzählte, waren sein unbekümmerter Ton und seine unbeschwerte Miene. Veit sah ihn mit großen Augen an.

»Die Adlerin geht also tatsächlich auf Menschen los?«, fragte er. »Das ist kein Märchen? Sie attackiert Menschen?«

»Beobachtet, attackiert und erlegt sie dann«, antwortete Gruhn. »Als wär's ganz normales Wild.«

»Aber warum hast du das denn nicht gemeldet?«, fragte Veit. »Und was … was hat das alles damit zu tun, dass hier eine Leiche mit zerschossenem Schädel liegt?«

War er wirklich so schwer von Begriff oder wollte er Zeit schinden, fragte sich Anna verwirrt. Doch dann verstand sie: Gruhn war nicht nur ein Freund seines Vaters gewesen, sondern vielleicht auch so etwas wie eine Vaterfigur für ihn. Gestern in der Hütte hatte sie gesehen, wie viel Respekt er dem alten Förster entgegenbrachte, und in gewisser Weise hatte er sogar den gleichen Beruf gewählt. Da fiel es ihm jetzt nicht leicht, zu begreifen, was Gruhn getan hatte.

»Melden hätte ich's wohl sollen«, sagte der alte Mann. »Aber irgendwie wollt ich's nicht, weil wir sie dann auf jeden Fall aus der Wildbahn hätten nehmen müssen. Gerade du müsstest das doch verstehen, Veit. Du hast dich doch selbst immer so für sie eingesetzt.«

»Sicher, ich wollte sie vor Hirlinger schützen«, erwiderte Veit. »Aber ich wusste ja auch nicht, dass er die Wahrheit sagt. Dass sie tatsächlich Menschen angreift.«

»Das tote Maderl habe ich einfach liegen lassen«, erklärte Gruhn. »War sowieso eine Stelle, wo nie jemand hinkommt. Bei uns in den Bergen verschwinden schließlich öfter mal Leute. Beim nächsten Mal hat sie den Terzel mitgenommen, und ich bin wieder erst gekommen, als die Sache schon vorüber war. Beim dritten Mal haben sie sich gleich an zwei rangewagt, und ich kam rechtzeitig, um alles mitanzusehen.«

»Mein Gott!«, entfuhr es Anna, und sie blickte voller Grauen auf die aufgeschlitzte Jacke nieder. Gruhn sah zu ihr herüber und lächelte böse.

»Es war so ähnlich wie bei den zwei Alten hier«, sagte er. »Die Adlerin hat wieder alles richtig gemacht und die Wandersfrau vom Steig geworfen. Dem Mann hat der Terzel aber nur den Rücken aufgerissen, und nachdem er die Felsen runtergepurzelt ist, konnte er in den Wald fliehen.« Der alte Förster hob kurz den Lauf des Gewehrs an und wies mit dem Kinn auf den Toten zwischen ihnen. »Da musste ich mich dann entscheiden …«

»Und da hast du ihn … Du hast ihn …« Veit schien immer noch Schwierigkeiten zu haben, die Realität mit seinem alten Bild des Försters in Einklang zu bringen.

»Ja, das habe ich«, sagte Gruhn und blickte dem jüngeren Mann, der ihm so auffallend ähnlich sah, ruhig ins Gesicht. Veit schüttelte jedoch weiterhin abwehrend den Kopf.

»Aber das ist doch … Gruhn, du kannst doch nicht …«

Plötzlich änderte sich die Miene des alten Mannes wieder und überzog sich mit einem seltsamen Glanz. Er sah noch furchteinflößender aus als je zuvor.

»Du weißt doch, dass meine Ellie gestorben ist«, sagte er leise. Er wirkte auf einmal so abwesend und im Bann seiner Erinnerung, dass Anna kurz überlegte, einen Fluchtversuch zu wagen. Doch ihre Beine, ihre Knie, der Boden – alles fühlte sich immer noch an wie aus Gummi.

»Ja, natürlich«, antwortete Veit und runzelte die Stirn. »Natürlich weiß ich das. Bei der Beerdigung wolltest du ja niemanden dabeihaben, aber …«

»Und du weißt auch, wie sie auf die Welt gekommen ist und was sie später getan hat«, sagte Gruhn. »Was für eine Frau sie war.«

»Wie sie auf die Welt gekommen ist?«, fragte Veit verwirrt. »Ich weiß, was man sich unten in der Stadt erzählt hat, Gruhn. Aber ich habe nie was drauf gegeben. Mein Vater hat gesagt, ihr hättet euch sehr nahegestanden, und …«

»Es war ihr eigener Vater, den sie damals umgebracht hat«, erklärte Gruhn feierlich. »Er war der letzte von diesen Schweinehunden, die das ihrer Mutter angetan hatten – aber es war auch ihr eigener Erzeuger. Sie hat es in seinen Augen gesehen, als das Leben aus ihm gewichen ist: Es waren ihre eigenen. Mit diesem Gewehr hier hat sie ihn gerichtet, genau mit diesem Gewehr. Sie war eine ganz und gar einzigartige Frau.«

Seltsamerweise schöpfte Anna wieder etwas Hoffnung. Gruhn wirkte so verrückt und die Dinge, von denen er sprach, so weit von ihr entfernt, dass sie sich immer mehr wie eine unwichtige Nebenfigur vorkam. Sie machte einen winzigen Schritt nach hinten, und tatsächlich schien es keiner der beiden zu bemerken. Veit starrte Gruhn perplex an; der alte Mann redete unbeirrt weiter.

»Die Leute haben gedacht, sie sei einsam hier draußen mit mir, aber sie hat die Berge genauso geliebt wie ich. Kinder hat sie keine mehr gewollt, nachdem sie wusste, von wem sie abstammen würden, aber sie hatte ihre Spaziergänge und ihre Bücher. Jedes Mal, wenn ich in die Stadt ging, musste ich ihr neue holen, aus dem Laden oder der Bibliothek, und noch vor ihrer Krankheit hat sie angefangen, sich mit Religion und fremden Glauben und all solchen Sachen zu beschäftigen. Erst habe ich gelacht, wenn sie mir was von Seelenwanderung und Wiedergeburt erzählen wollte. Aber ich glaube nur, weil ich Tiere im Grunde schon immer für was Besseres gehalten habe als Menschen – deswegen kam mir das alles vor wie auf den Kopf gestellt. Man kann viel sehen, wenn das Leben aus den Augen weicht, wenn man einen Hirsch oder einen Eber abnickt, mit dem Fänger oder sogar der Pistole. Sie haben eine bessere Seele als wir, Veit, einfacher und reiner. Wie meine Ellie – egal, wie sie zustandekam.«

»Gruhn«, sagte Veit sanft. Er machte einen zaghaften Schritt nach vorn, Anna wieder einen unauffälligen nach hinten. »Gruhn, ich liebe die Tiere doch auch, aber …«

»Ich hätte nur noch abdrücken brauchen«, erklärte der Förster. »Aber genau in dem Moment dreht sie plötzlich den Kopf und sieht genau zu mir herüber. Das Fernrohr kann nicht geblitzt haben, es gab nicht mal Sonne, aber trotzdem dreht sie sich um und schaut mir mitten ins Gesicht – gerade als ich den Abzug drücken will. *Es war meine Ellie*, Veit, ich habe es ganz deutlich gespürt: Sie hat mir direkt in die Augen gesehen.«

Veit machte noch einen Schritt auf Gruhn zu, doch obwohl der Förster jetzt mit gänzlich abwesender Miene vor ihnen stand, verharrte Anna wie angewurzelt auf ihrem Platz. Sie musste daran denken, wie sich gestern Morgen ihr eigener Blick mit dem von einem der Adler getroffen hatte, und plötzlich kamen ihr Gruhns Worte nicht mehr halb so irre vor wie eben noch. Es war dumm, unvernünftig, geradezu selbstmörderisch: Aber der Gedanke, allein in den Wald zu rennen, wirkte mit einem Mal bedrohlicher auf sie, als hier stehen zu bleiben.

»Du denkst jetzt, allein und ohne meinen Hund bin ich vollends verrückt geworden«, sagte Gruhn zu Veit. »Aber so ist es nicht. Alles ist eins, das spürt jeder, der hier jeden Tag draußen unterwegs ist. Es fließt alles aus derselben Quelle, nährt sich von derselben Kraft, und ob die nun zum Guten oder zum Bösen wirkt, ist dabei gar nicht mal so wichtig. Das glauben die aus der Stadt, die womöglich sogar noch in die Kirche gehen, aber man kann es nur glauben, wenn man Mauern und Altäre braucht, um sich wohlzufühlen – wir beide, Veit, du und ich, wir brauchen das nicht. Wir sehen die Welt so, wie sie am Anfang war, gewachsen und nicht gebaut, und deswegen weißt du, dass ich die Wahrheit sage. Tief in dir spürst du es. Natürlich glaube ich nicht wirklich, das die Seele meiner toten Ellie in die Adlerin übergegangen ist, aber in gewisser Weise glaube ich es eben doch.

Es ist die ganze Zeit um uns herum, hier in den Bäumen, den Bergen, der Luft. Und wenn ein Mensch stirbt, wer weiß schon, wohin er geht – das, was in seinen Augen war. Du musst doch nur einen Moment richtig in dich reinhorchen, Veit, dann weißt du es. Ich habe es vorher ja auch nie gemacht.«

Eben hatte es noch so ausgesehen, als sei die Situation gar nicht mehr so gefährlich – vielleicht war Anna deswegen letztendlich auch noch nicht weggerannt. So ungeheuerlich und unheimlich die Dinge waren, die Gruhn erzählte, er selbst hatte wie ein verwirrter alter Mann gewirkt. Veit hatte sich ihm immer weiter genähert, und Anna hatte schon halb vor sich gesehen, wie er Gruhn mit einem plötzlichen Angriff überrumpelt – oder ihm vielleicht sogar einfach sanft das Gewehr aus der Hand nimmt.

Jetzt schien sich jedoch die Beziehung der beiden plötzlich wieder umzukehren, und Gruhn war auf einmal wieder der erfahrene alte Mann und Veit der nach Orientierung suchende Jüngling. Er blieb stehen und runzelte die Brauen: Irgendetwas von dem, was Gruhn sagte, hatte bei ihm ins Schwarze getroffen – das war nicht zu übersehen. Anna merkte, wie die Angst, die schon die ganze Zeit ihre Glieder lähmte, sich verdoppelte.

Noch schien Veit sich aber gegen den eigenartigen Naturglauben zu sträuben, den der Förster da predigte. Er schüttelte den Kopf und wies erneut auf die Leiche, die halb begraben zwischen ihnen lag.

»Aber deswegen jemanden umbringen …«, sagte er. »Irgendeinen unschuldigen alten Mann, der niemandem was getan hat …«

»Ach, ›unschuldig‹, ›niemandem was getan‹«, höhnte der Förster. »Jetzt versuch doch nicht, mir vorzumachen, darauf käm's dir wirklich an. Du hast doch genauso wenig für Touristen übrig wie ich. Als ich heute Morgen in Berchtesgaden war, habe ich gehört, wie du diese drei Kerle verdroschen hast – und richtig hast du's gemacht. Die haben hier doch alle nichts verloren, mit ihren Kletterseilen, ihren bunten Gleitschirmen und geländegängigen Fahrrädern. Der Künzl lässt viel zu viele rein, der Hirlinger lockt sie mit seinem Biohof – und dann wuseln sie hier rum und machen die Tiere verrückt. Stören den über Jahrtausende gewachsenen Einklang, der zwischen allem herrscht. Diese stille, unbarmherzige, unverdorbene Übereinkunft. Die gehören hier alle nicht hin. Die Adler ja, die nicht. Und die da übrigens auch nicht – vor allem jetzt, wo sie so viel weiß.«

Anna hatte zu lange gezögert. Der verrückte alte Mann hatte sie nicht vergessen, im Gegenteil: Vielleicht redete er sogar nur ihretwegen die ganze Zeit so hartnäckig auf Veit ein.

»Wir müssen doch die Adler schützen«, sagte er in beschwörendem Ton. »Wir müssen doch die Adler vor dem ganzen fremden Pack schützen, das die anderen hier herholen – die Adler, die Tiere und die Berge. Sonst ist hier bald nichts mehr, wie es mal war.«

Anna machte einen Schritt nach hinten. Doch ihre Beine waren so wacklig, dass sie sofort stolperte und erneut auf dem Hosenboden landete. Der Förster hatte die Waffe noch nicht auf sie gerichtet, trotzdem blieb sie wie gelähmt im Laub sitzen und blickte mit stockendem Herzen zu den beiden Männern auf. Diesmal machte Veit keine Anstalten, ihr wieder aufzuhelfen.

»Einen Moment mal, Gruhn«, sagte er und sah den Förster mit gerunzelter Stirn an. »Klar bin ich für die Adler und gegen all die Fremden, die hier rumlaufen – aber das ist ziemlich starker Tobak, mit dem du mir da gerade kommst. Was willst du machen? Sie jetzt auch noch umbringen?«

Veit sprach, als sei der Gedanke vollkommen abwegig. Aber allein, wie er über sie redete – als sei sie gar nicht da –, ließ Anna plötzlich das Blut in den Adern gefrieren.

Renn weg!, schrie eine Stimme in ihr, schrill und unzweideutig wie eine Alarmglocke. *Spring auf und renn schnell weg – das ist jetzt deine letzte Chance!*

Aber ihre Arme und Beine fühlten sich an, als seien sie schon genauso nutzlos wie die der mit Maden übersäten Leiche, die zwei Meter weiter lag: wächsernes, totes Fleisch …

»Nicht ich werde sie umbringen, sondern *du*«, sagte der Förster und warf Veit das Gewehr zu. »Wenn ich dir vertrauen soll, dann musst du auch einen von denen auf dem Gewissen haben. Sie darf nicht mehr aus dem Tal rauskommen, genau wie all die anderen.«

Veit blickte auf das Gewehr in seinen Händen nieder – es sah ganz ähnlich aus wie seins, wirkte nur etwas älter. Dann hob er den Kopf und schaute Anna mit ernster Miene an.

Vor einer Stunde hatte sie sich ihm noch so nah gefühlt, als würden sie sich schon ihr ganzes Leben kennen. Doch jetzt wurde ihr schlagartig bewusst, dass sie ihn eigentlich erst seit gestern Morgen kannte.

Sie kannte ihn kaum länger als einen Tag – und davon war sie den größten Teil der Zeit überzeugt gewesen, es mit einem unberechenbaren Psychopathen zu tun zu haben. In raschen Schnappschüssen sah sie vor sich, wie er die Schnalle seines Gewehrgurts löste, den Stein auf den Traktor schleuderte, dem großen Kletterer in den Bauch schlug.

Sie sah ihm flehend ins Gesicht, konnte den Blick seiner kühlen blauen Augen jedoch nicht deuten. Es waren die gleichen Augen wie die von Gruhn – die zwei Männer hätten ohne Weiteres als Vater und Sohn durchgehen können.

Ist er etwa genauso verrückt wie er?, fragte sich Anna mit einem so tiefen Gefühl der Verlorenheit, wie sie es noch nie in ihrem Leben gespürt hatte.

Denkt er etwa tatsächlich darüber nach, auf den Vorschlag des Försters einzugehen?

14

Ein Schuss hallte durchs Tal, sofort darauf noch einer. Sophie griff so heftig in die Bremsen, dass ihr Hinterrad wegrutschte. Während das beunruhigende Geräusch drei weitere Male die abendliche Stille zerriss, schlitterte das Mädchen schlenkernd den steilen Pfad hinab. Kathrin hielt den Atem an und sah bereits vor sich, wie ihre Tochter über den Lenker stürzte und auf einen der spitzen Steine fiel, die überall aus dem Boden ragten. Doch

Sophie sprang rechtzeitig vom Sattel und kam gerade so mit der Mittelstange zwischen den Beinen zum Stehen.

»Wer ballert denn da rum, verdammte Scheiße?«, kreischte sie empört. »Jetzt wär ich fast hingefallen.«

»Das sind nur Jäger, Liebes«, rief Gernot von unten, ohne auf den Kraftausdruck zu achten. »Hab keine Angst. Steig wieder auf und konzentrier dich, dann schaffst du es auch.«

»Sollen wir nicht lieber schieben?«, rief Kathrin vom Kopf des Pfads, wo sie noch mit Simon stand. »Ist das nicht sicherer?«

Gernot schaute nach links, wo der schmale Pfad um ein schroffes Felsmassiv bog, dann zum tiefblauen Himmel hinauf. »Sobald ihr hier unten seid, schieben wir«, rief er. »Aber das Stück könnt ihr noch fahren. Ich will euch nicht unter Druck setzen, aber wir müssen uns jetzt wirklich langsam sputen. Wenn es dunkel ist, kommen wir nirgendwo mehr hin.«

»Also gut«, sagte Kathrin zu Simon. »Dann mach du dich jetzt auch schon mal auf den Weg. Glaubst du, du schaffst das?«

»Ja klar, Mami, gar kein Problem – das schaff ich mit links. Sophie kriegt es ja auch hin.«

Der Junge war vor Erschöpfung ganz blass, und eben hatte Kathrin gesehen, wie eine seiner schmalen Waden leicht zitterte. Doch er wollte sich nichts anmerken lassen, und Kathrin fehlte die Kraft, sich Gernots Anweisungen zu widersetzen. Sie war selbst müde, hungrig und ängstlich, wie die Kinder. Die Bergkulisse war inzwischen so wildromantisch und einsam wie in keiner Werbebroschüre: Landschaftlich war das mit Abstand der schönste

Teil der Tour, dessen war sich Kathrin trotz ihrer bedenklichen Lage entfernt bewusst. Aber momentan wäre ihr es wesentlich lieber gewesen, wenn eine hässliche Seilbahn oder auch nur eine Schotterstraße den felsigen Berghang verschandelt hätte, den sie hinunter mussten.

Simon stieg mit konzentrierter Miene auf, und zuerst sah es tatsächlich so aus, als hätte er alles unter Kontrolle.

»Gut so, mein Junge!«, rief Gernot zufrieden. »Ganz toll machst du das. Immer so weiter.«

Doch dann kam auch sein Hinterrad ins Rutschen, er ließ die Bremse los, wie Gernot es ihm beigebracht hatte – wurde dadurch jedoch viel zu schnell! Mit stockendem Herzen sah Kathrin, wie er auf einen scharfkantigen Wacker zuraste, der so weit in den Pfad ragte, als wollte der Berg selbst dem Jungen ein Bein stellen.

»Simon!«, schrie Kathrin entsetzt, ließ ihr Rad fallen und stolperte den Hang hinab. Als sie bei ihrem Kind ankam, lag es ein Stück unterhalb des Rades im Staub und hielt sich den Ellbogen. Tapfer kämpfte der Junge gegen die Tränen an, doch sie strömten ihm trotzdem munter wie kleine Gebirgsbäche aus den zusammengekniffenen Augen.

»Alles in Ordnung, mein Sohn?«, rief Gernot. »Hast du dir wehgetan?«

Sophie war wie Kathrin vom Rad gestiegen und hatte ein paar Schritte bergauf gemacht. Gernot jedoch stand weiter mit den Händen auf dem Lenker am Fuß des Pfades. Kathrin ging neben Simon in die Hocke, legte ihm den Arm um die Schultern – und explodierte vor Wut.

»Nichts ist in Ordnung!«, schrie sie vorwurfsvoll. »Schau nur, wie sein Knie blutet.« Es war wie vorhin, als die E-Mail kam: plötzlich einfach alles zu viel. »Dir wär's wohl am liebsten, wenn wir uns hier alle das Genick brechen! Dann könntest du zu deiner Schlampe gehen, und niemand stände dir mehr im Weg.«

Simon war noch zu erschrocken über seinen Sturz, doch Sophie blickte zu ihr herauf, als hätte sie gerade gesagt, sie wollten sie und ihren kleinen Bruder in ein Heim geben. Fassungslos drehte sich das Mädchen nach Gernot um, der unwillig den Kopf schüttelte.

»Kathrin, das ist jetzt wirklich nicht der Zeitpunkt«, rief er streng. »Wir müssen jetzt wirklich schauen, dass wir hier runterkommen. Hilf Simon auf, gib ihm sein Rad und lass ihn den Rest schieben. Wir …«

»Was meint Mama damit, du kannst zu deiner Schlampe gehen?«, fragte Sophie verstört, während Kathrin Simon aufhalf. Sie war 13 und nicht auf den Kopf gefallen. Doch diese Offenbarung schien selbst ihren flinken Geist zu überfordern.

»Nichts, Liebling«, antwortete Gernot. »Setz dich wieder auf dein Rad und mach dir keine Sorgen.«

»Ich meine damit, dass euer Vater ein Schwein ist«, hörte Kathrin sich rufen – worauf selbst Simon sie erschrocken ansah. »Ein Schwein, das unsere Familie kaputtmachen will …«

»*Kathrin!*« Gernot schlug mit der Faust wütend auf den Lenker. »Hör auf, die Kinder verrückt zu machen. Die Lage ist auch so schon schwierig genug.« Er zeigte den Pfad hinab und blickte vorwurfsvoll zu ihr herauf. »Wir müssen jetzt so schnell wie möglich ins Tal, und hier vorn …«

»*Ich* mache die Kinder verrückt?«, schrie Kathrin empört. Sie wusste, wie unvernünftig sie sich verhielt, doch sie konnte nicht anders. »*Ich* mache die Kinder verrückt? Und was ist dann im Tal? Hast du da mal runtergeguckt? Da ist gar nichts. Keine Straße, kein Haus – höchstens ein paar Jäger, denen wir wahrscheinlich direkt vor die Flinte laufen. Du hast dich verfahren und willst es nicht zugeben. In Wirklichkeit hast du nicht den blassesten Schimmer, wo wir sind.«

»Kathrin«, rief Gernot verzweifelt. »Ich verstehe wirklich nicht, wie du vor den Kindern …«

»Stimmt das?«, fragte Simon sie ängstlich. Die Tränen waren versiegt, gebrochen schien er sich nichts zu haben, doch jetzt trat erneut ein feuchter Schimmer auf seine furchtsam geweiteten Augen. »Wir haben uns verirrt? Wir finden nicht mehr nach Hause?«

»Dreh dich um, damit ich dir den Rücken abklopfen kann«, sagte Kathrin und zog sanft an seiner Schulter. Nun, wo alles raus war, fühlte sie sich plötzlich ganz ruhig. »Doch, wir finden schon wieder nach Hause«, sagte sie in beruhigendem Ton zu ihrem Sohn. »Mami ist nur müde und gereizt, und deshalb …«

Im ersten Moment dachte Kathrin, jemand hätte einen Stein auf sie geworfen. Einen großen Stein, der Simon mit solcher Wucht in den Rücken traf, dass er erneut ein Stück den steilen Pfad hinabpurzelte.

Kathrin sah sich instinktiv nach dem mit kleinen Tannen bestandenen Felsmassiv um, das hinter ihnen aufragte, doch dort war niemand zu sehen. Als sie sich wieder umdrehte, hatte Simon sich bereits aufgesetzt und blickte sie fragend an. Er fasste sich an die Schulter, betrachtete kurz seine mit hellem Blut bedeckten Finger und schaute dann mit noch verwirrterer Miene zu ihr auf. Keine Tränen waren diesmal in seinen Augen zu sehen – nur eine stumme, geschockte Frage.

»Kathrin!«, rief Gernot von unten. »Kathrin, um Himmels willen, pass auf!«

Da bekam auch sie plötzlich einen gewaltigen Schlag zwischen die Schulterblätter und landete direkt neben Simon. Hatte der Junge sich automatisch nach ihr umgesehen, so ging ihr Blick wie von selbst zu Gernot, der auch schon auf dem Weg zu ihnen herauf war.

Doch da sauste auch auf ihn wie aus dem Nichts ein dunkles Geschoss nieder – sauste beinah senkrecht auf ihn hinab, breitete die Flügel aus, und sauste im selben steilen Winkel wieder nach oben. Gernot konnte sich gerade noch rechtzeitig zur Seite werfen, im gleichen Augenblick ertönte ein hoher, von den Felsen zurückhallender Schrei.

Die Adler, begriff Kathrin mit einem Gefühl im Bauch, als sei der ganze Hang mit einem Mal ins Rutschen geraten. *Die Adler, die wir vorhin gesehen haben. Sie greifen uns an!*

Fast mehr erstaunt als entsetzt blickte sie zum Himmel – und riss sofort die Hände vors Gesicht. Schwingen so groß wie Flugzeugflügel senkten sich auf sie nieder. Ein Flügel war hell, der andere dunkel, und dazwischen öffneten sich zwei riesige gelbe Krallen, starrten vor Angriffslust funkelnde rote Augen auf sie hinab.

Es ist das Monster – das Monster, das über unserem Bett hing, dachte Kathrin voller Grauen: *Es ist gekommen, um mich zu holen!*

Doch das Monster hatte es nicht auf sie abgesehen, sondern auf Simon. Es packte den Jungen am Arm und schlug so kräftig mit den Flügeln, dass Kathrin der muffige Geruch seines Gefieders ins Gesicht wehte. Tatsächlich schaffte es das riesige Tier, das Kind vom Boden zu zerren. Wie von einem Erwachsenen auf die Beine gezogen machte Simon einen kurzen Satz und purzelte dann wieder kopfüber den Pfad hinab – im Gesicht weiter denselben schrecklichen Ausdruck stummer Verblüffung.

Der Vogel landete so nah bei Sophie, dass er sie fast mit den Flügeln berührte. Doch sofort machte er wieder zwei Sprünge bergauf, und noch bevor Kathrin bei dem Jungen war, hockte das braune Ungeheuer auf seiner Brust und hackte nach seinem Gesicht. Einmal, zweimal – dann blieb der scharfe Schnabel im Styropor des Fahrradhelms stecken. Doch der Adler hebelte ihn sofort geschickt wieder heraus wie eine Axt aus einem Holzblock.

»Weeg!«, schrie Kathrin. »Weg von meinem Sohn!«

Doch da lag auch sie plötzlich auf dem Boden und spürte das harte Horn eines Schnabels ins ungeschützte Fleisch ihres Unterarms fahren. Wie mit einem Krummdolch hackte der Vogel auf sie ein und schlug brennende Wunden.

»Au«, wimmerte sie bei jedem Hieb, während sie verzweifelt versuchte, das wütende Tier von sich zu stoßen. »Au, au – oh mein Gott …«

Simon fing jetzt an zu schreien, und wie auf Kommando kreischte auch Sophie los. Die gellenden Schreie hallten vom Fels zurück wie zuvor der Ruf des Vogels, und der unsagbare Schrecken, der in ihnen lag, verdoppelte auch noch einmal Kathrins Grauen.

»Nicht, Sophie! Nicht da runterfahren!«

Kathrin konnte sehen, wie Gernot verzweifelt den

Adler wegschlug, der ihn attackierte, und dem Mädchen entsetzt auf ihrem wilden Schlingerkurs nachrannte. In dem Moment ging jedoch ein Hieb genau durch einen der Luftschlitze in Kathrins Helm, und sie kugelte sich wieder stöhnend zusammen.

Auch Simon hatte sich zusammengerollt wie ein Igel und hielt sich seine blutigen Ärmchen schützend über den Helm. Doch das riesige Monstrum hackte unerbittlich weiter auf ihn ein, und bei jedem Hieb krümmte sich der wimmernde Junge noch ein bisschen mehr zusammen.

15

Anna traute ihren Augen kaum. Sie war mit ihrem kleinen Taschenfernglas auf eine Anhöhe gerobbt. Von dem mit moosbewachsenen Felszacken gekrönten Aufwurf aus hatte sie nachsehen wollen, ob sie noch verfolgt wurde, hatte gehofft, sich einen Überblick über die Landschaft verschaffen zu können. Doch dann hatte sie Schreie gehört und den Feldstecher durch die Bäume auf die gegenüberliegende Bergflanke gerichtet – wo sich etwas ganz Unglaubliches abspielte.

Die Adler greifen eine Familie an!

Obwohl der Förster es geschildert hatte und bereits genug andere, schwer zu glaubende Dinge passiert waren, hatte Anna kurz das Gefühl, die Szene müsse gestellt sein.

Ein Filmteam, das dort irgendwas dreht, ging es ihr durch den Kopf. Doch dann rastete ihr Verstand wieder ein und bestätigte das Unbegreifbare:

Die Adler greifen Menschen an!

Wie dunkle Racheengel drangen sie mit weit ausschlagenden Flügeln und gelb blitzenden Krallen auf ihre Opfer ein. Wenigstens das Mädchen schien den entfesselten Furien zu entkommen und holperte auf ihrem Rad den steilen Hang hinab.

Doch weiter unten … war eine Felskante! Auch der Vater schien es bemerkt zu haben und stolperte dem panisch fliehenden Kind verzweifelt hinterher.

»Achtung! Achtung – mein Gott …«

Anna wollte eigentlich laut schreien, doch es kam nur ein ersticktes Flüstern heraus. Trotzdem senkte sie sofort das Fernglas und sah sich mit rasendem Herzen im umliegenden Wald um.

Leise!, sagte eine Stimme in ihrem Inneren streng. *Sei verdammt noch mal leise – sonst ist es aus mit dir!*

Als sie das Fernglas wieder ansetzte, lag das Mädchen kurz vor der Kante neben ihrem Rad, der Mann war nirgendwo mehr zu sehen. »Mein Gott«, hörte Anna sich erneut leise murmeln, behielt diesmal jedoch den Feldstecher vor den Augen.

Weiter oben sah die Lage nicht besser aus. Die Adler hockten auf dem zusammengekauerten Menschlein und schienen sich nun schon so sicher zu fühlen, dass sie ihre Schnabelhiebe immer gezielter setzten. Ausgerechnet das größte Tier saß auf dem kleinen Jungen: Es war so enorm, dass es selbst aus dieser Entfernung wirkte wie ein wieder zum Leben erwachter Urzeitvogel. Das Kind darunter sah im Verhältnis kaum größer aus als das Murmeltier heute Morgen.

Das muss die Weiße sein, dachte ein Teil von Anna in ungläubiger Faszination; gleichzeitig flehte ein anderer die fernen Menschen an, sich unter ihre Räder zu legen, damit sie endlich vor den fürchterlichen Hieben geschützt wären.

Nun kam auch noch der andere Adler dazu, und gemeinsam schafften es die zwei Tiere tatsächlich, den Jungen vom Boden zu heben und ein Stück mit sich zu tragen. Wie ein wehrloses Rehkitz wirbelte er mit schlackernden Gliedern durch die Luft und schlug nicht weit von seiner Schwester hart auf der Erde auf.

Noch unheimlicher als der Anblick selbst war die genau abgestimmte Koordination, mit der die Vögel ihre Last den Hang hinabschleuderten: Wie zwei Bauarbeiter, die etwas von einem Gebäude werfen wollen.

Beim nächsten Mal kriegen sie ihn über die Kante, dachte Anna, wieder gegen ihren Willen von der Zielstrebigkeit der Tiere beeindruckt. Doch da hörte sie einen lauten Schrei und sah die Mutter wie eine Berserkerin den Hang hinabstürmen. In der Hand schwang sie einen Ast – Gott wusste, wo sie den zwischen all den Felsen gefunden hatte – und schlug damit wie eine Wahnsinnige auf die zwei Vögel ein.

Die Adler hatten sich gerade wieder auf ihrer Beute niedergelassen. Doch unter dem wütenden Ansturm der Schläge gab sie der kleinere, der wohl der Terzel sein musste, sofort wieder auf. Die Weiße hieb mit ihrem mächtigen Schnabel nach ihrer Gegnerin und schaffte es, den Jungen noch ein Stück weiter Richtung Abgrund zu ziehen. Doch da kam plötzlich auch das Mädchen dazu und schwang ihren Helm genau gegen den Kopf des überraschten Tieres. Tatsächlich: Die Vögel wirkten verunsichert, wütende Schreie ausstoßend gingen sie höher. Nur die Weiße versuchte einen weiteren Angriff. Doch Mutter und Tochter standen mit gezückten Waffen über dem verletzten Jungen wie zwei todesmutige Gämsen, die sich mit ihren kleinen Hörnern gegen einen übermächtigen Feind zur Wehr setzen.

Bravo, ihr beiden, dachte Anna triumphierend, als die Adler schließlich aufgaben; es fehlte nicht viel und sie hätte die Faust hochgerissen und laut ›Frauenpower!‹ gerufen. Das brachte ihr aber sofort wieder ihre eigene Lage in Erinnerung, und abermals senkte sie das Fernglas und sah sich mit geducktem Kopf im Wald um.

Die Dämmerung war angebrochen, und jetzt, da die ungewohnten Schreie verstummt waren, setzte auch das abendliche Konzert der Vögel wieder ein. Während hier ein fröhliches Trällern erklang, dort ein missmutiges Krächzen, suchte Anna mit angehaltenem Atem die Räume zwischen den Stämmen ab, die ihr bereits hundertmal dunkler vorkamen als noch vor einer Minute.

Dort! Hatte sich da nicht etwas bewegt? Und dort drüben, schaute da nicht gerade jemand hinter einem Baum hervor? Annas Puls raste, ihr Mund war so trocken wie Löschpapier, ihre Hände dafür feucht wie nasse Lappen.

Es wird dunkel, ich bin allein im Wald, aber ich darf jetzt nicht ausflippen, wiederholte sie stumm im Kopf wie ein Mantra: *Es wird dunkel, ich bin allein im Wald, aber ich darf jetzt nicht ausflippen.* Und nach ein paar Sekunden wirkte die Selbsthypnose tatsächlich, und sie wurde ruhig genug, um ihr Fernglas wieder auf die armen Leute an der Felskante zu richten.

Auch sie warfen immer noch nervöse Blicke zum Himmel, aber die Adler waren nirgends mehr zu sehen. Der Junge schien wie durch ein Wunder keine ernsthaften Verletzungen abbekommen zu haben, doch seine Arme waren blutüberströmt und von seinem Helm nur noch lose verbundene Stücke übrig. Er drehte das zerfetzte Teil mit großen Augen in den Händen. Die Mutter aber war schlau genug, es sofort beiseite zu schmeißen und dem Kind ihren eigenen Kopfschutz aufs Haupt zu setzen.

Auch die Arme der Mutter sahen nicht gut aus, und an einer ihrer Schläfen lief Blut hinab, ansonsten schien sie jedoch ebenfalls unverletzt zu sein. Sie ging zur Felskante vor, an der das Mädchen bereits stand, hielt den Jungen davon fern, rief aber selbst mit gewölbter Hand hinunter.

Nein, lasst euren Toten liegen und verschwindet lieber schnell, dachte Anna. Die Baumwipfel verdeckten, wie tief es an der Kante hinabging, doch wenn der Mann tatsächlich dort hinabgestürzt war, hatte er es bestimmt nicht überlebt. Jetzt machten die drei sogar Anstalten, an der Seite der Steilwand nach unten zu klettern: Anna schüttelte unwillig den Kopf.

Lauft weg! Rennt weg! Bringt euch in Sicherheit! Fast wäre sie aufgesprungen und hätte laut durchs ganze Tal geschrien – schließlich waren die Adler nicht die einzige Gefahr, die darin lauerte. Doch noch war sie es selbst, die jene andere Gefahr am meisten fürchten musste, und so blieb sie still wie ein Mäuschen zwischen ihren Felsen liegen.

Oben verschwand jetzt auch der Junge unterhalb der Wipfel; nur die vier Räder lagen noch einsam und verwaist über den Hang verteilt. Kaum war kein Mensch mehr zu sehen, fühlte sich Anna plötzlich wieder so allein und verloren wir vorhin, als ihr plötzlich klar geworden war, wie kurz sie Veit eigentlich erst kannte. Erneut spähte sie angespannt zwischen die Bäume, lauschte mit angehaltenem Atem auf ungewöhnliche Geräusche. Das einzig Gute an der Dunkelheit war, dass auch sie selbst schlechter darin zu sehen sein würde. Nur ihr weißes Top schien plötzlich zu leuchten wie eine Signalfahne, als sie an sich hinabblickte.

Anna war zu eitel gewesen, eins von Veits T-Shirts anzuziehen; trotz der Blutflecken, die ihr Oberteil bei der Schlägerei in der Kneipe abbekommen hatte, hatte sie heute Morgen lieber wieder dieses übergestreift. Jetzt zog sie es sich geradezu panisch vom Körper, und als darunter ihr blütenweißer BH zum Vorschein kam, auch den. Dann suchte sie sich eine feuchte Stelle zwischen Felsen und rieb das dünne Leibchen über den Boden wie eine Wäscherin über ihr Waschbrett, bis es genauso dunkel und unsichtbar war wie ihre Haut. Auch die weißen Socken, die aus ihren knöchelhohen Wanderschuhen schauten, rieb sie mit Erde ein; ihre Shorts waren zum Glück dunkelgrün.

Das Top konnte sie jetzt nicht mehr verraten, doch dafür war es feucht und kalt, als sie es wieder anzog. *War vielleicht doch keine so schlaue Idee,* dachte Anna, und plötzlich schien sich die Einsicht, wie wenig sie für ein Überleben in der Wildnis geeignet war, nicht weniger klamm und kalt um ihr Inneres zu legen. *Vier Semester Umweltmanagement, und ich weiß nicht mal, wie ich ohne Kompass die Himmelsrichtung bestimme!* Sie wusste, dass sie sich am Südrand des Nationalparks befand, direkt an der Grenze zu Österreich. Aber wenn sie keine Ahnung hatte, wo Norden war, half ihr das herzlich wenig. Am liebsten wäre sie auf den höchsten der Felsen um sie herum gestiegen und hätte laut um Hilfe geschrien. Aber mit noch tieferem Grauen als eben begriff sie, dass sie das am allerwenigsten durfte. Also kauerte sie sich in eine Nische, schlang die Arme um die Beine und begann mit auf die Knie gesenkter Stirn, leise vor sich hin zu wimmern.

Nein, nicht aufgeben!

Es war der widerspenstige Gesichtsausdruck ihrer Mutter, der ihr einmal mehr im Leben zu Hilfe kam. Sie sprang auf und griff erneut zu dem Fernglas, das noch vorn auf den Felsen lag. Nicht nur weißer Stoff leuchtete in der Dämmerung, auch der staubige Pfad, der zwischen den verwaisten Fahrrädern hinabführte, trat nun deutlich aus dem Berg hervor wie von unsichtbarer Hand für sie markiert.

Hinter Anna begrenzte eine hohe Felswand das Tal, dort hatten sicherlich irgendwo die Adler ihren Ruheplatz. Von rechts war sie gekommen, und wenn dort auch irgendwo das Auto stand, würde sie sich doch nie und nimmer trauen, in diese Richtung zurückzugehen. Vor ihr jedoch wand sich ein heller Pfad die in abendliches Dunkel getauchte Bergflanke hinab; und wenn die Familie darauf mit ihren Rädern ins Tal gekommen war, dann musste er auch wieder daraus hinausführen.

Was die Leute hier im Hirschbachtal gewollt hatten, war Anna nicht klar: Von der Hütte des Försters aus war kein weiteres Haus zu sehen gewesen, und auch Veit hatte ihr gesagt, der alte Mann wohne allein in dieser abgelegenen Gegend. Doch das konnte ihr eigentlich auch egal sein. Hauptsache, der von der Familie befahrene Weg führte zurück in die Zivilisation!

Und sollte ich die Leute nicht sowieso warnen?, fragte sich Anna plötzlich. Bisher hatte es niemand überlebt, von den Adlern angegriffen worden zu sein – und das keineswegs nur, weil die Tiere so gefährlich waren, wie es nie jemand für möglich gehalten hätte. Sie erinnerte sich an die bunte Haarspange, die in der Schublade gelegen hatte, und begriff mit stockendem Atem, dass auch die Anwesenheit von Kindern keinen Schutz vor der schrecklichen Gefahr bot, die hier im dunklen Tal umging. Auch die seltsamen Dinge, die Gruhn von seiner Frau erzählt hatte, fielen ihr wieder ein, ebenso der unheimliche Ausdruck stillen Triumphes, den sie gestern im Blick des anderen Adlers zu erkennen geglaubt hatte. Doch bevor sie sich wieder in eine Ecke verkroch und still vor sich hinweinte, drängte sie lieber all diese Gedanken rasch beiseite.

Die Kinder zu schützen war ein guter Grund, sich in Richtung der Familie aufzumachen, doch ausschlaggebend war er nicht – darüber machte Anna sich keine Illusionen. *Die haben doch sicher ein Handy!*, fiel ihr mit einem Mal brandheiß ein. Ihr eigenes lag nutzlos in Veits Auto, worüber sie sich nicht einmal richtig ärgern konnte, weil man hier unten im Tal sowieso keinen Empfang hatte. Aber weiter oben wäre es doch vielleicht möglich, Hilfe herbeizurufen, und am Ende hatte das die Familie längst getan.

Als die Mutter mit den Kindern an der Felskante stand, hatte Anna niemanden ein Telefon hervorholen sehen –

aber möglicherweise waren die drei genau deswegen zu dem abgestürzten Mann hinuntergeklettert. Selbst wenn er tot war: Er hatte vielleicht das Handy, und jetzt würde es nicht lange dauern und ein Hubschrauber der Bergwacht käme angeflogen. Wahrscheinlich sah sie aus diesem Grund die drei auch die ganze Zeit nicht zu ihren Rädern zurückkehren oder wieder den Hang hinaufsteigen, um sich in Sicherheit zu bringen.

Kurz glaubte Anna, bereits das ferne Knattern hören zu können, und wurde von plötzlicher Unruhe erfasst. Die Vorstellung, in einer Stunde oder zwei diesen Alptraum vielleicht schon hinter sich zu haben, war paradiesisch; jene, die Retter zu verpassen, zu fürchterlich, um sie sich auszumalen. Doch selbst wenn Anna nicht auf einmal der Gedanke mit dem Handy gekommen wäre, hätte sie ihr Versteck vermutlich letzten Endes verlassen.

Einfach in ihrer kleinen Felsenburg zu bleiben und darauf zu hoffen, dass ihr schon irgendjemand helfen würde, war verlockend. Mitten in der Nacht durch den dunklen Wald zu stapfen hingegen schreckte sie nicht nur, weil sie ein Berliner Stadtkind war; es widersprach einem tiefen Urinstinkt, den jeder Mensch in sich hatte, das spürte sie ganz genau.

Noch mächtiger war jedoch der Instinkt, wenn man in Gefahr war, menschliche Gesellschaft zu suchen – nicht allein mit seiner Not und seiner Angst zu bleiben. Anna sah wieder vor sich, wie die Frau und das Mädchen sich schützend über den kleinen Jungen gestellt hatten, und wusste, dass sie gar nicht anders konnte, als den Versuch zu unternehmen, die anderen zu erreichen. Auf keinen Fall wollte sie allein bleiben, nicht hier draußen im düsteren Wald – und schon gar nicht mit der grauenvollen Gefahr, die jeden Moment zu ihr finden konnte.

Sie vielleicht im Schlaf oder einem kurzen Moment der Unachtsamkeit erreichte. Ihr beinah freundschaftlich die Hand auf die Schulter legte …

Sie überblickte den bereits pechschwarzen Wald, der sich ohne Unterbrechungen bis zur anderen Talseite zu ziehen schien. Wie weit es dorthin war, konnte sie nicht sagen. Doch wenigstens ging es bergab, was ihr nicht nur das Laufen, sondern auch die Orientierung erleichtern würde.

Über dem gezackten Berggrat leuchtete nun außerdem der Mond am dunkelblauen Himmel, runder und voller als gestern noch, und auch das würde ihr helfen, sich zu orientieren. Sie dachte daran, wie sie und Veit sich in dem fahlen hellen Licht geliebt hatten, erst in seinem Auto, später in seiner Wohnung.

Es kam ihr vor, als sei seitdem ein ganzes Leben vergangen.

16

Ihren Vater vorhin mit geprelltem Rücken neben seinem Rad sitzen zu sehen, hatte die Kinder schon beunruhigt; sein jetziger Anblick war mit Sicherheit noch weitaus verstörender für sie. Als Gernot Kathrin gesagt hatte, sie solle sich zuerst um Simons und ihre eigenen Verletzungen kümmern, hatte sie es zunächst für übertriebenen Edelmut gehalten. Fast hätte sie sich sogar widersetzt, denn auch für sie war sein Anblick so verstörend, dass sie am liebsten sofort etwas dagegen unternommen hätte.

Doch mit Edelmut hatte es vielleicht gar nicht so sehr zu tun, dass er geduldig abwartete, bis sie mit dem Erste-Hilfe-Pack aus seinem Rucksack Simon und sich selbst verarztet hatte, oder nicht nur. Er hatte wohl die Zeit gebraucht, um sich innerlich auf das vorzubereiten, was Kathrin jetzt tun musste – und vor allem die Wirkung der halben Packung Schmerztabletten abzuwarten, die er geschluckt hatte.

»Ich weiß nicht, Gernot. Wäre es nicht klüger, auf Hilfe zu warten? Was ist, wenn ich's nur noch schlimmer mache? Wenn ich ein Gefäß verletze oder so etwas.«

War das wirklich der Grund, warum sie zögerte? Nein, es war der Anblick der aus dem Schienbein ragenden Knochenspitze, flach und schartig wie bei einem gesplitterten Ast. Schon als Kathrin die Wunde eben mit Desinfektionsmittel betupft hatte, hatte Gernot laut aufgestöhnt, noch lauter, als sie so vorsichtig wie möglich den abgetrennten Rucksackgurt unter seine Wade zog. Die Vorstellung, wie schmerzhaft es sein würde, wenn sie den Knochen wieder an seinen Platz zu drücken versuchte, brachte sie selbst der Ohnmacht nahe.

»Du musst kräftig drücken und dann den Gurt festziehen«, sagte Gernot. Seine Augen hatten einen fiebrigen Glanz, doch er sprach ruhig und klar. »Wenn ich das Bewusstsein verliere, probier, wenigstens meinen Oberkörper in Seitenlage zu bringen, damit ich nicht an meinem Erbrochenen ersticke. Ich glaube aber nicht, dass ich ohnmächtig werde. Die Tabletten müssten jetzt langsam zu wirken anfangen.«

Tatsächlich war sein Schrei leiser, als Kathrin erwartet hatte. Dann verlangte er sogar, dass sie den Gurt noch fester zurrte. Sie befolgte seine Anweisung, stand dann jedoch auf, stellte sich an den Rand des Felsvorsprungs, auf den Gernot gestürzt war, und schrie laut um Hilfe. Sie forderte die Kinder auf mitzuschreien, diese schienen sofort zu begreifen, um was es ging, und mit vereinter Kraft riefen sie in die Dunkelheit hinaus.

»Was macht ihr da?«, fragte Gernot verwirrt, dem Schmerz oder Schmerzmittel doch allmählich zuzusetzen schienen.

»Wir haben doch vorhin Jäger gehört«, antwortete Kathrin und wandte sich kurz zu ihm um. »Als du eben geschrien hast, ist es mir wieder eingefallen. Oder vielleicht ist jemand anderes da. Wenn uns jemand hört, holt er vielleicht Hilfe.«

Der Wald lag bereits unter ihnen wie ein schwarzes Meer. Die im Mondlicht schimmernden Karstwände warfen hallend ihre Rufe zurück wie die Mauern einer riesigen Kathedrale. Antwort kam jedoch keine aus den düsteren Weiten, im Gegenteil, plötzlich senkte sich Schatten über den enormen, nach oben offenen Raum, als hätte jemand das Licht ausgeknipst. Wolken hatten sich vor den freundlich leuchtenden Vollmond geschoben, und plötzlich wirkten ihre verzweifelten Rufe noch sinnloser als ohnehin schon.

»Mach lieber das Bein fertig, bevor es vollkommen dunkel ist«, sagte Gernot. »Vielleicht schaffe ich es dann die Wand hoch. Im Dunkeln greifen solche Vögel nicht an, da bin ich mir ziemlich sicher. Trotzdem sitzen wir hier wie auf dem Präsentierteller, und es wäre besser, wenn wir irgendwas finden, wo wir besser geschützt sind.«

Schon als sie die treppenartigen Felsen, die seitlich auf den Vorsprung führten, zu Gernot hinuntergeklettert waren, hatte er gerufen, sie sollten sich lieber oben irgendwo ein gutes Versteck suchen. Doch Kathrin wollte sehen, wie schlimm er verletzt war, die Kinder hatten nicht allein bleiben wollen, und so hatten sie sich schließlich gegen seinen Willen auf der etwa fünf mal fünf Meter großen Plattform versammelt. Kathrin war nur noch einmal hinaufgeklettert, um die Sattelstütze aus Sophies Rad zu ziehen, das direkt am Rand der Felskante lag. Simons Luftpumpe, mit der sie die Adler in die Flucht geschlagen hatte, wollte sie nicht aus der Hand geben – dafür war ihr die treue Waffe zu kostbar.

Tatsächlich eignete sich die metallene Stütze, von der Gernot den Sattel abschraubte, als Schiene auch viel besser. Kathrin fixierte sie mit zwei aufgetrennten Schläuchen, die sie so fest um das Bein wickelte, wie Gernots Schmerzen zuließen. Aufstehen konnte er jedoch trotzdem nicht.

»Ich … ich bin zu geschafft«, erklärte er keuchend, nachdem er es mit Kathrins und Sophies Hilfe versucht hatte. »Und jetzt im Dunkeln auf den Felsen rumzukraxeln ist wahrscheinlich sowieso keine gute Idee – nicht mal für euch. Genau durch derlei unüberlegte Aktionen kommen Leute in solchen Situationen immer wieder um. Wir sollten lieber hierbleiben und auf die Bergwacht warten. Wenn wir alle an der Wand nah zusammenrücken, sind wir einigermaßen geschützt, und wie gesagt, nachts sind Greifvögel sowieso nicht unterwegs. Sobald die Leute vom Hotel merken, dass wir nicht eingetroffen sind, werden sie Alarm schlagen. Oder spätestens, wenn ihnen das Gepäck auffällt, das der Fahrer dort abgeliefert hat. Wahrscheinlich wird heute Nacht noch eine große Suchaktion gestartet. So was passiert hier ja nicht zum ersten Mal.«

»Das mit den Vögeln?«, fragte Sophie erstaunt.

»Nein, nicht das mit den Vögeln, Liebling – ich habe keine Ahnung, was in die gefahren ist. Aber dass jemand verunglückt, kommt mit Sicherheit öfter vor: Schließlich könnte ich auch einfach so hier runtergestürzt sein. Ihr werdet sehen: Es dauert nicht lange, und jemand kommt, um uns zu helfen.«

»Aber was, wenn das Gepäck niemandem auffällt?«, wollte Kathrin wissen. »Oder wenn sie denken, wir hätten es einfach nicht ganz geschafft und seien irgendwo auf dem Weg eingekehrt? Das kommt doch bestimmt auch öfter vor.«

Sofort merkte sie, dass sie einen Fehler gemacht hatte. Nicht nur die Kinder sahen sie wieder mit viel größerer Angst in den Augen an, auch Gernot blickte mit ohnmächtigem Flehen im Gesicht zu ihr auf. Erst jetzt erkannte sie, wie blass, müde und ausgezehrt er aussah; wie verschwommen und unsicher sein Blick wirkte. Der Schock, die Schmerzen – er war am Ende seiner Kräfte und wollte jetzt nur noch irgendwie dafür sorgen, dass alle ruhig blieben.

»Ich … es wird schon jemand kommen«, stammelte er und begann mit schmerzverzerrter Miene, nach hinten zu rücken. Sofort sprang Kathrin ihm bei und schlang eine Jacke unter sein Bein. Ohne ein weiteres Wort des Widerspruchs half sie ihm mit Sophie, die zwei Meter zu der Felswand zu bewältigen. Die Wand hing leicht über, doch leider nicht so sehr, dass man sich vor Angriffen aus der Luft sicher fühlen konnte, wenn man sich mit dem Rücken daran schmiegte. Aber auch darüber verlor Kathrin kein Wort.

»Nimm meine Stirnlampe aus dem Rucksack und leg sie vorn hin, als Signal«, sagte Gernot. Erneut fragte sich Kathrin, ob es nicht klüger wäre, mithilfe der Lampe wenigstens die Kinder von den Felsen zu führen. Aber einmal mehr wollte sie nicht widersprechen. An ihr nagte ohnehin schon das eigenartige Gefühl, sie und Gernot hätten diese schauerliche Heimsuchung irgendwie auf sich gezogen. Der Riss, der durch ihre Ehe ging, hatte sich zu einem Abgrund geweitet – und daraus waren diese wütenden Kreaturen aufgestiegen, die plötzlich über ihnen am Himmel schwebten. Der Gedanke war abwegig und irrational, aber das machte ihn nicht weniger überzeugend. Also nahm sie jetzt mit Gernot die Kinder in ihre Mitte, und sie alle rückten so nahe an der Felswand zusammen, wie es nur ging. Der Fels war noch warm, und zusätzlich breiteten sie die Regenjacken aus Gernots Rucksack über ihren Schoß. So archaisch, wie die Situation anmutete, hätten die Jacken genauso gut wärmende Felle sein können, die Luftpumpe auf Kathrins Schoß der für den Notfall bereitliegende Knüppel, die kleine Stirnlampe das trostspendende Feuer in der Dunkelheit. Diese war nun, nachdem der bedeckte Himmel auch die helle Karstwand gegenüber geschluckt hatte, nahezu komplett, und das Tal vor ihnen hätte ebenso das riesige dunkle Universum sein können, dem Kathrin allein mit ihrer kleinen Familie gegenübersaß.

Sie erinnerte sich an den Moment, als sie vorhin den ersten Adler gesichtet hatten und kurz in vereinter Begeisterung auf dem Forstweg standen. *Seltsam*, dachte sie: Jetzt, da sie die Viecher fürchteten wie fliegende Teufel, schien die alte Harmonie erst recht wieder hergestellt …

Kathrin schreckte hoch und merkte, dass sie eingenickt war. Auch ihr eng an sie geschmiegter Sohn schlief bereits fest; Sophie hatte sich in ungewohnter Vertrautheit in Gernots Achsel gekuschelt. Ihr Kopf ruhte auf seiner Brust, und zuerst nahm Kathrin an, dass sie ebenfalls schon von ihrer Erschöpfung übermannt worden war. Doch dann sah das Mädchen zu seinem Vater auf und schmiegte sich noch enger an ihn.

»Papi«, sagte Sophie leise.

»Was … Was ist, Liebling?«

Auch Gernots Kopf war bereits in den Nacken gesunken. Doch jetzt kam er wieder zu sich.

»Danke … Ich meine, danke, dass du mich zur Seite geschubst hast. Sonst wäre *ich* hier runtergefallen.«

Gernot räusperte sich und zog den Arm fester um sie. »Keine Ursache, Prinzesschen«, sagte er und gab ihr einen Kuss auf den Kopf. »Habe ich gerne gemacht. Ich hoffe, du nimmst mir den kleinen Schubser nicht übel.«

Seine Zunge klang schwer, aber er schlug trotzdem seinen üblichen spielerischen Ton an. Sophie jedoch ging nicht darauf ein.

»Wäre ich … wäre ich nicht da runtergefahren, dann

wäre dein Bein jetzt noch in Ordnung«, sagte sie. »Dann könnten wir uns alle in Sicherheit bringen.«

»Nein, so darfst du nicht denken, meine Kleine«, erwiderte Gernot sanft. »Ich … ich hätte euch sofort warnen sollen, als ich gesehen habe, dass hier eine Kante ist. Aber ich wollte euch keine Angst machen, während ihr das steile Stück runterfahrt. Aber keine Sorge, Liebling: Wir sind hier in Sicherheit.«

»Wenn wir wieder zu Hause sind, dann bin ich nie mehr böse zu dir«, sagte Sophie mit der Stimme des kleinen Mädchens, das sie schon lange nicht mehr war. »Das verspreche ich.«

»Schon gut, Süße. Schlaf jetzt und mach dir keine Gedanken. Bald ist alles vorbei.«

Sophie ließ den Kopf wieder sinken, und es dauerte keine zehn Sekunden und ihr Atem ging so tief und regelmäßig wie der von Simon. Gernot blickte zu Kathrin hinüber, und im Dunkeln glaubte sie, ein zaghaftes Lächeln auf seinem Gesicht zu erkennen.

»Wie … wie geht es deinem Bein?«, fragte sie.

»Ich weiß nicht. Es pocht ziemlich. Ich habe mich eben schon gefragt, ob die Schlaufe nicht vielleicht doch ein bisschen zu fest angezogen ist. Klettern werde ich nun schließlich sowieso nicht damit …«

Kathrin lehnte Simon vorsichtig gegen Sophie, den Gernot daraufhin mit unter seinen Arm nahm. Dann schlüpfte sie leise unter der Regenjacke hervor, holte die Stirnlampe und machte sich daran, den Gurt zu lockern.

»Kein Wunder, dass es pocht«, flüsterte sie erschrocken. »Da ist alles tierisch angeschwollen. Soll ich dir noch Schmerztabletten geben?«

»Nein, ich habe gerade zwei weitere geschluckt … Kathrin, hör mal, ich muss dir noch was sagen.«

Er hatte ihre Schulter gepackt und die Stimme so weit gesenkt, dass er kaum zu hören war. Automatisch schien Kathrin die Lampe in sein Gesicht.

»Das hier tut mir alles unglaublich leid«, flüsterte er mit fiebrig glänzenden Augen. »Das hier … und auch …«

»Ich hätte nicht das blöde iPhone wegschmeißen sollen«, sagte sie schnell. »Dann wären wir erst gar nicht hier gelandet. Ich hätte nicht davon anfangen sollen, während wir noch mit den Rädern in der Wildnis rumfahren.«

»Nein, es ist meine Schuld«, flüsterte Gernot eindringlich. »Wäre ich nicht so dumm gewesen, dann … Es tut mir unheimlich leid, Kathrin. Ich wollte nur, dass du das weißt.«

Er hielt weiter ihre Schulter gepackt und sah ihr mit einem seltsam flehenden Ausdruck ins Gesicht. Kathrin begriff, dass er in seinem benebelten Zustand wahrscheinlich von der Vorstellung geplagt wurde, die Nacht nicht zu überleben, und so etwas wie Absolution von ihr wollte. Sie war auch schon kurz davor, sie ihm zu geben. Doch plötzlich wie vorhin die Adler aus dem Himmel schossen ihr Bilder in den Kopf – Bilder von ihm und der dunklen, lachenden Dhanya.

Sie nahm seine Hand von ihrer Schulter, legte sie ihm zurück in den Schoß und sagte kühl: »Schon gut. Lass uns ein andermal darüber reden.«

DRITTER TAG:
TOD IN DEN BERGEN

1

Die Sonne stieg über dem östlichen Ende des Tals auf und vertrieb den Morgendunst, der zwischen den Tannen hing. Auf der Spitze des großen Felszackens, der den Adlern jetzt im Sommer als Schlafplatz diente, putzte die Adlerin ihr Gefieder.

Gewissenhaft zog sie die langen Federn ihrer Flügel durch den Schnabel, riss auf der hellen Seite ein, zwei gebrochene Enden von den Kielen. Sie drehte sich um, fächerte die riesigen Schwingen Richtung Sonne auf, bis die nächtliche Kühle ganz daraus gewichen war. Schließlich stieß sie sich ab, machte ein paar Flügelschläge und stieg dann im warmen Aufwind, der sich jetzt schon über dem Karst zu bilden begann, Stück für Stück höher. Über den östlichen Hängen, die von schmalen Wegen zerschnitten waren, kreiste bereits eine Gruppe Alpendohlen. Früher hätten die kleinen schwarzen Vögel dort nicht so selbstbewusst den Himmel in Beschlag genommen, denn über dem Gebiet schwebten die Adler und lauerten darauf, dass ein Hase oder Murmeltier sich zu weit von seinem Bau entfernte, ein Fuchs oder Marder sich zu selbstvergessen an seine Beute pirschte. Es war der Platz der Herrscher des Tals gewesen, ihr Jagd- und Nahrungsgrund, wo sich kein Zaungast oder kleinerer Jäger ohne Sorge um das eigene Leben aufhalten durfte.

Seit an den Hängen so viele der großen bunten Tiere durchkamen, standen die dort in die Erde gegrabenen Gänge jedoch leer, war so gut wie jeder Murmeltier- oder

Hasenbau von seinen Bewohnern aufgegeben worden. Mit den scheuen Gras- und Kräuterfressern waren auch ihre Feinde aus dem Gebiet verschwunden, ob Fuchs, Marder oder Adler, und die Dohlen hatten es ganz für sich. Den gesamten Tag konnten sie in aller Seelenruhe auf den Wiesen nach Insekten und Mäusen suchen – oder sich kreischend um die trockenen faden Happen streiten, welche die bunten Tiere manchmal dort zurückließen. Es war so, als hätte die üppigen grünen Hänge nie jemand anderem gehört als ihnen.

Die Adlerin hätte gute Lust gehabt, hinüberzufliegen und dem kleinen Schwarm einen Schreck einzujagen. Oft genug hatten ihr die Dohlen schließlich mit ihrem ängstlichen Geschrei einen Riss vereitelt, oder im Winter, wenn sie sich zu sehr viel größeren Schwärmen sammelten, mit ihrem vielstimmigen Lärm den Nerv geraubt. Auch etwas anderes störte sie an den vorsichtigen schwarzen Käferpickern, die sich selbst im Sommer meist nicht wohlfühlten, wenn sie nicht wenigstens im halben Dutzend unterwegs waren.

»Srii, srii, srii«, klangen die Rufe der Dohlen leise herüber, und in der Brust der Adlerin wallte eine eigenartige, vertraute Wut auf. Doch sie ließ sich in ihren Kreisen mehr zur anderen Seite des Tals hin treiben, zu den steileren, felsigeren Bergflanken, welche der hohen Karstwand unter ihr schräg gegenüberlagen.

Die seltsame Wut, die sie seit einigen Jahren auf alles allzu Kleine, Schwache, Ängstliche hegte, konnte sie dort nicht kühlen; doch dafür vielleicht das hohle Gefühl in ihrem Bauch vertreiben, das seit ähnlich langer Zeit selbst im Sommer ihr ständiger Begleiter war.

Auch das Junge plagte dieser ständige Hunger, obwohl sie und der Terzel es an jedem frisch gemachten Riss immer am ausgiebigsten fressen ließen. Der zweite Sommer, und es war noch bei ihnen – der Terzel hatte den allzu anhänglichen Nachwuchs fortjagen wollen, doch sie war dazwischengefahren wie eine Furie. Auch das hatte mit der merkwürdigen Veränderung zu tun, die irgendwann vor etlichen Sommern über sie gekommen war, dem Gefühl, die Welt plötzlich mit ganz neuen Augen zu sehen.

Vielleicht lag es daran, wie furchtbar lange sie nun schon über diesem Tal schwebte, vielleicht an dem starken Wandel, dem das Tal selbst in letzter Zeit unterworfen war – all das waren nur undeutliche, wie aus großer Ferne zu ihr dringende Eindrücke. Doch als sie vor zwei Sommern ihr Junges verloren hatte, hatte es sie genauso getroffen wie beim allerersten Jungen, das sie und ihr Terzel nicht durchbringen konnten, schlimmer noch. Und bei diesem nun würde sie alles tun, was in ihrer Macht stand, damit sich das schreckliche Unglück nicht wiederholte!

Endlich verließen auch die zwei anderen Adler den Ruheplatz – es gab wahrlich keinen Grund, länger Zeit zu verschwenden. Doch die Kreise des Terzels neigten eher gen Osten, wo die Dohlen sich mittlerweile auf den zum Leben erwachenden Bergwiesen niedergelassen hatten, und das Junge, das gestern wohl ebenfalls ein paar schmerzhafte Schläge abbekommen hatte, hielt sich dicht bei ihm.

Als die Adlerin damals dazu übergegangen war, die einzige Beute anzugreifen, die im Tal noch einigermaßen reichlich vorhanden war, hatte sie den Terzel schließlich dazu bringen können, sich ihr anzuschließen. Doch wohl war ihm nicht dabei, das hatte sie von Anfang an gespürt, und letztendlich hatte er wahrscheinlich nur mitgemacht, weil er Angst vor ihr hatte.

Auch er hatte die Veränderung wahrgenommen, die irgendwann wie aus dem Nichts über sie gekommen war, und seitdem wurde er ihr gegenüber immer misstrauischer und mürrischer. Das Tal gegen fremde Adler zu verteidigen war eigentlich seine Aufgabe, aber als er letzten Herbst von einem jüngeren Männchen herausgefordert worden war, hatte sie sich der Sache angenommen.

Das übermütige Junge hatte Anstalten gemacht, sich an dem Kampf zu beteiligen, da war sie kurzerhand aufgestiegen und hatte sich selbst auf den Eindringling gestürzt. Sie hatte ihn nicht nur einfach in die Flucht geschlagen, sondern mit ihren riesigen Klauen gepackt und im Sturz zu Tode gehackt – selbst jetzt flammte bei der Erinnerung noch heiße Wut und köstliche Genugtuung in ihr auf. Doch auch die verwirrten, bestürzten Schreie des anderen Terzels – ihres Partners – klangen ihr nach wie vor in den Ohren. Eigentlich hätte er erleichtert sein müssen: Das fremde Männchen war groß und stark genug gewesen, um ihm seine Stellung streitig zu machen. Doch dieser Verstoß gegen die gewohnte Ordnung hatte ihren langjährigen Gefährten verunsichert und verletzt, das hatte die Adlerin sofort gemerkt – und bei der Jagd auf die bunten Tiere war es ähnlich.

Bisher waren sie damit immer erfolgreich gewesen. Klettern konnten die großen, schwerfälligen Geschöpfe nicht annähernd so gut wie Gämsen, trotzdem wagten sie sich auf noch steilere Felsen, und griff man sie dort an oder trieb sie auf einen Abgrund zu, war die Sache leichter, als einen alten Steinbock zu Tode zu hetzen. Jetzt jedoch waren sie zum ersten Mal auf ernsthafte Gegenwehr gestoßen, viel heftiger als der eine oder andere ungeschickt ausgeführte Schlag, den sie früher schon manchmal bei den Angriffen abbekommen hatten, und das schien den Terzel in seiner anfänglichen Scheu vor dem Wagnis zu bestätigen.

Nun wollte er zurück zu den verlassenen Hängen, den ganzen Tag nach Murmeltieren Ausschau halten, die es nicht mehr gab, nur um abends mit dem gleichen nagenden Gefühl im Bauch nach Hause zu fliegen, mit dem sie gekommen waren. Auch das Junge hatte sich zwar bei den zwei vorhergehenden Attacken fast schon so gut geschlagen wie seine Eltern. Aber jetzt war es offenbar so eingeschüchtert, dass es lieber mit den jämmerlichen Dohlen auf Mäusejagd gehen wollte, als sich noch einmal auf ein ähnliches Unternehmen einzulassen.

»Iiiak! Iiiak!« Die Adlerin schickte zwei laute Rufe zu den beiden Feiglingen hinüber, damit sie sich ihr anschlossen. Der Terzel ließ sich trotzdem immer weiter nach Osten treiben und gab selbst einen trotzigen Schrei von sich. Da legte die Adlerin die Flügel an und sauste in wütendem Sturzflug auf ihn nieder.

Wieder sah sie das Junge von vorletztem Sommer vor sich. Es war schon das größere, stärkere Küken gewesen, hatte das Zweitgeborene aus dem Nest gestoßen, aber letztendlich doch nicht überlebt. Die neue Nahrung war nicht weniger schmackhaft und stärkend als das Fleisch anderer Tiere, doch sie kam zu spät, um das Unglück zu verhindern. Trotz der duftenden Tannenzweige, welche die Adlerin Tag für Tag im Nest frisch auslegte, breiteten sich die Parasiten immer mehr auf dem mageren Körper des Kükens aus.

Schließlich hatte es mit mattem Blick und von Milben wimmelndem Gefieder auf dem leuchtenden jungen Grün gelegen. Die Adlerin würde den schrecklichen Anblick nie wieder in ihrem Leben vergessen!

Kurz vorm Aufprall streckte sie die Krallen aus und versetzte dem sich panisch abwärts schraubenden Terzel einen kräftigen Hieb. Nicht so kräftig, dass sie ihn ernsthaft verletzte, schließlich brauchte sie ihn noch für die Jagd. Aber doch so, dass er seinen Widerstand rasch aufgab, und er und der andere Adler ihren Rufen gehorsam Richtung Westen folgten.

Dieses Junge würde sie nicht verlieren! – und wenn sie dafür noch tausend Hiebe von der einzigen Beute einstecken musste, die ihnen in ihrem Tal noch blieb.

Dieses Junge würde sich bald wieder nach Herzenslust sattfressen können. So wie nach all den anderen Angriffen auch …

2

»Iiiak! Iiiak!«

Anna hörte die spitzen Rufe der Adler über den Himmel schallen und fuhr erschrocken aus dem Schlaf auf.

Mein Gott, schon hell, dachte sie. *Ich wollte mich doch nur ganz kurz ausruhen!*

Sie erhob sich vorsichtig aus dem Gebüsch, in das sie sich gelegt hatte, suchte wie gestern mit den Augen die Umgebung ab und lauschte auf verräterische Geräusche. Dann fiel ihr jedoch wieder ein, warum sie auf keinen Fall hatte einschlafen wollen. Plötzlich ließ sie alle Vorsicht fahren und rannte in panischer Hast durch den Wald.

Bergab, immer bergab, wie gestern – durch die Wipfel konnte sie einen Blick auf den schartigen Grat erheischen. Dann stieg das Gelände wieder an, doch auch das brachte Anna nicht dazu, ihr Tempo zu verlangsamen. Laub und Unterholz krachten laut unter ihren Füßen, Vögel flogen auf, ein Reh floh mit hohen Sprüngen. Schließlich wurden die Bäume lichter, und Hügel wuchsen dazwischen empor, aus denen hier und da bereits die ersten Felsen ragten. Am Rand einer Senke blieb Anna stehen – plötzlich wieder ganz vorsichtig in ihren Bewegungen. Keuchend ging sie hinter einem Baum in Deckung und holte ihr Fernglas hervor. *Wo sind sie nur? Jetzt im Hellen sieht alles ganz anders aus!* Hektisch ließ sie den Blick über die Bergflanke hüpfen, suchte nach dem von kleinen dunklen Tannen gekrönten Karstblock, der ihr gestern in der Dämmerung als Orientierung gedient hatte. *Ja, da ist er. Dort liegen immer noch die Räder, und darunter ist die Felskante.*

Das kleine Licht, das ihr gestern Abend wie das Fenster einer warmen Hütte den Weg gewiesen hatte, leuchtete natürlich nicht mehr. Der Felsvorsprung, auf den die Familie hinabgeklettert war, war nun jedoch auch so deutlich zu erkennen. Aber konnte sie aus ihrer Perspektive einfach nur niemanden sehen oder …

Die Angst fuhr ihr in den Bauch wie eine kalte Klinge. *Nein, bitte lasst ihn mich nicht verpasst haben,* dachte sie verzweifelt, während ihr Blick wieder wild von Fels zu Gras zu Tanne sprang – *bitte, bitte nicht!* Die Vorstellung, nun endgültig allein hier draußen zu sein, schnürte ihr die Kehle zu.

Aber ich müsste ihn doch gehört haben, verdammt! Ich müsste ihn doch gehört haben – oder war ich zu erschöpft? Nein, das kann nicht sein, das darf nicht sein! Irgendwo müssen sie doch stecken … Wieder ließ sie alle Vorsicht fahren und trat hinter dem schützenden Baum hervor. Tränen verschleierten ihren Blick, sie hörte sich selbst laut aufschluchzen, das Fernglas zitterte in ihren Händen. *Bitte, bitte, bitte,* bettelte sie verzweifelt – und da, ihre Gebete wurden erhört, dort war jemand!

»Oh Allah sei dank«, murmelte Anna erleichtert. Hastig wischte sie sich die Tränen aus den Augen, ließ den Feldstecher dabei aber so genau wie möglich auf die Stelle gerichtet. Als sie wieder durchblickte, drehte sich die Gestalt, die sie gesehen hatte, gerade zu ihr um. Sie stand auf einem kleinen, von Tannen umgebenen grünen Buckel, der auf halber Höhe zu dem Felsvorsprung lag, hatte eine grüne Jacke an und selbst ein Fernglas vor den Augen.

Es war der alte Förster! Und genau in dem Moment, als Anna ihn erkannte, blitzten die Linsen kurz in der Sonne auf und richteten sich direkt auf sie.

»Nein«, entfuhr es ihr leise, und sie machte rasch einen Schritt hinter den Baum. »Nein, das ist nicht fair. Das habe ich nicht verdient.« Während sie sich so eng wie möglich mit dem Rücken an den Stamm schmiegte, pochte ihr Herz, als wolle es aus der Brust springen. Alle Kraft wich aus ihren Gliedern, und einen Moment hatte sie das Gefühl, sie würde mitsamt dem Baum zur Seite kippen. Es war ja ganz einfach: Der Weg, auf dem die Familie gekommen war, war der einzige, der aus diesem Teil des Tals führte, und genau dort hatte der erfahrene alte Jägersmann Stellung bezogen. Er hatte Annas wahrscheinlichen Fluchtweg genauso präzise vorausberechnet wie den irgendeines Tieres, das er zur Strecke bringen wollte.

Hat er mich gesehen oder hat er mich nicht gesehen? Hat er mich gesehen oder hat er mich nicht gesehen? Davon hing jetzt alles ab.

Anna nahm ihren gesamten Mut zusammen und wollte gerade den Kopf vorsichtig hinter dem Baum vorstrecken, als sie einen Schrei hörte.

»Papi!«, rief eine helle Mädchenstimme. »Papi, pass auf! Die Adler sind wieder da!«

Immer noch halb hinter dem Baum versteckt, blickte Anna in die Richtung, aus der die Stimme gekommen war, und setzte den Feldstecher an. Etwas unterhalb des Vorsprungs erkannte sie das bunte Trikot des Jungen zwischen den Wipfeln der Tannen, dann das schwarze des Vaters. Es war also doch noch kein Hubschrauber dagewesen, und die Familie versuchte, von ihrem exponierten Platz auf dem Felsvorsprung wegzukommen.

Anna blickte ohne Fernglas in den Himmel, wo weit oben drei dunkle Silhouetten durch das morgendliche Blau glitten wie geflügelte Raubfische.

Die Adler, tatsächlich, dachte sie verblüfft. *Sie greifen wieder an!*

Dann hob sie erneut den Feldstecher und schaute nach dem Förster, der weiter links auf seinem kleinen Feldherrenhügel stand. Auch er sah gerade zu den Vögeln auf, von denen er einen für die in einen Tierkörper übergegangene Seele seiner toten Frau hielt. Dann blickte er durch sein Fernglas zu der Familie hinüber – und ließ es anschließend abermals in Annas Richtung schweifen.

Wieder huschte sie hinter ihren Baum. Es dauerte ein paar Sekunden, bis sie sich erneut vortraute und den Förster mit ihrem Feldstecher fand. Da setzte er gerade probeweise das Gewehr an die Schulter, nahm es wieder herunter und legte sich dann auf einen aus dem Gras ragenden Felsblock, um eine gute Schussposition zu haben.

Er will den Leuten helfen, dachte Anna automatisch. Doch sie brauchte nicht lange, um zu begreifen, dass genau das Gegenteil der Fall war.

Er will wieder den verdammten Adlern helfen, der gestörte alte Mistkerl! Und diese armen Menschen klettern dort auf den Felsen herum und haben nicht den blassesten Schimmer …

Sogar nachdem sie sich an die Kinderspange erinnert hatte, die in der Schublade lag, war es Anna schwergefallen zu glauben, der Förster könnte wirklich so weit gegangen sein. Doch ja, es war wohl die bittere Wahrheit: Der seltsame Wahn, der von dem alten Mann Besitz ergriffen hatte, füllte ihn ganz und gar aus. Selbst für einen winzigen Rest Menschlichkeit war in seinem verrückten alten Schädel kein Platz übrig.

Anna nahm das Fernglas wieder herunter, stellte sich zurück hinter ihren Baum und blickte in den Wald hinein.

Nun ist eigentlich meine Chance, dachte sie. Zurück zwischen die schützenden Bäume und dann die Beine in die Hand genommen – immer Richtung Sonne. Das Auto hatte der Förster vermutlich fahruntüchtig gemacht, aber wenn sie nur die Forststraße wiederfand, auf der sie mit Veit gekommen war, würde das genügen. Der alte Irre war hier beschäftigt, und zu Fuß würde er sie nie und nimmer einholen.

»Sie kommen!«, schrie das Mädchen wieder. »Sie kommen! Oh Gott, Papi, Simon, passt bloß auf!«

Unwillkürlich setzte Anna erneut das Fernglas an – wie gestern Morgen gerade rechtzeitig, um zu sehen, wie der erste Adler die Flügel anlegte. Wie auf ihr Ziel niedergehende Jagdbomber schossen die Vögel auf den Berg hinab. Hinter den Tannen konnte Anna nicht viel erkennen, doch auf den Förster hatte sie freien Blick. Auch er sah sich das Schauspiel durch ein Fernglas an, und zwar durch jenes, das auf sein Gewehr geschraubt war.

Mein Gott, es sind Kinder, dachte Anna erneut. *Aber ich bin doch kein Held, der Kerl ist so groß wie ein Bär – was soll ich gegen den ausrichten?*

Nein, sie musste sich selbst in Sicherheit bringen, versuchen, Hilfe zu holen, beschloss sie: Hier konnte sie sowieso nichts tun. Doch dann spielte sich vor ihrem inneren Auge plötzlich wieder die ganz schreckliche Szene ab, die sich gestern Abend im Wald zugetragen hatte.

Noch während Veit sie mit jenem ernsten, schwer zu deutenden Blick ansah, der ihr so viel Angst machte, hatte er ihr zugezwinkert. Dann hatte er das Gewehr, von dem er wohl genau wusste, dass es nicht geladen war, am Lauf gegriffen wie einen Baseballschläger und war damit auf den alten Förster los.

Der hatte jedoch schon eine Pistole gezogen – aus der er ohne zu zögern zwei Schüsse auf seinen Angreifer abgab. Veit war rückwärts gestolpert und zu Boden gegangen, direkt neben der Stelle, wo sie immer noch starr wie ein erschrockenes Kaninchen auf dem Hintern hockte.

»Lauf«, hatte er leise hervorgestoßen, noch während er sich ungelenk wieder aufrappelte. »Lauf schnell weg.«

Die nächsten Schüsse waren bereits für sie bestimmt gewesen. Doch Veit hatte sie mit seinem Körper abgefangen und ihr zur Flucht verholfen. Wieder hörte sie das laute Krachen hinter sich, die dumpfen Aufschläge, das erstickte Stöhnen.

Er hatte sie gerettet, so wie er damals diese kleinen Kinder gerettet hatte – hatte ohne zu zögern sein Leben für sie gegeben! Und sie wollte jetzt einfach so davonlaufen.

Unschlüssig nahm sie das Fernglas herunter. Dabei fiel ihr Blick wie von selbst auf einen großen Stein, der nicht weit von ihr auf dem mit niedrigem Gestrüpp bewachsenen Abhang lag, an dem sie stand. Vielleicht hatte sie ihn unbewusst schon vorher bemerkt, ein Teil von ihr hielt schließlich die ganze Zeit nach einer guten Waffe Ausschau: Er war gerade so groß, dass er in die Hand passte, und hatte auf einer Seite ein spitz zulaufende Kante.

Nein: Wenn ich jemals wieder in den Spiegel sehen will, dann kann ich die Leute nicht einfach so diesem Verrückten überlassen, dachte sie. Doch praktisch im selben Moment fiel ihr noch ein viel wichtigerer Grund ein:

Wenn ich jemals wieder an Veit denken will, ohne mich zu schämen, muss ich jetzt etwas tun …

Wie vorhin, als es nur um ihr eigenes Leben gegangen war, hing alles davon ab, ob der Förster sie bemerkt hatte: Wenn nicht, dann hatte sie vielleicht eine Chance.

Sie steckte das Fernglas weg, holte den Stein aus dem Gestrüpp und eilte in gebückter Haltung auf den Berg zu.

3

Kathrin hob den Kopf und sah, wie die Adler nun auch auf Gernot und Simon niedergingen. Der ganz dunkle Vogel griff Gernot frontal an, während der kleinere mit den vielen weißen Federn versuchte, Simon hinter dem Rücken seines Vaters hervorzuzerren. Der Junge schlug tapfer mit Kathrins Helm nach dem Angreifer. Doch seine Schreie waren genauso spitz wie die der Adler, sein Blick voll bodenlosem Entsetzen.

»Klettert weiter!«, rief Gernot ihr zu. »Kletter du mit Sophie schon weiter!«

Doch da stieß wieder der zweifarbige Riesenvogel auf sie hinab, und sie musste sich zwischen die Felsen ducken.

Sie hatten zu lange gezögert. Als der Morgen graute, waren sie alle unruhig geworden. Sophie hatte vom Rand der Felskante eine Hütte im Tal entdeckt, Simon auf der anderen Seite einen Weg nach unten. Das erste Stück wirkte gefährlich steil und schmal, und daneben ging es praktisch senkrecht in die Tiefe. Doch hatten sie dieses Stück hinter sich, hätten sie bald schon die ersten Tannen erreicht, die ihnen endlich sicheren Schutz vor Angriffen aus der Luft bieten würden.

Sie hatten bestimmt noch eine halbe Stunde mit der Entscheidung gehadert, und Gernot mit seinem verletzten Bein die Felsen hinabzuhelfen, war auch schwieriger als gedacht. Als Sophie die Adler gesehen hatte, hatte Gernot gerade auf einem schmalen Felsabsatz verschnauft. Kathrin hatte mit den Kindern knapp unter ihm gestanden und überlegt, wie sie ihn am besten beim Abstieg helfen könnten, ohne selbst einen Sturz in den jähen Abgrund zu riskieren, der sich neben ihnen auftat.

Gernot hatte die ganze Zeit schon gesagt, sie sollten vorgehen – er würde es auch allein schaffen. Als die Adler am Himmel auftauchten, hatte Sophie ihm schließlich gehorcht, und auch Kathrin hatte Simon am Arm gepackt und mit sich die großen Felsstufen hinabgezerrt.

Doch der Junge hatte sich sofort losgerissen und war wieder zu Gernot hinaufgeklettert. Kathrin hatte zuerst geglaubt, er wolle sich in seiner Panik einfach hinter Gernots breitem Rücken verstecken. Doch so, wie er jetzt den Helm schwang, war er vielleicht tatsächlich zurückgekehrt, weil er dachte, er könne seinem verletzten Vater irgendwie helfen.

»Komm endlich, Mama!«, schrie Sophie von unten. »Papi wird schon auf Simon aufpassen.«

Doch für Kathrin sah es nicht so aus, als ob er das könnte. Er stieß die Adler mit seinen langen Armen weg und sagte Simon immer wieder, er solle sich an den Fels drücken. Doch der Junge schlug weiter mit dem Helm nach dem kleineren Vogel – und da: Das Tier packte die leichte Styroporhaube mit den Krallen und zerrte seinen überraschten Gegner mit einem plötzlichen Ruck Richtung Abgrund!

Mit kaltem Entsetzen erinnerte sich Kathrin, wie die Adler gestern schon versucht hatten, ihren Sohn in die Tiefe zu stürzen. Seit sie mit der Luftpumpe auf die Tiere losgegangen war, galt sie als gefährlichste Gegnerin – und der Riesenvogel sollte sie nur ablenken! Die gerissenen Biester hatten es in Wirklichkeit wieder ganz allein auf ihren Jungen abgesehen.

»Simon!«, schrie sie, gab ihr Versteck auf und fing an, hektisch die Felsen hochzukraxeln.

Sofort jedoch stieß der Riesenvogel wieder auf sie nieder. Kathrin stolperte zur Seite und sah mit stockendem Herzen, wie sich das riesige graue Maul des Abgrunds neben ihr auftat.

»Kathrin!«, schrie Gernot erneut von oben. »Kathrin, nicht! Bleib lieber unten!«

Da zischte plötzlich etwas durch die Luft. Im selben Moment hallte ein tiefes Krachen durchs Tal, und weiter oben stieben mit einem hellen Schlag Staub und Splitter vom Fels. Die Adler flogen erschrocken auf. Kathrins Blick ging automatisch nach unten.

»Ein Jäger!«, schrie sie voller Hoffnung, als sie die grüne Gestalt mit ihrem Gewehr zwischen den Tannen liegen sah. »Ein Jäger, Gernot! Er will uns helfen!«

Auch Gernot blickte kurz überrascht die steile Felswand hinab, da kriegte Kathrin plötzlich einen heftigen Schlag in die Seite. Um nach dem Schützen zu sehen, hatte sie sich zu nah an den Abgrund gewagt – eine Chance, die sich der Monstervogel nicht entgehen ließ. Plötzlich fand Kathrin mit ihren griffigen Gummisohlen keinen Halt mehr, und einen Moment schien ihr Herz wie an einem dünnen Faden über der Tiefe zu baumeln.

»Mamii!«, hörte sie Sophie schreien. »Mamii – pass auf!«

»Schieß! Schieß doch endlich!«, schrie sie selbst über die Schulter. Sie hatte wieder Halt gefunden, doch noch einmal über den Felsrand zu blicken traute sie sich nicht.

Auch weiter oben hatten die Adler ihre Attacke wieder aufgenommen. Simon hatte den Helm endlich losgelassen, doch dafür hing jetzt der dunkle Adler mit den Klauen in seinem Trikot. Der Junge hatte sich geistesgegenwärtig zu Boden fallen lassen. Trotzdem schaffte es der Vogel mit seinen großen Flügeln, ihn immer weiter über den blanken Fels zu zerren.

Bei jedem Schlag klatschten die Flügel laut aneinander. Simon schrie verzweifelt und versuchte, das Tier wegzutreten – doch eine der gebogenen schwarzen Krallen wollte sich einfach nicht lösen. Immer weiter dehnte sich der gelbe Stoff, immer näher kam das Kind der Kante.

Schieß doch! So schieß doch endlich!

Um ihrem Sohn noch zu helfen, war Kathrin zu weit weg – und auch Gernot kam einfach nicht an den größeren Adler heran. Er hatte den kleineren am Bein zu packen gekriegt und einmal hart gegen den Fels geschlagen. Jetzt hielt er das verzweifelt um sich hackende Tier so weit wie möglich von sich weg, wollte es aber offenbar nicht loslassen, damit es sich nicht auch noch auf Simon stürzte. Gleichzeitig versuchte er, mit seinem kaputten Bein zu dem Jungen hinüberzurutschen.

Da krachte endlich wieder ein Schuss. Kathrin sah deutlich, wie der gelbe Stoff riss und ihr Sohn wie beim Tauziehen plötzlich nach hinten fiel.

Hat er den Adler getroffen? Hat er das aggressive Scheißvieh endlich außer Gefecht gesetzt?, fragte sie sich voller Hoffnung.

Doch dann sah sie Gernots Blick. Er sah ihr fragend ins Gesicht – die Miene ähnlich verdutzt, wie als sie ihm gestern das iPhone aus der Hand gerissen hatte. Dann senkte er die Augen auf die Brust, wo aus einem kleinen Loch in seinem Trikot stoßweise helles Blut quoll.

Alles lief wie in Zeitlupe ab. Die Szene brannte sich so tief in Kathrins Gedächtnis, als hätte sie ihr jemand ins Hirn gelasert. Und noch mehr jene, die unmittelbar darauf folgte.

Gernot stützte sich stöhnend auf seinen rechten Arm. Gleichzeitig zog der Adler, der einen Moment wie tot an dem anderen Arm gehangen hatte, diesen mit ein paar aufgeregten Flügelschlägen wieder in die Höhe. Auch der dunkle Vogel hatte sich wieder von seinem Schreck erholt und landete direkt vor Simons Füßen. Gernot rückte mit einem plötzlichen Ruck zur Seite, streckte den Arm aus und packte auch den zweiten Adler am Bein.

Fiel er einfach nach vorn? Zogen die Vögel ihn mit sich? Oder ließ er sich absichtlich fallen? Kathrin konnte es nicht sagen, während ihr Mann in der unwirklichen Stille, die auf den Schuss folgte, von den Felsen glitt.

Die Adler breiteten instinktiv die Flügel aus. Einen Augenblick hatte es tatsächlich den Anschein, Gernot könnte wie im Märchen von ihren breiten Schwingen getragen unverletzt zu Boden schweben. Kathrin musste automatisch an den Gleitschirmflieger denken, dem sie vorgestern so andächtig bei seinen friedlichen Runden über den sonnigen Talkessel zugeschaut hatten. Auch Gernot wirkte kurz wie einer dieser halbverrückten Sportenthusiasten, die sich ständig irgendeine neue Gerätschaft ausdachten, mit der sie sich hier in den Bergen von den Gipfeln stürzen konnten.

Doch das bizarre Gespann schwebte viel zu schnell ins Tal hinab, kam rasch ins Trudeln und Schlingern. Es dauerte nur eine Sekunde, und es schlug krachend weit unter ihnen in den Wald ein.

4

Die Adlerin suchte verwirrt den Fuß der Felsen ab. Irgendwo musste das Tier doch liegen, das der Terzel und das Junge erlegt hatten.

Nicht nur das Kitz, sondern gleich das größte der Gruppe! Nun konnten sie sich wirklich den Magen vollschlagen.

Doch so genau sie auch hinsah, sie konnte das Tier nirgendwo entdecken – und auch ihre zwei Gefährten waren seltsamerweise nirgends mehr zu sehen. Wollten sie den Riss etwa für sich allein? Nahm der Terzel ihr vielleicht immer noch übel, dass sie ihn vorhin so hart angepackt hatte? Aber der Angriff hatte doch mal wieder glänzend funktioniert – was gab es da für einen Grund, weiter den Beleidigten zu spielen?

»Iiak! Iiak!«, rief sie laut, doch es kam einfach keine Antwort. Von den bunten Tieren waren nur noch drei auf den Felsen, und auch die kletterten jetzt hastig in den schützenden Wald hinunter. Sie hatten das kleine Rudel gerade noch rechtzeitig erreicht.

Die Schüsse hatten die Adlerin kurz verwirrt: Seit sie vor einiger Zeit einer davon am Flügel getroffen hatte, wusste sie, dass das Geräusch Gefahr bedeutete. Doch als sie sah, wer es verursachte, hatte sie das auf seltsame Weise beruhigt, und sie hatte ihre Scheinangriffe wieder aufgenommen. Als Letztes hatte sie mitbekommen, wie die zwei anderen Adler das große Tier vom Fels rissen; daraufhin hatte sie ihren Sturzflug sofort zufrieden abgebrochen. Beim Aufsteigen hatte sie noch gehört, wie das Junge einen lauten Schrei von sich gab. Als sie wieder nach unten blickte, hätte es dort eigentlich schon mit dem Terzel auf ihrer auf den Felsen zerschmetterten Beute hocken müssen.

Doch es war nirgends zu erkennen. Hatte das große Tier es vielleicht doch ernsthaft verletzt, und jetzt saß es irgendwo auf einem Fels oder Baum und leckte seine Wunden?

»Iiak! Iiak!«, rief die Adlerin erneut, diesmal schon mit einem besorgteren Ton in der Stimme.

Der Terzel war ihr egal: Bei den vielen fremden Adlern, die immer wieder auf Reviersuche in das Gebiet kamen, wäre es ein Leichtes, Ersatz für ihn zu finden. Doch das Junge durfte sie auf keinen Fall verloren haben. Seinetwegen hatte sie diese ganze gefährliche Aktion doch überhaupt nur gestartet.

»Iiak! Iiak!«, rief sie wieder und fing an, bei ihrer Suche immer weitere Kreise über dem Tal zu ziehen.

5

Er hat sie die ganze Zeit festgehalten.

Kathrin blickte zu dem dunklen Adler auf, der beim Aufschlag von einem Ast durchbohrt worden war und jetzt auf groteske Weise an ein riesiges Brathähnchen erinnerte. Dann sah sie wieder auf ihren Mann hinab, der trotz seiner verdrehten Glieder immer noch den helleren Vogel fest in einer Hand hielt.

Er wollte die zwei Vögel mit in den Tod nehmen, dachte sie mit einem brennenden Stich im Herzen, *sie unschädlich machen. Deswegen hat er sie bis hier unten nicht losgelassen.*

Noch einmal hockte sie sich neben ihn und hielt die Hand über seinen Mund. Doch sie konnte sich nur immer noch nicht an den Gedanken gewöhnen, er war zu grässlich und gewaltig.

Gernot war tot, da gab es keine Frage: Sein Schädel gespalten, sein Blick so leer wie der des großen Vogels, den er selbst jetzt noch hartnäckig weiter gepackt hielt.

»Mami? Mami, was ist denn mit Papi?«

»Geh zurück zu Simon!«, rief Kathrin streng. »Geh zurück zu Simon und komm nicht näher, hörst du! Tu auf der Stelle, was ich dir sage.«

Sophie entfernte sich wieder mit leise knirschenden Schritten. Kathrin löste das Bein aus Gernots Hand und warf den toten Vogel beiseite – erstaunt, wie leicht er war. Dann knotete sie die Regenjacke los, die sie sich um die Hüfte gebunden hatte und breitete sie über Gernots Gesicht.

»Was ist mit Papi?«, fragte auch Simon sofort, als sie wieder zu den Kindern zurückkehrte.

»Er ist verletzt«, antwortete Kathrin. »Deswegen müssen wir so schnell wie möglich zu der Hütte, die wir gesehen haben, und von dort aus Hilfe holen.«

»Aber sollte nicht jemand bei ihm bleiben? Was ist, wenn der andere Vogel noch mal zurückkommt?«

»Hier unten kann er nicht an ihn ran. Hör doch, wie er

da oben schreit. Er weiß offensichtlich überhaupt nicht, wo die zwei anderen Adler sind. Papi hat sie für uns getötet. Aber jetzt müssen wir schnell zu der Hütte, damit ein Hubschrauber ihn holen kommt.«

Die Schreie des Adlers wurden immer leiser und verzweifelter, während Kathrin mit den Kindern durch den Wald stapfte. Als sie schließlich den Waldrand erreichten, waren sie ganz verstummt.

Kathrin hatte sich ein paarmal gefragt, ob es nicht klug wäre, um Hilfe zu rufen. Auch wenn dieser Jäger aus Versehen ihren Mann erschossen hatte, könnte er ihnen jetzt doch vielleicht helfen. Aber als sie unmittelbar nach Gernots Absturz zu ihm hinabblicken wollte, hatte sie ihn plötzlich nirgends mehr sehen können. Auch fand sie es merkwürdig, dass er nicht selbst nach ihnen rief – und so tat auch sie es schließlich nicht. Außerdem hatte sie das Gefühl, das mit jedem leiser werdenden Schrei des einsamen Vogels am Himmel auch ihre Kraft nachließ, dieses grausame Unglück zu ertragen. Sie wollte die Kinder jetzt nur noch in Sicherheit bringen – das war das Wichtigste. Über alles andere würde sie sich später Gedanken machen.

Sie gingen am Waldrand entlang, bis sie die Hütte fanden. Obwohl der dritte Adler nicht mehr am Himmel zu sehen war, bewegten sie sich weiter im Schutz der Bäume. Um zu der Hütte zu gelangen, mussten sie nun jedoch einen Fluss durchqueren, der durch ein breites Schotterbett floss.

Kathrin suchte sich einen Ast, mit dem sie sich gegebenenfalls verteidigen könnte. Dann trat sie unter den Bäumen hervor und ließ den Blick über den Himmel schweifen.

Nein, nichts. Das riesige Tier war nirgends zu erkennen. Kathrin kam der schreckliche Gedanke, dass es inzwischen möglicherweise die Stelle gefunden hatte, wo Gernot lag, und sich über seinen wehrlosen Leichnam hermachte. Aber auch auf diesen Gedanken durfte sie sich jetzt nicht einlassen. Weiter aufmerksame Blicke zum Himmel werfend, lief sie über den grauen Schotter. Die großen Gesteinsbrocken knirschten unter ihren Füßen, das träge blaue Flüsschen hingegen floss beinah lautlos über sein steiniges Bett. Kathrin machte ein paar vorsichtige Schritte hinein, blickte erneut zum Himmel, und ging dann fast bis zur Mitte. Das Wasser war so kalt, dass die Füße sofort taub wurden, reichte ihr aber selbst an der tiefsten Stelle gerade mal bis zu den Waden.

»Kommt, Kinder!«, rief sie. »Das Wasser ist ganz flach. Beeilt euch.«

Auch Sophie hatte sich einen Ast besorgt, Simon eilte mit bloßen Händen über die Steine. Als sie losgegangen waren, hatte er noch ein paarmal nach Gernots Verletzungen gefragt, aber dann war er still und nachdenklich geworden. Sein Blick war leer und erschöpft, und er bewegte sich wie ferngesteuert. Offensichtlich wollte auch er nur so schnell wie möglich einen Platz finden, wo er vor all den schrecklichen Dingen, die in den letzten Stunden passiert waren, wenigstens für kurze Zeit die Tür verschließen konnte. Sophie hingegen war weiter wachsam und blickte wie Kathrin immer wieder zum Himmel. Als Simon schon fast bei Kathrin war, sah sie einmal zu viel in die Luft und stolperte über einen großen Steinbrocken. Kaum lag sie am Boden, stieß wie aus dem Nichts der riesige Adler auf sie nieder.

»Renn zur Hütte, Simon«, befahl Kathrin und schob den Jungen in den Fluss. »Bring dich in Sicherheit.«

Wie bei ihr und Simon gestern versuchte der Adler, mit seinem großen scharfen Schnabel Sophies Kopf zu treffen. Sie hielt schützend die Arme vors Gesicht. Doch der Vogel drang mit einer solchen Wut auf sie ein, dass er ihr klaffende Wunden ins Fleisch schlug. Sie schrie und strampelte, versuchte, unter ihm fortzukommen. Noch im Laufen holte Kathrin mit dem Ast aus wie mit einem Tennisschläger und schlug ihn dem Adler mit voller Wucht gegen den Hals.

Im nächsten Moment war sie es, die auf dem Vogel hockte, die Knie auf den sich ohnmächtig sträubenden Flügeln. Mit dem Steinbrocken, über den Sophie gestolpert war, schlug sie immer wieder auf den Kopf des Tiers ein.

Es war nicht der leuchtend gelbe, vorn in schwarzes Horn übergehende Schnabel, den sie vor sich sah, nicht das schöne, mit einem warmen Goldschimmer überzogene Gefieder und die stolzen, noch in der Niederlage rötlich aufglühenden Bernsteinaugen. Es war das hübsche dunkle Gesicht von Dhanya, Gernots Kollegin – die etwas zu kleine Nase, die vollen Lippen, die strahlend weißen Zähne.

Hätte ich nicht Gernots Telefon weggeschmissen, wäre er noch am Leben, hatte sie sich in der letzten Stunde unzählige Male vorgeworfen. Doch jetzt konnte sie seltsamerweise nur daran denken, warum sie es wutentbrannt in den Wald geschleudert hatte. Sie hörte erst auf, als Sophie sie an der Schulter fasste.

»Lass, Mami, er ist tot«, sagte sie zitternd. »Er ist ganz sicher hinüber.«

Tatsächlich: Vom Kopf des Adler war nur noch eine unappetitliche Masse aus Knochen, Blut und Hornsplittern übrig. Die riesigen Flügel waren reglos über den grauen Schotter gebreitet. Einzig die feinen weißen Daunen, mit denen die eine Innenseite bedeckt war, kräuselten sich leicht im Wind.

Kathrin stand auf, warf den Stein beiseite und durchquerte mit ihrer Tochter den Fluss. Simon stand auf der anderen Seite unter den Bäumen. Er hatte sich nicht getraut, allein zur Hütte vorzugehen. Er, der sich sonst immer sofort auf alles einließ und kein Wagnis scheute – jetzt war er misstrauisch und ängstlich, und würde es vielleicht den Rest seines Lebens bleiben.

Doch auch Kathrin hielt es für besser, wenn sie sich die Hütte zuerst allein näher ansah. Nun, da alle Adler tot waren, drohte ihnen eigentlich keine Gefahr mehr. Aber Kathrin musste plötzlich an den Jäger denken, der immerhin einen Menschen erschossen hatte – wofür sie die einzigen Zeugen waren.

Die Hütte stand genau dort, wo der Fluss eine spitze Biegung machte, und sah alt und verlassen aus. Trotzdem klopfte Kathrin und fragte, ob jemand da sei. Als keine Antwort kam, machte sie die Tür auf.

Auch der einfach eingerichtete Raum wirkte, als habe ihn schon seit Jahren niemand mehr betreten. In den Ecken hingen Spinnweben, und alles war mit einer dicken Schicht Staub bedeckt, das einzige Fenster war blind vor Schmutz. Nur der schwarze Lauf des Gewehrs glänzte, das mitten in der Hütte auf dem Tisch lag.

Kathrin machte einen Schritt darauf zu und musste wieder an den Todesschützen denken. In dem Moment knarrten die Dielen und eine dunkle Gestalt erschien im Durchgang zum Nebenraum.

Kathrin hatte in den letzten drei Tagen viele seltsame Momente erlebt. Doch wenn sie später an diese drei Tage in den Alpen zurückdachte, kam ihr dieser immer wie der seltsamste vor.

Im ersten Augenblick war Kathrin überzeugt, die dunkelhäutige Frau in dem schmutzigen Hemd sei Dhanya, und durch eine eigenartige Gedankenverbindung kam ihr überstrapaziertes Hirn zu dem Schluss, vor ihr stehe der riesige Vogel, den sie eben erschlagen hatte: Auf wundersame Weise war er von den Toten auferstanden.

Dann erkannte sie jedoch, dass die junge Frau ganz jemand anderes war, und bemerkte den erschrockenen Blick, mit dem sie Kathrins Hände betrachtete. Kathrin betrachtete ihre Hände nun erstmals selbst und erkannte, dass sie aussahen, als hätte sie sie in einen großen Topf roter Farbe gesteckt.

»Sie werden nicht glauben … Sie werden nicht glauben, was uns passiert ist«, stammelte sie – plötzlich verlegen vor der geheimnisvollen Fremden, auf die sie hier in diesem einsamen Tal gestoßen war.

»Doch, ich weiß es«, sagte die andere, und jetzt fiel Kathrin auf, dass auch das alte Handtuch, das die junge Frau in ihren nassen Händen hielt, rötlich verfärbt war. »Ich weiß es sogar ganz genau …«

ENDE

DANKSAGUNG

Mein größter Dank gilt Toni Wegscheider, der im Nationalpark Berchtesgaden die Adlerführungen leitet. Wie Brenner in dem Buch ist er ein echter Bergfex, der die Adler und auch alle anderen Tiere der Alpenwelt so gut kennt wie kaum ein anderer. Der entscheidende Unterschied ist, dass Toni keine Touristen verprügelt und lieber Enzian trinkt als Obstler. Wer die Könige der Lüfte persönlich kennenlernen möchte, kann bei dem sympathischen Biologen und Bergwanderführer auch private Wanderungen buchen, und zwar unter www.wildtier-fuehrungen.de. Von den faszinierenden Jagdstrategien der Adler über ihre nur knapp verhinderte Ausrottung bis zu den heutigen Schutzmaßnahmen – Toni redet dabei über alle Themen, die auch im Buch vorkommen. Und falls eins der beeindruckenden Tiere wider allen Erwartungen doch einmal auf dumme Gedanken kommen sollte, weiß er sicherlich ebenfalls Rat.

Großer Dank gebührt auch Britta Möllenkamp vom Institut für Paläoanatomie in München, dass sie mich in die Kiste mit Aaskäfern hat schauen lassen und mir von den misstrauischen Münchner Sterneköchen erzählt hat, die ihre Mufflonkeulen im Institut auf Echtheit überprüfen lassen (nur gegen Gebühr, versteht sich).

Ganz besonders bedanken möchte ich mich bei meiner guten Freundin Yamina Hartmann, die mich mit ihrem souveränen Spagat zwischen zwei Kulturen zu der weiblichen Hauptfigur inspiriert hat und so lieb war, mir zu versichern, dass ich nicht mit allen Gedanken, die ich dieser unterschiebe, komplett danebenliege. Ebenso bedanke ich mich bei ihrem Mann Markus, bei Sabine, bei Mario und bei Yvonne: ›Spannend‹ hört man natürlich gerne – vor allem, wenn man vorher hauptsächlich Sachbücher geschrieben hat und sich jetzt an einem Krimi versucht.

Dir, Katja, danke ich, dass du damals da unten die Täler so tapfer mit mir durchwandert hast. Meinem Bruder Christoph, der nicht nur vom Namen her ein bisschen was von Gernot hat, sowie seiner großartigen Frau Kerstin möchte ich an dieser Stelle endlich mal in aller Form für all die Einladungen danken: Es macht mir immer eine Riesenfreude!

Schließlich bedanke ich mich bei Timothy Sonderhüsken, der auch von dieser Idee sofort wieder angetan war, bei meiner Agentin Julia Abrahams, die das Buch so klug untergebracht hat, und bei Claudia Senghaas, für ihre Begeisterung und ihr spitzenmäßiges Lektorat: Wenn Brenner die Sache im Wald durch irgendein Wunder überleben sollte, ist es ihr Verdienst.

Unser Lesermagazin

2 x jährlich das Neueste aus der Gmeiner-Bibliothek

24 x 35 cm, 40 S., farbig; inkl. Büchermagazin »nicht nur« für Frauen und HistoJournal

Das KrimiJournal erhalten Sie in Ihrer Buchhandlung oder unter www.gmeiner-verlag.de

GmeinerNewsletter

Neues aus der Welt der Gmeiner-Romane

Haben Sie schon unsere GmeinerNewsletter abonniert?

Monatlich erhalten Sie per E-Mail aktuelle Informationen aus der Welt der Krimis, der historischen Romane und der Frauenromane: Buchtipps, Berichte über Autoren und ihre Arbeit, Veranstaltungshinweise, neue Literaturseiten im Internet und interessante Neuigkeiten.

Die Anmeldung zu den GmeinerNewslettern ist ganz einfach. Direkt auf der Homepage des Gmeiner-Verlags (www.gmeiner-verlag.de) finden Sie das entsprechende Anmeldeformular.

Ihre Meinung ist gefragt!

Mitmachen und gewinnen

Wir möchten Ihnen mit unseren Romanen immer beste Unterhaltung bieten. Sie können uns dabei unterstützen, indem Sie uns Ihre Meinung zu den Gmeiner-Romanen sagen! Senden Sie eine E-Mail an gewinnspiel@gmeiner-verlag.de und teilen Sie uns mit, welches Buch Sie gelesen haben und wie es Ihnen gefallen hat. Alle Einsendungen nehmen automatisch am großen Jahresgewinnspiel mit attraktiven Buchpreisen teil.

GMEINER

Wir machen's spannend